Als Alfie das Studium abbricht und wieder bei den alten Eltern in Berlin unterkommt, muss er, ob er will oder nicht, seinen Beitrag leisten und ins Familiengeschäft einsteigen. Das heißt, zusammen mit seinen Brüdern Jupp und Robbser und seinem Vater Karlheinz auf Einbruchstour zu gehen. Und das liegt ihm so gar nicht. Bei seinem ersten eigenverantwortlichen Bruch geht auch gleich alles schief, aber dafür lernt er Julia kennen und verliebt sich in sie. Doch dann ist Vadder Karlheinz verschwunden und die elterliche Wohnung völlig auf den Kopf gestellt. Wurde er entführt? Hat man sich gerächt, weil Alfis bekloppter Bruder den Politiker erpresst hat? Alfis Mutter und die Brüder sind sich gar nicht so sicher, ob sie den Alten überhaupt zurückhaben wollen. Als sich die Brüder dann doch auf die Suche nach Vadder machen, finden sie weit mehr, als sie dachten …

M. G. Burgheim wuchs in Nordhessen auf, studierte in Göttingen und London und lebt seit 1996 in Berlin. Er arbeitete als Taxifahrer, Möbelpacker, Konzert-Security, Kioskverkäufer, Hausverwalter, Musiker und Lehrer. Seine Hobbys sind Rockmusik, Horrorfilme und Comics. Er ist mit einer Thüringerin verheiratet und Vater zweier Berliner Gören.

Weitere Informationen, auch zu E-Book-Ausgaben, finden Sie bei www.fischerverlage.de

M. G. Burgheim

Besitz wird überbewertet

Ein Einbrecher-Roman

FISCHER Taschenbuch

MIX
Papier aus verantwortungsvollen Quellen
FSC® C083411

Erschienen bei FISCHER Taschenbuch
Frankfurt am Main, Mai 2015

Satz: Fotosatz Amann, Memmingen
Druck und Bindung: CPI books GmbH, Leck
Printed in Germany
ISBN 978-3-596-19672-2

Für
Rekha,
unsere Kinder,
meine Eltern,
meine Brüder

Als Erstes sollst du mein Leibpferd aus dem Stall stehlen, dann sollst du das Betttuch unter mir und meiner Gemahlin wegziehen und ihr den Trauring vom Finger stehlen, während wir schlafen. Als Drittes sollst du den Pfarrer und den Küster aus der Kirche stehlen.

Aus dem Märchen ***Der Meisterdieb***

You're searching for your mind, don't know where to start,
Can't find the key to fit the lock on your heart.

Lord of this world, Black Sabbath

Everyone is trying to get to the bar.
The name of the bar, the bar is called Heaven.

Heaven, Talking Heads

Bedeutungslose! Blöde! Dinge!

Catwoman (New 52, Vol.1)

EINS

Türen und Schlösser oder: Warum es manchmal nicht gut ist, wenn man kriegt, was man will

In einem am Nil gelegenen Dorf, in dem ich mal eine Nacht verbrachte, gab es keine Schlösser an den Türen, ja manche Hütten hatten nicht mal eine Tür, und das in einer Gegend, wo ein riesiges Krokodil namens Gustave umherkroch und Menschen fraß. Zugegeben, ich schlief nicht gut, aber als ich wieder zu Hause war, konnte ich nicht anders, als mich über die Schlösser an unseren Türen zu wundern, und darüber, dass wir nicht nur eine Tür abschließen, sondern viele. Ein Gartentor oder das Tor einer Einfahrt, eine Haustür und dann noch die Wohnungstür, und, wenn wir völlig paranoid sind oder mit Idioten zusammenleben müssen, auch noch unsere Zimmertür. Und als ob das nicht reichte, bauen wir Zäune um uns herum, möglichst hohe, mit stählernen Spitzen oder Stacheldraht obendrauf, wohl wissend, dass jeder, der will, diese Zäune überwinden kann und sich schlimmstenfalls spielende Kinder daran verletzen werden.

Ich stellte mir vor, wie die Leute, die diese Schlösser kauften und anbrachten und ständig auf- und zusperrten, sich vorstellten, dass bei ihnen eingebrochen würde. Vielleicht träumten sie mit diebischer Freude davon, wie der Einbrecher nach langer schweißtreibender Arbeit frustriert aufgab, sich die Skimaske vom Kopf zog und erschöpft durch die Dunkelheit davonstapfte, entschlossen, einen anderen Beruf zu ergreifen. Oder sie stellten sich vor, wie er sich des Nachts über sie beugte und mit seiner Taschenlampe blendete und sie zwang, den Tresor zu öffnen. Natürlich würde sich in diesem Tresor ein weiteres Schloss an einer Schatulle befinden, aber der Inhalt würde trotz allem gestohlen werden.

Ich stellte mir vor, wie diese Leute sich vorstellten, nach Hause zu kommen und zu bemerken, dass Einbrecher die Wohnung auf den Kopf gestellt hatten. Ich hatte über das Trauma der Opfer gelesen, über ihre Ängste, die tiefe Verunsicherung, die bei manchen sogar dazu führte, dass sie die Wohnung oder das Haus aufgaben. Es tatsächlich selbst zu erleben ist etwas völlig anderes – und mich traf es, als es mir passierte, besonders hart, zumal ich meinen Unterhalt, nun ja, selbst als Einbrecher verdiene.

Wir lebten in einem Mietshaus in Tempelhof, und Mutter und ich kamen gerade vom Einkaufen zurück. Ich hatte ein paar Jahre in einer anderen Stadt gelebt und war vorübergehend wieder bei meinen Eltern untergekommen. Der Geruch im Treppenhaus war derselbe wie in meiner Kindheit. Bohnerwachs, Staub, Linsensuppe, ein Hauch Farbe und undefinierbarer Muff. Es war wie ein Flashback, irgendwie beängstigend und gleichzeitig gut. Wir schleppten uns und unsere Einkäufe die Stufen hoch und schlossen die Wohnungstür auf.

Mutter ließ die Einkaufstüten fallen, fasste sich mit beiden Händen an den Kopf und sank schwer gegen die Wand. Sie war eine kleine dicke Frau Anfang sechzig und seit jeher ängstlich und hysterisch, was sie aber nicht davon abgehalten hatte, im über dreißigjährigen Ehekrieg mit meinem Vater die Stellung zu halten.

»Er hat schon wieder 'n Affen« war einer der Sätze, die sie in ihrem Leben am häufigsten gebrauchte. Es klang zwar resigniert, war zugleich aber Ausdruck ihrer Unbeugsamkeit. »Bis dass der Tod euch scheidet.« Das galt in ihrer Generation noch etwas.

Nach dem Aufstieg in den dritten Stock war sie immer außer Puste. Diesmal hatte ich wirklich Angst, sie könnte umfallen. Hilflos streckte ich eine Hand nach ihr aus, ohne sie jedoch zu berühren, ohne zu wissen, was ich damit beabsichtigte. Wollte ich sie stützen, zurückhalten, sie davon abhalten zu schreien?

»Hilf mir mal mit der Jacke«, keuchte sie unerwartet sachlich. Schweißperlen standen ihr auf der Stirn. Ich stellte die Tasche, die ich noch in der rechten Hand hielt, ab, und fummelte nervös an ihrem Ärmel und Kragen herum.

Unsere guten alten vier Wände hatten mit einem Mal etwas Fremdes und Bedrohliches bekommen. Im Flur hielt sich das Chaos in Grenzen, auch in der Küche, aber das Wohnzimmer war völlig verwüstet. Keine Kissen mehr auf der Couch, kein Nippes mehr im Schrank, wie ich es seit Jahrzehnten gewohnt war, und der Fußboden war so zugemüllt, dass wir nicht wussten, wohin wir treten sollten. Unser Wohnzimmer war nicht mehr zu erkennen. Wir hätten genauso gut während eines Bruchs in einer anderen Wohnung stehen können, nur dass dann der Flachbildschirm und der neue DVD-Player nicht mehr an ihrem Platz gewesen wären, weil wir sie schon längst eingepackt hätten.

»Wo is denn Vadder?«, entfuhr es Mutter leise. Sie war ein paar Schritte gegangen, jetzt sank sie gegen den Türrahmen, eine Hand vor dem Mund, die Augen hinter den dicken Brillengläsern aufgerissen, was bei ihr etwas hieß, denn sie hatte kleine stumpfe Knopfaugen. Vater hatte sich nach dem Frühstück aufs Sofa gelegt, um die Zeit bis zum Mittagessen mit einem Nickerchen zu überbrücken und seinen Rausch auszuschlafen, während wir einkaufen gegangen waren. Jetzt hing nur noch der säuerliche Gestank von schalem Bier, Schnaps und altem Mann in der Luft.

Mutter nahm meinen Arm und seufzte abwechselnd »Alfie« und »O Gott«.

Alfie, das bin ich.

Nach zwei größeren Brüdern, die Jupp (eigentlich Josef) und Robert heißen, hatten sie für mich – und das im Jahr 1980! – den schönen Namen Alfred ausgesucht.

Langsam stapften wir durch die restlichen Zimmer, deren Böden über und über mit dem Inhalt unserer Schubläden und Schränke bedeckt waren. Vom Alten keine Spur. Zwar war ich erleichtert, ihn nicht mit eingeschlagenem Schädel neben dem Bett zu finden, aber sein Verschwinden warf andere beunruhigende Fragen auf.

Mein Vater Karlheinz war, solange ich denken kann, ein kleiner dicker Mann mit Glatze. Ich bin jetzt Ende zwanzig, das heißt, er muss mit knapp vierzig, als er mich gezeugt hat, schon so ausgesehen haben. Er war der Typ Mann, den eine Frau von heute erst gar nicht heiraten würde, ungepflegt und ungehobelt, zu dick, zu träge, zu oft betrunken und dabei noch wehleidig und cholerisch. Seine Hände waren schwielig, und das ganze Zimmer stank, sobald er seine Schuhe auszog. Mich traf der Schweißgestank als Kind immer als Erster, da ich ihm die Gummistiefel ausziehen durfte, wenn er von irgendeiner Baustelle nach Hause kam. Er hatte nie viel verdient und in den frühen Achtzigern binnen kurzer Zeit seine Arbeit und wegen wiederholter Trunkenheit am Steuer auch seinen Führerschein verloren. Seitdem musste er mit dem Mofa fahren, und wenn er da drauf saß, sah er ziemlich schlechtgelaunt aus. Das war ein Abstieg, den er nie ganz verwinden konnte. Man sollte meinen, dass jemand, der jahrzehntelang mit seinen Händen Geld verdient hatte, eine gewisse Geschicklichkeit besaß, aber nicht er. Wenn jemand zwei linke Hände voller Daumen besaß, dann war es mein Vater. Dementsprechend sah unser Keller aus, unser Schrebergarten, sein Mofa, alles, worauf er seine Pranken legte, von Mutter mal abgesehen. Es war aber auch nicht verwunderlich, wenn man seine Wurstgriffel ansah, die juckten und zitterten, weil er sich die Nerven kaputtgesoffen hatte. Und es sprach nicht gerade für unsere Einbrecherbande, dass er unser Mann fürs Feine war.

»Es war eine Liebesheirat«, pflegte meine Mutter zu sagen, wenn wir auf ihre Beziehung zu sprechen kamen, und lächelte dabei verschmitzt, was sonst nicht ihre Art war. »Ich hab ihn gewollt. Ich hätte so manche gute Partie haben können, ich hatte einige Verehrer, das kannst du mir glauben, Alfie, aber nein, ich wollte deinen Vater. Und ich hab ihn bekommen.«

Mehr als einmal war ich versucht zu sagen, das zeige mal wieder, dass es nicht immer gut sei, zu kriegen, was man wolle, aber da sie das natürlich längst begriffen hatte, hielt ich den Mund.

Nun, jetzt war er weg, und ich hatte das dumme Gefühl, dass er diesmal nicht in einer Ausnüchterungszelle oder im Krankenhaus saß, um sich den zum x-ten Mal aufgeschlagenen Schädel nähen zu lassen. Nein, diesmal würden ihn nicht die Bullen mit mitleidigen Blicken nach Hause bringen, so wie vor zwanzig Jahren, als ich mehr als einmal ängstlich hinter meiner Mutter gestanden hatte, während sie ihn ablieferten, den reuigen Sünder, die Platzwunde unter einem dicken Pflaster versteckt, Blutflecken auf dem Hemd. Später, als aus mir ein Teenager mit Oberlippenflaum geworden war, hatten die Bullen nicht mehr mitleidig ausgesehen. Unserer dicken schwarzen Haare wegen hielten uns damals alle für Türken und fragten zweimal nach, wenn wir unseren Namen nannten, Bürger, weswegen ich später meinen bleichen Teint kultivierte. »Bür-Ger?«, fragten sie mit seltsamer Betonung, als handele es sich um einen türkischen Namen. Für mich waren die Bullen nie Freund und Helfer gewesen. Wenn sie auftauchten, bedeutete das Ärger, auch wenn sie eigentlich immer nur die Überbringer der schlechten Nachricht waren: Papas Auto ist kaputt, er blutet, er hat wieder Mist gebaut. Seitdem unsere Familie von Einbrüchen lebte, hatte sich unser Verhältnis natürlich nicht zum Besseren gewendet. Ich sah uns durch jene andere, piekfeine Wohnung tappen, in der der Ärger begonnen hatte, und hörte meine neunmalschlauen Worte: »Wir schnüffeln bei den Schnüfflern …«

»Steh nicht rum!«, rief Mutter. Sie hatte vor mir die Fassung zurückgewonnen und stakste gerade von der Küche ins Wohnzimmer. Ich hasste Situationen wie diese. Unordnung, Dreck, meine Mutter und ich. Ich hatte mir geschworen, niemals wieder der kleine Junge zu sein – und jetzt stand ich hier.

»Wir müssen die Polizei rufen«, sagte sie, während sie Meißener Porzellanfiguren oder das, was davon übrig war, vom Boden aufsammelte. »Die schöne Tänzerin, die war noch von Oma!« Ihre Stimme hatte wieder an Kraft gewonnen und den hohen, nervigen Ton angenommen, der mich seit meiner Kindheit dazu brachte, wegzuhören und mich so schnell wie möglich aus dem Staub zu machen. Doch jetzt ging beides nicht. Auf diesen schlauen Vorschlag hatte ich schon gewartet – nur wenn die halbe Wohnung aus heißer Ware besteht, ist es wenig ratsam, die Bullen zu rufen. Meine Mutter wusste davon nichts, genauso wenig, wie sie von dem anderen Unfug wusste, den ihre Männer trieben, und ich hatte nicht vor, es ihr jetzt zu sagen.

»Was glaubst du, was hier passiert ist?«, fragte ich sie und ging neben ihr auf die Knie, um ihr beim Aufsammeln der Scherben zu helfen.

Sie sah mich an, als hätte ich den Verstand verloren.

»Du glaubst, hier wurde eingebrochen, stimmt's?«, sagte ich so ruhig wie möglich. Um ehrlich zu sein, wunderte ich mich, dass sie nicht schon längst kreischend zu den Nachbarn gerannt war.

»Mensch, Alfie, was denn sonst?«

Seitdem ich mein Studium geschmissen hatte, sprach sie anders mit mir. Ich war nicht mehr ihr Wunderknabe. Ich hatte sie enttäuscht. Als Kind wurde ich schon deshalb für schlau gehalten, weil ich zwei noch linkere Hände hatte als der Rest der Familie und bis zur vierten Klasse nicht sitzengeblieben war. Später entpuppte ich mich dann wirklich als das weiße Schaf, legte ein gutes Abitur hin und begann zu studieren, allerdings zum Leidwesen meines Vaters nicht Maschinenbau, sondern Germanistik und Anglistik auf Magister und später auf Lehramt, weil ich irgendwann keine Lust mehr hatte, andauernd zu erklären, was ich damit vorhatte, zumal ich es selbst nicht so genau wusste. Deutsch und Englisch, um auf Lebenszeit verbeamtet zu werden, das war allen einsichtig – dann würde die ganze Familie auf Staatskosten leben, die einen von Hartz IV oder einer mageren Rente und ich von meinem Beamtensalär. Aber dazu kam es nicht. Ich scheiterte in den Abschlussklausuren an Chomskys Transformationsgrammatik und an der Übersetzung eines *Times*-Artikels zur Normierung und Besteuerung von Salatgurken in der EU. Von einem Tag auf den anderen war ich noch schlechter für den Arbeitsmarkt qualifiziert als jeder andere in der Familie und hatte obendrein BAföG-Schulden von 40 000 Euro an der Backe.

»Hast du etwa Spuren an der Eingangstür gesehen?«, hakte ich nach. Uns war nämlich nichts aufgefallen, als wir angekommen waren. Meine Mutter schüttelte fast unmerklich den Kopf. »Nein. Also! Dann kannst du auch die Versicherung vergessen. Oder ist irgendwas gestohlen worden?« Ich zeigte auf unsere unterhaltungselektronischen Geräte. »Selbst der Laptop in meinem Zimmer ist noch da.«

»Aber das Haushaltsgeld in der Küche ist weg, und, wenn ich dich daran erinnern darf, dein Vater auch.«

»Und was heißt das? Vielleicht hat sich Vadder ja mit dem Geld aus dem Staub gemacht!«

»Alfie! Die paar Piepen. Und seit wann hinterlässt er so ein

Chaos. Dein Vater mag gelegentlich einen über den Durst trinken, aber …«

»Er ist ein Säufer.«

»Aber er hat noch nie zu Hause randaliert oder mich oder euch geschlagen.«

»Fast nie.« Ich sah ihr in die Augen.

Sie wendete ihren Blick ab und erhob sich schwerfällig. »Manchmal denke ich, nicht oft genug, wenn ich sehe, was aus euch geworden ist.«

»Danke. Du willst also tatsächlich die Polizei rufen?«

Statt zu antworten, ließ sie sich erschöpft auf die Couch sinken und verpasste einem Kissen einen Handkantenschlag.

»Weißt du, wie hoch die Aufklärungsquote bei Wohnungseinbrüchen ist?«, fuhr ich fort. »Zehn bis zwanzig Prozent. Das ist nichts! Und dafür willst du den Nachbarn die Gelegenheit geben, wieder über uns herzuziehen?«

Damit schien ich einen Treffer gelandet zu haben. Ihr großes Bedürfnis, sich mit den Frauen aus der Nachbarschaft über die aufregende Neuigkeit auszutauschen und sich bei ihnen auszuheulen, konkurrierte mit ihrer Sehnsucht nach Normalität, danach, einmal ein paar Monate lang nicht negativ aufzufallen. Die Eltern meiner Mutter waren aus dem Sudetenland vertrieben worden, sie hatten drei Jahrzehnte in Nordhessen gelebt, wo Mutter auch Vater kennengelernt hatte. In den späten Siebzigern war sie dann mit ihm wegen eines Hausmeisterjobs und buckligen Verwandten nach Berlin gekommen. Mutter hatte ein starkes Verlangen nach Ruhe und Zugehörigkeit.

Sie sagte: »Aber das ist doch nicht einfach nur ’n Einbruch. Sie haben Vadder entführt.«

Ich rang mir ein Lachen ab. »Wer soll denn unseren Alten entführen? Da müsstest du noch Geld drauflegen. Komm, lass uns erst mal aufräumen. Vielleicht entdecken wir noch was.«

Aufräumen und Saubermachen waren schon immer Zauberworte für meine Mutter gewesen. Bevor sie arbeitslos geworden waren, hatte sie als Hausmeisterin mit Vater mehrere Häuser in der Nähe betreut. Ihre Arbeitsteilung hatte im Wesentlichen darin bestanden, dass er sich mit den Mietern anlegte und das Geld versoff, während sie versuchte, den totalen Kollaps zu verhindern. Ich ertappte sie jetzt noch gelegentlich dabei, wie sie versuchte, anderen Parteien im Haus Vorschriften zu machen.

»Wahrscheinlich hast du recht, und wir sollten erst mal abwarten.« Sie erhob sich schwerfällig und stellte die Überreste ihrer Porzellanfiguren in den Schrank. Manche davon hatte ich als Kind schon verstümmelt, sie war also an Pinguine ohne Schnabel und Elefanten ohne Rüssel gewöhnt.

»Wenn sie ihn wirklich entführt haben«, fuhr sie fort, »werden sie sich schon melden und ihre Forderungen stellen. Und im Fernsehen hört man ja immer wieder, dass sie keine Polizei wollen.«

Ich fand es befremdlich, sie solche Gedanken formulieren zu hören, aber meine eigenen Vermutungen gingen, ehrlich gesagt, in dieselbe Richtung. Wir hatten nämlich vor kurzem ein Ding gedreht, das womöglich eine Nummer zu groß gewesen war.

Die körperliche Arbeit beruhigte sie. Ich half ihr, die schweren Möbel wieder gerade zu rücken, und verdrückte mich dann, unter dem Vorwand, dort ebenfalls aufräumen zu wollen, in mein Zimmer. Auf dem Weg dorthin warf ich noch einen genaueren Blick auf die Eingangstür. Es gab wirklich nicht die geringste Spur von Fummelei am Schloss, geschweige denn von Gewalteinwirkung. Wahrscheinlich hatten sie einfach geklingelt, und Vadder hatte ihnen im Halbschlaf, gedankenlos wie er war, die Tür geöffnet. Vielleicht hatte er auch gedacht, dass wir es mit den Einkäufen waren. Mutter klingelte oft, um sich beim Tragen helfen zu lassen. Aber das konnten sie nicht wissen. Vielleicht hatten sie auch eine junge Frau dabei, die unverdächtig aussah und sich als Zeitungsverkäuferin oder Ähnliches ausgegeben hatte. Vadder hätte sich zwar nie ein Abo andrehen lassen, aber durchaus die Gelegenheit genutzt, mit ihr zu flirten. Unsere Tür war zudem in keiner Weise gesichert gewesen, wir hatten sie einfach hinter uns zugezogen, als wir zum Einkaufen gegangen waren. Jeder, der sich im Internet über Sperrtechnik und Lockpicking informiert und ein paar Stunden im Hobbykeller geübt hatte oder einfach nur geschickt mit einer Kreditkarte oder einem Maurerspatel war, konnte sie öffnen, ohne eine von außen sichtbare Spur zu hinterlassen.

Meine Brüder waren zwölf und fünfzehn Jahre älter als ich und hatten gemeinsam das größere der beiden Kinderzimmer bewohnt. Sobald sie alt genug gewesen waren und ihr eigenes Geld verdient hatten, waren sie zusammen in eine eigene Wohnung gezogen, allerdings ganz in der Nähe, so dass Mutter vorbeikommen und weiterhin für sie putzen und waschen konnte. Trotzdem war es nicht lange gutgegangen. Robbser war zu extrovertiert und dominant, und Jupp wollte lieber seine Ruhe haben. Er blieb dann auch ziemlich lange Junggeselle, während Robbser bald geheiratet und zwei Töchter bekommen hatte, für die er gerade so viel Unterhalt zahlte, dass er ihnen in die Augen sehen konnte, wenn er sie traf, was nicht allzu häufig vorkam.

Mein altes Zimmer war zur Abstellkammer umfunktioniert worden, und ich war überglücklich ins Zimmer meiner Brüder gezogen, das mir trotz des sperrigen Doppelstockbettes immer riesig vorgekommen war. Inzwischen hatte sich meine Wahrnehmung geändert, denn das Zimmer hatte tatsächlich nur zwölf Quadratmeter, und ich war fast 28 und nur gezwungenermaßen nach Hause zurückgekehrt. Im Grunde war alles noch so, wie ich es als Neunzehnjähriger verlassen hatte, um in Westdeutschland zu studieren. Ich hatte vom Staat den Förderungshöchstsatz bekommen und war damit finanziell von meinen Eltern weitgehend unabhängig gewesen. In meinem Kinderzimmer hatte ich nur noch geschlafen, wenn ich zu Ostern, im Sommer und zu Weihnachten für ein paar Tage zu Besuch gekommen war. Noch immer hingen die Poster meines alten Ichs an den Wänden, von Bands wie Rush, Faith No More und Primus, und Filmen wie *Alien* und *Braindead.* Obwohl ich schon seit fast einem Jahr wieder hier wohnte, weigerte ich mich, sie abzuhängen. Ich wollte mich hier auf keinen Fall dauerhaft niederlassen und verbrachte so viel Zeit wie möglich bei meiner Freundin. Nessi hatte allerdings nur zwei Zimmer und wollte nicht mit mir zusammenziehen, bevor wir nicht eine erschwingliche schöne Dreizimmerwohnung gefunden hatten. Ein paar Nacktbilder, die ich von ihr geschossen hatte, lagen auf dem Boden. Ich fragte mich, ob Mutter sie gesehen hatte. Unter einem Haufen Bücher fand ich eine Vorratspackung Kondome und den Netzbody, den ich bei einem Bruch für Nessi hatte mitgehen lassen. Circa 100 Euro Bargeld, die ich wider besseres Wissen in meinem Nachttisch aufbewahrt hatte, waren verschwunden. Es gab so viele Schichten Chaos in meinem Zimmer, dass ich mir vorkam wie ein Archäologe. Tief vergraben fand ich ein altes Foto von mir und meinen Brüdern, das eigentlich auf meinem Nachttisch gestanden hatte. Rahmen und Glas waren zerbrochen. Ich fluchte. Wie konnte man nur so mit den Sachen anderer Leute umgehen. Das Bild zeigte Robbser als typischen Metaller mit langem Pferdeschwanz und Black Sabbath-Shirt. Er machte dazu noch ein böses Gesicht und zeigte seine Muskeln. Daneben stand, ein paar Zentimeter kleiner, Jupp im Motörhead-Shirt, mit abstehenden Haaren, fast im Afrolook, was ihm später Vergleiche mit dem Gitarristen der Melvins eingebracht hatte, worauf er noch heute stolz war, obwohl er längst eine Glatze hatte. In seinen Armen hielt er mich als Dreijährigen in einer lächerlich bunten Latzhose. Von Mutter hatten wir alle die dicken schwarzen Locken geerbt und von Vater die Glatze. Und damit ist eigentlich alles über unsere Familienkonstellation gesagt. Robbser trug seine Platte seit ein paar Jahren im Stil der Samurai, also das restliche Haar über den Ohren rasiert und hinten im Pferdeschwanz, und Jupp seine Halbglatze mit immer etwas zu langem Resthaar. Ich hatte seit Jahren eine störrische Kurzhaarfrisur, die nach oben abstand und sich konsequent weigerte, meine unaufhaltsam wachsenden Geheimratsecken zu verdecken. Alles zusammengenommen hatten die männlichen Mitglieder meiner Familie wohl das Geld für einen Mittelklassewagen in Haarwuchsmittel investiert.

Ich erreichte Robbser auf dem Handy.

»Wo bist du?«

»Im Büro. Warum?«

Um das Geld, das wir mit unseren Einbrüchen machten, zu waschen, besaß er zwei kleine Unternehmen, einen *Haus-Allround-Service* nach amerikanischem Vorbild, der Wachschutz und Dienstleistungen rund um Haus und Garten anbot, und einen Massagesalon, der von seiner Frau Chantal betrieben wurde. Den nannte sie *Studio*, er einfach Bumsbude. Die Umsätze dort waren größtenteils frei erfunden, wobei Robbser allerdings mir gegenüber schon den Verdacht geäußert hatte, seine Frau würde gelegentlich »Ernst machen«, worauf ich geantwortet hatte: »Welchen Ernst?« Er lachte aber grundsätzlich nur über seine eigenen Witze.

»Ich glaube, sie waren hier und haben Vadder mitgenommen.«

»Wer? Die Bullen?«

»Nein …« Ich erzählte ihm, was passiert war. »Wenn sie wissen, wo wir wohnen, kennen sie vielleicht auch deine und Jupps Adresse. Was machen wir jetzt?«

»Jetzt mal langsam, wer sollen denn die sein?« Doch etwas in seiner Stimme sagte mir, dass er nicht so cool war, wie er tat.

»Die Rumänen, die Mafia, Auftragskiller von der CDU, was weiß ich!«

»Die kommen doch nicht und entführen einen alten Mann, Alfie, die hätten uns alle gleichzeitig hopsgenommen. Und vor allem, warum sollten sie das tun?«

»Weil wir neulich bei diesem Heini in der Wohnung waren.«

»Und?«

»Weil ich glaube, dass du ihn doch erpresst hast, obwohl Jupp und ich dagegen waren.«

Pause. Eine ziemlich lange Pause.

Dann zischte ich: »Scheiße! Sag, dass es nicht wahr ist!« Denn insgeheim hatte ich gehofft, dass ich wirklich nur der hysterische kleine Bruder eines Einbrechers war und nicht der eines echten Scheißgangsters.

»Puh, Alfie, Chantal ist allein zu Hause.«

Das machte mir keine Sorgen, denn Chantal war eine echte Rockertussi, deren blonde Mähne im Gegensatz zu ihren durchtrainierten Oberarmen stand. Außerdem hatten sie einen Dobermann im Haus, dem ich so weit aus dem Weg ging, wie es nur möglich war.

In dem Moment kam Mutter ins Zimmer. Ihre Stimme zitterte.

»Du, Alfie, ich hab da was gefunden.«

ZWEI

Mein erster Bruch, die Frauen und warum es ein elender Job ist, als Letzter das Licht auszumachen

Da die Ereignisse, um die es hier geht, richtig und im sinngebenden Zusammenhang geschildert werden wollen, muss ich jetzt erst einmal ziemlich weit ausholen.

Wenn Menschen versuchen, aus ihrem Leben eine Geschichte zu konstruieren, spielen die ersten Dinge und die ersten Male wie »Mein erstes Fahrrad« und »Meine erste Liebe« immer eine besondere Rolle. Es scheint einfach und fast selbstverständlich, so vorzugehen, mir jedoch fällt es schwer. Ich hatte zum Beispiel keine erste Liebe. Wenn ich versuche, mich daran zu erinnern, fallen mir sofort ein halbes Dutzend Mädchen aus meiner Schulzeit und noch einmal ebenso viele Serienheldinnen ein, in die ich schon als Siebenjähriger verknallt gewesen war, ohne dass eine von ihnen die Nummer eins gewesen wäre. Dasselbe Problem habe ich bei der ersten Verabredung. Was soll das sein? Das erste schüchterne und ereignislose Date in einer Disco? Oder als ich mich als Grundschüler mit einem Mädchen in einem Garten verabredete, um mit ihr Kirschen und Brausebonbons zu teilen? Es gibt so viele Möglichkeiten, so viele Mädchen, acht oder vierzehn Jahre alt, fünfzehn oder siebzehn. Jedes dieser Rendezvous ist in gewisser Hinsicht ein erstes Mal gewesen, und zugleich ist keines der Mädchen so wichtig, dass ich mit wehmütiger Verklärung an sie zurückdächte. Das erste Mal? Das Ende der Unschuld? Miteinander schlafen, vögeln, poppen. Es war natürlich aufregend, aber letzten Endes doch nicht so wichtig, um ausführlich oder gar verklärt erzählt zu werden. Wie andere hatte ich dieses erste Mal vor allem hinter mich bringen wollen. Später hatte ich weitaus bedeutsamere und beglückendere sexuelle Begegnungen gehabt. Die erste richtige Beziehung – damit kann ich was anfangen. Sie hatte sogar einiges dramatisches Potential gehabt: die klassische Dreiecksgeschichte mit Eifersuchtsszenen und Ungewissheiten – aber die große Liebe war es nicht gewesen. Es brach mir zwar das Herz, als sie mich verließ, doch ich hatte keine Sekunde ernsthaft daran gedacht, mit ihr mein Leben zu verbringen. Erst danach erlebte ich mehrmals die große Liebe. Mein Leben schien überhaupt immer aufregender und erfüllter zu werden, je mehr ich mich von den ersten Malen entfernte. Irgendwann wusste ich, wie das Glück, nach dem ich gesucht hatte, aussah, wie es roch und sich anfühlte, kannte es in seinen vielfältigen Ausprägungen. Den glücklichsten Moment aber, den kann ich genauso wenig bestimmen wie all die anderen Ereignisse, die in Geschichten immer so eine große Rolle spielen. Für mich ist das Glück kein Moment, kein Augenblick, kein einmaliges Erlebnis, sondern eine lange Folge von Tagen, Wochen, Monaten und Jahren. Natürlich war ich nicht ununterbrochen glücklich und schon gar nicht im üblichen Sinne erfolgreich gewesen, aber ich hatte das Glück in erquickenden Mengen genossen. Ich bin mit Menschen, die ich geliebt habe, an Orten gewesen, die mir gefallen haben, und ich habe lange Zeit (fast) nur getan, was ich wollte.

Doch das war schon lange vorbei, als ich nach Berlin zurückkehrte. Das Leben ändert sich, und dann spielen die ersten Male plötzlich wieder eine Rolle.

Für meinen ersten Bruch hatte mein Vater ein Objekt auf dem Land ausgesucht. Eigentlich war Robbser der Boss, aber er hatte es sich zur Aufgabe gemacht, das Selbstbewusstsein unseres Alten aufzubauen, indem er ihn mitentscheiden ließ und seinen Rat einholte. Wenn ihm nicht passte, was er zu hören bekam, zog er ganz diplomatisch sein eigenes Ding durch. Vater schien zufrieden zu sein und ließ es nie auf einen Kampf um den Chefposten ankommen. Wir alle hatten ihn geliebt, wie Söhne eben ihre Väter lieben, auch wenn die sich wie Arschlöcher benehmen, und wir hatten ihn viele Jahre lang gehasst, vor allem als Pubertierende, und hätten uns auf die Seite unserer Mutter gestellt, wenn sie versucht hätte, ihn rauszuschmeißen. Aber dafür hatte sie nie den Mumm aufgebracht. Unser Hass war längst einem verständnisvollen Mitgefühl gewichen. Inzwischen waren wir alt genug, um zu wissen, dass das Leben nicht so einfach ist, wie man es sich als Vierzehnjähriger vorstellt. Wir hatten alle Mist gebaut und waren den Verlockungen des Teufels Alkohol erlegen. Im Nachhinein betrachtet und verglichen mit den Geschichten anderer Leute, die ich aus der Zeitung kannte, schien unser Vadder gar nicht so schlimm gewesen zu sein.

An jenem Abend war er bei Tisch noch schweigsamer gewesen als sonst. Es war eine seiner wenigen guten Eigenschaften. Tischmanieren gehörten nicht dazu. »Gibb ma rübber«, brummte er, wenn er was wollte. Er packte sich den Teller immer zu voll, säbelte an diversen Würsten und Käsestücken gleichzeitig herum und schnitt sich das Brot in viele kleine Happen, die er sich schnell mit schnappenden Bewegungen reinschob. Seine Hände und sein Kopf wurden von einem feinen Zittern beherrscht, das wir für erste Anzeichen von Parkinson hielten. Er bedankte sich nie bei unserer Mutter, half nicht beim Tischdecken oder Abräumen und kleckerte sich gern das Hemd voll. Nichtsdestotrotz verdanke ich seinen Essgewohnheiten eine gewisse Vorliebe für

Meerrettich und Handkäs, überreif, am besten mit Musik. Vater schwieg und speiste. Er hatte mir noch kein einziges Mal einen Vorwurf wegen meines gescheiterten Studiums gemacht. Ich war mir nicht sicher, ob er es wirklich begriffen hatte.

Für das, was vor mir lag, hatte ich keine Anleitung bekommen, die Idee war, mich ins kalte Wasser zu werfen. Die Ausbildung würde vor Ort beginnen und später vertieft werden, falls ich mich bewährt hätte. Mutter erzählten wir, ich würde bei Robbsers Firma einsteigen. Sie war sehr stolz auf ihren Ältesten, der der ganzen Familie Arbeit verschaffte. Zum Abschied strich sie mir fürsorglich über den Arm, der in einer dicken Daunenjacke steckte. Es war November, seit Ende September war ich wieder zu Hause. Sie sagte, es könne sehr kalt werden während des Wachdienstes. Trotz ihrer Enttäuschung über mein Versagen an der Uni schien sie froh zu sein, mich wieder zu Hause zu haben. Vater grummelte, wir müssten jetzt los. Es war acht Uhr abends. Wir tranken unser Bier aus. Im Treppenhaus mussten wir beide rülpsen. Der Hall war klasse. Meine Brüder warteten unten auf der Straße.

»Na, du Flaps!«, begrüßte mich Robbser, der, in einen schwarzen Overall gekleidet, an seinem silberlackierten Ford Mondeo lehnte. Er boxte mich zeremoniell auf den Oberarm, wo bei richtigen Kerlen der Bizeps schwillt, was mir aber ziemlich weh tat. Er war ein paar deutliche Zentimeter kleiner als ich, aber bulliger gebaut.

»Du bist ja kalkweiß.«

»Danke, Eugen.«

Er lachte. Er mochte es, wenn ich ihn beim Namen des Luden aus »Der eiserne Gustav« nannte. Wahrscheinlich hatte er vergessen, welches Ende der genommen hatte.

»Dir ist klar, dass jetzt die Probezeit beginnt, Kleiner? Vielleicht deine letzte Chance auf ein geregeltes Einkommen.«

»Wird schon werden«, brummte Jupp väterlich. »Du fährst bei mir mit.« Dankbar rutschte ich auf den Beifahrersitz seines schwarzen Passat Kombi. Bei ihm war ich sicher vor Robbsers dauerndem Gequassel. Jede meiner Bewegungen kam mir umständlich und wackelig vor. Ich fühlte mich nicht wie in der Probezeit, sondern wie vor einer alles entscheidenden Prüfung, auf die ich nicht vorbereitet war.

Früher hatten sie einen viertürigen Golf und einen VW Lieferwagen benutzt, bis Robbser der Gedanke gekommen war, dass geschlossene Kleinlaster schnell verdächtig aussahen. Er hatte die beliebtesten Autofarben im Netz ermittelt und dann diese beiden schon etwas in die Jahre gekommenen, unauffälligen Kombis besorgt, die von ihm und Jupp liebevoll gepflegt wurden. Sie hatten beide eigentlich Maschinenschlosser gelernt, aber in ihrer Freizeit schon immer gern an Autos herumgeschraubt. Irgendwann war das Unternehmen, in dem sie gearbeitet hatten, Pleite gegangen und danach hatten sie sich erfolglos in diversen Berufen versucht, bis Robbser mit seiner zweiten Frau Chantal auf die Idee gekommen war, sich selbständig zu machen. Er hatte schon als Jugendlicher einige Einbrüche begangen und war nur einmal ganz am Anfang mit 13 erwischt worden. Seine bevorzugte Beute damals waren Alkohol, Zigaretten, Musikmagazine und Tonträger gewesen. Von Einbrüchen in Kioske und Plattenläden war er irgendwann umgestiegen auf Lager, Wohnungen und Einfamilienhäuser. Anfangs hatte er die Beute, die er nicht behalten wollte, noch selbst verkauft, umsichtig, nach längerer Wartezeit und in kleinen Stückzahlen, später hatte er Kontakt zu Hehlern bekommen, aber selbst dann blieb es für ihn nur eine Nebenbeschäftigung, die er nur ein paar Mal im Jahr ausübte, eben wenn sich günstige Gelegenheiten boten. Irgendwann hatte Vater dann gemerkt, dass sein unübersichtlicher Keller und die Gartenlaube, die auf den Namen von Großtante Gertrud lief, als Lager benutzt wurden. Er war unerwartet ruhig geblieben und hatte nur trocken gefragt, ob er helfen könne. Vielleicht war er zu der Überzeugung gelangt, dass seine Söhne erwachsen waren und dass es keinen Sinn mehr machte, den Lederriemen vom Schrank zu holen. Vielleicht war er auch schon so oft von der Gesellschaft gedemütigt worden, dass er es inzwischen richtig fand, sie zu bestehlen.

Meine eigenen Erfahrungen in Sachen Einbruch beschränkten sich aufs Bretterklauen, als ich zehn oder elf war. Damals kamen mein Freund Benjamin und ich auf die Idee, ein Baumhaus zu bauen. Den Baum hatten wir schnell gefunden, eine schöne Buche mit wunderbar zum Klettern geeigneten Ästen und dichtem Blattwerk, die an einem verwilderten S-Bahn-Damm stand. Werkzeuge und Nägel konnten wir von unseren Vätern stibitzen, aber was uns fehlte, waren geeignete Bretter. Tagelang streiften wir durch eine Eigenheimsiedlung in Alt-Mariendorf, die nicht allzu weit von unseren Mietwohnungen entfernt war. Die stillen Straßen dort waren von Bäumen gesäumt, die Gärten gepflegt. Dass ich aussah wie ein Türke und Benjamin einen Afroamerikaner als Vater hatte, war bei unseren Erkundungen keine Hilfe. Es passierte mehrmals, dass Familienväter uns schimpfend verscheuchten. Ihre unfreundlichen Gesichter passten nicht zu den kleinen Regenbogen, die sich in den Wasservorhängen ihrer Rasensprenger bildeten. Manchmal riefen wir: »Schade, Ihre Tochter hat uns doch eingeladen!«

Der Lohn unseres schweißtreibenden Zeitvertreibs war die Entdeckung eines Gartenschuppens, neben dem ein paar schöne Bretter lagen. Wir verglichen den Zeigerstand unserer Uhren, bevor wir uns trennten, um zum Abendessen nach Hause zu fahren, und schlichen uns in der Nacht gegen elf, nachdem unsere Eltern zu Bett gegangen waren, wieder aus den Wohnungen. Treffpunkt war ein Spielplatz in der Nähe. Benny saß schon auf der Schaukel, als ich eintraf, und rauchte seine zweite Kippe, wie er mit gepresster, tiefer Stimme und betont beiläufig erwähnte. Mit verschwörerischen, stolzen Blicken begrüßten wir uns mit einem umständlichen Händeschüttelritual. Dann traten wir in die Pedale unserer Räder und jagten durch die Seitenstraßen. Allein der laue Nachtwind in unseren Haaren war den Ausflug wert, von der Aufregung der nächtlichen Flucht einmal abgesehen. Das Objekt stellte sich als perfekte Wahl heraus. Es gab keinen Hund, das Grundstück war groß und durch Bäume und allerlei Buschwerk zum Verstecken bestens geeignet. In dem großen Haus, das darauf stand, brannte kein einziges Licht. Wir fühlten uns wie Indianer, als wir über den Zaun stiegen und von Busch zu Busch durch die Dunkelheit schlichen. Mein Atem dröhnte, und das Blut rauschte mir in den Ohren, trotzdem konnte ich Benny seltsam schnaufen hören, als ginge ihm jeden Moment die Puste aus. Wenn man im Schatten eines Busches oder Baumes saß, konnte man leicht vergessen, dass die Straße mit ihren Laternen nur zehn Meter entfernt war, aber tatsächlich war die freie Rasenfläche bis tief ins Grundstück hinein beleuchtet. Doch das schien uns kein Problem zu sein. Ein Passant müsste schon direkt an einer freien, nicht von Büschen zugewachsenen Stelle am Zaun stehen, so wie wir am Nachmittag, um den Schuppen sehen zu können. Das Problem war, wie sich herausstellte, ein ganz anderes. Es waren die Bretter selbst. Sie waren neu und schön, aber viel zu dick, zu schwer und zu lang. Nachdem wir nur eins an den Zaun geschleppt hatten, waren wir außer Puste und begriffen mit einem Blick auf unsere Räder, dass wir nicht in der Lage sein würden, unsere Beute abzutransportieren, geschweige denn, sie bis zu unserer Baustelle zu bringen, die noch einmal 15 Minuten mit dem Fahrrad entfernt war.

Aber davon ließen wir uns nicht entmutigen. Wir hatten eine Schlacht verloren, aber nicht den Krieg. Außerdem hatten wir Blut geleckt. Sich davonstehlen und die Nacht erobern – das war wichtiger als ein blödes Brett. Unsere nächsten Ziele waren die Schrebergärten in der Nähe unseres Baumes und später das Gelände eines Händlers, der Gartenhäuschen, Klettergerüste und Schaukeln aus Holz verkaufte und eine Menge Material gelagert hatte. Nachdem wir dort ein paar handlichere Bretter hatten mitgehen lassen, fühlten wir uns wie Helden. Doch trotz des guten Materials wurde aus unserem Baumhausprojekt nie wirklich etwas. Schon als wir die ersten drei Bretter festgenagelt hatten, war unser Ehrgeiz befriedigt. Dort konnten wir sitzen und reden und rauchen und Pornohefte tauschen, die S-Bahn beobachten und gelegentlich mit Steinen nach ihr werfen. Das war viel aufregender, als es ein richtiges Baumhaus hätte sein können. Wer benutzte schon eine Leiter, wenn er mit eigener Kraft und Geschicklichkeit auf einen Baum klettern konnte! Die Bretter, die wir am Fuß der Buche inmitten von Farnen und Brennnesseln gelagert hatten, verschwanden im Lauf der Zeit, so wie auch wir immer seltener auf unseren Baum stiegen. Wenn ich an unsere Baumhauszeit zurückdenke, vermisse ich nur eine Erinnerung – die an ein Mädchen, dem ich beim Hinaufklettern unter den Rock schauen konnte. Die beiden einzigen Mädchen, die je auf unserem Baum zu Besuch gewesen waren, hatten Hosen getragen.

Manchmal denke ich darüber nach, wie mein Leben verlaufen wäre, wenn ich mit meinen Frauen mehr Glück gehabt hätte. Vielleicht wäre dann doch ein ordentliches Mitglied der Gesellschaft aus mir geworden. Da war zum Beispiel diese Kleinbürgermaus aus Franken, die mir schön den Kopf verdreht hatte. Um ihren Vater, einen leidenschaftlichen Jäger, für mich einzunehmen, fragte ich ihn, ob ich mal mit auf die Pirsch kommen könne. Genau genommen war es nicht nur Berechnung, sondern echtes Interesse – die Sehnsucht des Stadtmenschen nach dem Abenteuer in der freien Natur. In meiner Vorstellung schlichen wir im tiefen Wald durchs Unterholz, während der Kuckuck rief und der Hirsch röhrte. Ich erspähte durchs Fernglas den Fuchs im Morgennebel und ließ mir geduldig von meinem zukünftigen Schwiegervater erklären, wie er Bambis Papa den Garaus machen würde. Als er mich dann tatsächlich Monate später an einem kühlen Novembertag mitnahm, war die Realität, wie so oft, ernüchternd. Es war schon Vormittag, und wir stapften über tristes, verwuchertes Brachland, mit einem Industriegebiet auf der einen und einer Neubausiedlung auf der anderen Seite. Er mit der Flinte im Anschlag und ich in einer gelben Weste. Seine Tochter hatte mir, als wir das Haus verließen, einen Kuss gegeben, als zöge ich in den Krieg. Ich war der einzige Treiber unter zehn Jägern, unbewaffnet, und durch meine signalfarbene Weste auf weiter Flur gut zu erkennen. Wenn es eine Gelegenheit gab, sich eines unliebsamen Schwiegersohnes zu entledigen, dann diese. Die alten Bauern mit ihren Wänsten und Schnurrbärten trugen ihre Knarren wie Mistgabeln, die zwei jüngeren, die dabei waren, hatten nervös zuckende Zeigefinger und schienen in mir, dem Studenten aus der Stadt, die fette Weihnachtsgans zu sehen. Die anderen Treiber, die später dazukamen, waren keine Beruhigung – es waren Greise, die ganz offensichtlich nicht mehr am Leben hingen. Bevor es losging, wurden ein paar Schnäpse getrunken, »Zielwasser«, wie sie es nannten. Ich glaube, es diente dazu, sich der letzten Hemmungen zu entledigen.

»Es war ein tragischer Jagdunfall, Kleines«, hörte ich meinen Schwiegervater in spe zu seiner Tochter sagen, während ich vorsichtig einen Fuß vor den anderen setzte, um nicht in ein Erdloch zu treten oder über einen Maulwurfshügel zu stolpern.

»Aber wie konntet ihr ihn mit einem Tier verwechseln? Er trug doch die gelbe Weste und ein rotes Stirnband.«

»Weißt du, es ging alles so schnell. Das Wild heutzutage wird immer hinterlistiger, gibt sich als Pferd aus oder Katze …«

Nun, ich habe überlebt – sonst könnte ich nicht davon erzählen. Aber warum erwähne ich das überhaupt, wo es doch mit der eigentlichen Geschichte nichts zu tun hat? Sie ist nicht meine Frau geworden und er nicht mein Schwiegervater, und all das liegt viele Jahre noch vor den Ereignissen, von denen ich eigentlich erzählen will. Ich erwähne es deswegen, weil es mir um dieses Gefühl geht, am falschen Ort zu sein und das Falsche zu tun, also in jeder Hinsicht falschzuliegen, ein Gefühl, das mich, ehrlich gesagt, schon mein ganzes Leben lang begleitet. Erfahrungen zu machen ist in Ordnung. Genau genommen, ist es sogar alles, was wir tun können. Aber wie können wir es hinkriegen, nur die richtigen, die guten Erfahrungen zu machen? Denn seien wir mal ehrlich – schlechte Erfahrungen haben noch nie jemandem genützt, haben nie vor noch schlechteren geschützt. Stichwort Schwiegereltern. Müssen wir die wirklich kennenlernen? Selbst wenn das dann bedeutet, eine Ladung Schrot ins Gesäß zu bekommen, nur weil ein Bauer mit zwei Promille Alkohol im Blut über seine verschlammten Stiefel stolpert? Es war auf jeden Fall das erste Mal in meinem Leben, dass ich in Gegenwart von Schusswaffen auf der falschen Seite stand, und – das ist die moralische Komponente dieser Erfahrung – dass ich nichts Besseres zu tun hatte, als Feldhasen aufzuscheuchen, damit sie abgeknallt werden konnten. Der Treiber, darauf will ich hinaus, ist zugleich Jäger und Gejagter und macht einen beschissenen Job. Womit ich eine tolle Überleitung zum nächsten Stichwort habe. Arbeit. Müssen wir arbeiten? Um wirklich besonders beschissene Erfahrungen zu machen, ist Arbeit die beste Möglichkeit. Und es ist wie bei der Treibjagd: da der Chef, dort der Kunde, und wir mittendrin. Aber vielleicht ist das genau das Hauptproblem der menschlichen Existenz: dass wir immer glauben, mittendrin zu stecken und nicht anders zu können.

Einmal habe ich einen Säugling gesehen. Er lag da wie ein

Hefeteig und strahlte und jauchzte, als ich mich über ihn beugte, wie nur ein kleines Kind strahlen und jauchzen kann. Es hätte mich nicht gewundert, wenn er lauthals geschrien hätte, denn ich war nicht sein Vater, und ich hatte nichts an seinem Bettchen verloren, aber für einen Moment fühlte ich mich so stolz, dass auch sein Vater nicht stolzer hätte sein können. Sehet, dachte ich, es ward Licht, und es ward gut. Dieser Säugling war der Inbegriff von Glück, und ich glaube, er machte jeden, der ihn ansah, ein bisschen glücklich oder zumindest froh. Er hatte gerade geschlafen, dem Duft nach zu urteilen noch saubere Windeln, und er trug einen putzigen Strampelanzug mit Häschen darauf. Seine Wangen waren so unglaublich glatt und weich, und er roch phantastisch gut nach dem Milchschorf auf seinem Scheitel.

Warum ich das erzähle?

Weil es besser nicht wird.

Und weil wir trotzdem froh sind, wenn aus diesem Säugling ein Erwachsener geworden ist, der sich seinerseits wieder über einen Säugling beugen kann, der vielleicht sein Sohn oder Enkel ist, und der sich dabei genauso freut wie ich in jenem Augenblick.

Wenn es dazu kommt, heißt das nämlich, dass es (zumindest größtenteils) gutgegangen ist.

Das ist eine gute Erfahrung.

Aber sie hilft uns nicht weiter. Weil das Rad des Lebens nicht aufhört, sich zu drehen. Es geht aufwärts, und eben leider auch wieder runter.

Die einzige Alternative wäre, sich nicht mehr fortzupflanzen und die ganze Mischpoke aussterben zu lassen. Doch das muss man erst mal hinkriegen – und das wäre ein richtig mieser Job. Nur noch Tattergreise, und der Letzte kriegt seine steifen Finger nicht mehr hoch, um das Licht auszumachen.

Aber, wie gesagt, das muss man erst mal hinkriegen. Einer

kommt immer zu früh, oder das Gummi reißt, oder die Weiber versauen alles, weil sie die kleinen Scheißer so süß finden.

Ja, das hat sich jemand gut ausgedacht.

Auch ich war mal ein süßer Säugling mit einer großen, rechtschaffenen Zukunft gewesen, und nun fuhr ich mit meinem Vater und meinen Brüdern durch die Nacht, um einen Einbruch zu begehen. Wir verließen die Stadt in südlicher Richtung, fuhren eine Weile durch brandenburgische Dörfer und Alleen, vorbei an winterlich kahlen Feldern und gelangten schließlich zu einem Haus, das etwas abgelegen in der Nähe eines kleinen Ortes stand. Während der Fahrt hatten wir Hard Rock gehört und kaum geredet. Jupp entdeckte gerade die Klassiker aus den Siebzigern wieder, und so liefen die ganze Zeit Songs wie *Breaking the law* von Judas Priest und *Hot rails to hell* von Blue Öyster Cult: »Hey, cop, don't you know the heat's on all right, the summer day didn't quit for the night …«

Wir fuhren an dem Haus vorbei und über einen Feldweg in ein nahe gelegenes Wäldchen, wo Vadder und Jupp warten würden, während Robbser und ich das Objekt klarmachten. Die Nacht war eisig hier draußen. Unser Atem dampfte, als wir ausstiegen. Auf einem angrenzenden Feld konnte man vereinzelt Schneereste erkennen, die im Dunkel gespenstisch leuchteten. Bei uns in der Stadt war noch kein Schnee gefallen.

Robbser und ich stapften über einen von Buschwerk gesäumten Weg. Der Mond schien so hell, dass wir keine Taschenlampen brauchten. Gelegentlich fuhr ein einzelnes Auto die nahe gelegene Landstraße entlang, und jedes Mal schreckte ich auf, wenn die Lichtkegel der Scheinwerfer uns streiften. Unsere Schuhsohlen knirschten viel zu laut auf dem eisigen und steinigen Boden. Schon als wir an dem Haus ankamen, das unheimlich und dunkel vor uns aufragte, und über den Zaun stiegen, war ich schweißgebadet. Unsere Lampen ließen wir nur gelegentlich aufblitzen, um uns in den dunkleren Ecken zu orientieren. Die Lampen waren mit Klebeband so präpariert, dass sie nur einen schmalen fokussierten Lichtstrahl warfen. Es gab einen Zwinger im Garten, der aber leer war. Alles war ruhig. Hochgewachsene Büsche und Bäume schmiegten sich wie weiche Schatten an das alte Gebäude. Im Erdgeschoss gab es noch schöne, eisenbeschlagene Fensterläden, im ersten Stock waren Rollläden installiert worden, die Kellerfenster waren vergittert.

Um solche Häuser zu finden, arbeiteten sich mein Vater und meine Brüder systematisch mit Stadtplan und Landkarte durch Berlin und Brandenburg, gelegentlich wurden auch Ausflüge in andere Bundesländer unternommen, wenn es einen guten Tipp oder gar einen Auftrag gab. Es war der angenehme und in gewisser Hinsicht wichtigste Teil ihrer Arbeit. Robbser hatte mir erklärt, dass, statistisch gesehen, ein Drittel aller Einbruchversuche gestört wurde und abgebrochen werden musste und dass dafür vor allem ein schlecht gewähltes Objekt der Grund sei.

»Wir sind nur ein kleines Unternehmen und eher untypisch für die Branche. Die großen Banden arbeiten bundesweit und international, die wohnen selten da, wo sie zuschlagen, die fahren mit der Beute Hunderte von Kilometern weit. Das sind riesige Clans mit einzelnen Banden von dreißig Mitgliedern, wo jeder auf seinen Bereich spezialisiert ist wie in einem Betrieb. Viele Ausländer, darunter Rumänen und Zigeuner, haben ein weit verzweigtes Netz von Hehlern und fahren nur die dicksten Schlitten. Wär schon geil, da mitzuspielen, aber es ist sicherer, wenn wir bleiben, wo wir sind.«

Meine Brüder und mein Vater nahmen sich in der Regel nicht mehr als zwei Objekte pro Schicht vor. Falls sie auf unerwartete Schwierigkeiten stießen und nicht einsteigen konnten, hatten sie meist noch ein drittes im Visier. Für diese Arbeit waren Feiertage und Ferien am besten, weil die Häuser dann länger leer standen. Ansonsten boten sich die Einkaufs-, Arbeits- und Schulzeiten an sowie die Abendstunden, wenn die Leute ausgingen, vor allem im Herbst und Winter, wenn es früh dunkel wurde und Regen und Sturm die Arbeitsgeräusche überdeckten.

»Wir schauen uns erst mal die Kellertür an«, flüsterte Robbser gutgelaunt. Er genoss es offensichtlich, mich als Schüler dabeizuhaben. Erst als wir die paar Stufen zur Tür hinuntergegangen waren, schaltete er die Lampe an, die er wie ein Bergmann auf seiner Mütze trug.

»So erst mal leuchten wir ins Fenster. Manchmal kann man 'ne Alarmanlage entdecken und manchmal sogar sehen, ob sie noch funktioniert oder nicht. Hm, scheint nicht der Fall zu sein. Weißt du, solche Anlagen sind anfällig, anfangs werden sie noch fleißig benutzt, aber irgendwann sind die Bewohner genervt oder werden nachlässig. Ich schätze, bei acht von zehn Privathäusern, die eine Anlage haben, sind sie entweder defekt oder nicht eingeschaltet. Und bei einem Haus wie diesem würde es in jedem Fall zehn bis fünfzehn Minuten dauern, bis die Bullen hier sind. Da sind wir schon wieder weg. So, jetzt schau dir mal die Tür hier an. Mit einem Kuhfuß hab ich die ratzfatz aufgebrochen – so machen das die meisten ungehobelten Kollegen in unserer Branche. Terrassentüren, Fenster, alles. Kostet allerdings Kraft und macht Lärm. Is was für Anfänger und Junkies, und wenn die sich doof anstellen, nicht mal besonders schnell. Trotzdem, und das merk dir gut«, dozierte er weiter, »gilt die alte Einbrecherregel, dass man seinen Kuhfuß für alle Fälle immer dabeihaben sollte, und sei es, um einen Angreifer abzuwehren. So, jetzt wirf mal einen Blick auf das Schloss hier. Zwar ein Zylinderschloss, aber nicht gut angebracht.«

Er zog ein klobiges Werkzeug, das aussah wie der Griff eines Laserschwertes, von seinem Gürtel.

»Das ist ein sogenanntes Knackrohr für Profilzylinder. Damit reicht mir ein Zylindervorstand von nur zwei Millimetern, um das Schloss zu brechen. So … Gepackt. Würde jetzt ruckzuck gehen, wäre aber auch irgendwie unelegant. Gibt dann auch noch den Ziehfix und so 'n Zeug, das ham sie manchmal bei der Feuerwehr, haben wir auch alles benutzt, früher, bis wir besser wurden. Das Problem beim Ziehfix und beim Knackrohr ist, dass es inzwischen Schlösser mit Sollbruchstellen gibt. Die brechen dann auch, aber nicht so, wie wir es wollen, und dann steckt ein Teil des Schlosses immer noch in der Tür. Nicht, dass ich das bei dem hier erwarten würde … Auch die Schlagschlüsseltechnik wäre hier angebracht, weil das ein sehr einfaches Schloss ist. Geht schnell, und ich werd's dir beibringen. Dafür braucht man nicht viel Geschick.« Er lachte kurz. Ich grunzte. »Was man dafür braucht, sind ein paar gut präparierte Schlüssel. Aber nein, Bruderherz, was wir machen ist sportlicher. Dieses Popelschloss hier mach ich dir einfach mit 'ner Picknadel und 'nem Spanner auf. Wirste auch alles noch lernen, wenn de dich nicht ganz dumm anstellst. Das hier ist der Spanner.« Er hielt mir das Ding direkt vor die Augen. Es war ein winziges Metallstück mit einem rechtwinklig abgeknickten Ende. »Und das hier ist die Nadel oder der Picker. Kannste selber basteln aus 'ner Büroklammer oder kaufen in zig Varianten. Mein Modell hier ist die Schlange, wegen der Welle, gut für Anfänger wie dich, aber auch bei Profis wie mir sehr beliebt. Der Spanner heißt so, weil ich damit den Zylinder und die Stifte darin unter Spannung setze.« Er führte ihn mit dem kurzen Ende ein und drückte ihn in eine Richtung.

»Mit der Schlange fahre ich jetzt über die Stifte im Schloss und bemerke dabei mit etwas Glück schon eine leichte Neigung, einen Kipp. Ja … Ja … Da isser … So, jetzt nehme ich eine andere Nadel, einen sogenannten Haken. Damit muss ich jetzt fummeln und die Zylinderstifte in die richtige Position bringen, um das Ding öffnen zu können. Am Anfang denkt man noch, man muss alle Kombinationen durchprobieren, was aber natürlich bei vier bis sechs Stiften ewig dauern kann. Mit der Zeit jedoch entwickelt man ein Gefühl, ein Gespür ... Schon eben mit der Schlange habe ich ja einen Treffer gelandet. Wenn ich jetzt gleich den zweiten Stift in der richtigen Position habe, gibt mir das Schloss sozusagen eine Rückmeldung. Da macht es gleich klick ...«

Ich hielt den Atem an. Es dauerte keine Minute, bis er den Spanner drehen konnte, als sei er ein Schlüssel.

»Und alles ist schick ...«

Aus der offenen Tür schlug uns muffige, warme Kellerluft entgegen.

»Bin ich klasse?«

»So was von.«

»Jo, da kiekste. War aber auch ein einfaches Schloss. Wenn die Besitzer heimkommen, merken die erst mal gar nicht, dass eingebrochen wurde. Wundern sich vielleicht und denken, dass sie vergessen haben abzuschließen. Gibt dann oft Probleme mit der Versicherung, weil die nicht glauben, dass eingebrochen wurde. So, jetzt kannste auch dein Licht einschalten. Und setz die Maske auf.«

Er trug unter seinem Overall einen schwarzen Pullover mit äußerst langem Rollkragen, den er über seine Nase zog. Ich hatte eine Skimütze dabei. Der Keller war nicht im besten Zustand. Teilweise bröckelte der Putz und entblößte das Mauerwerk. Die Anspannung, die ich schon die ganze Zeit über empfand, wurde stärker. Die ständig wechselnden Schatten im Strahl der Lampen machten mich nervös. Ich versuchte, alle Seiten gleichzeitig im Blick zu behalten.

»So, wir gucken uns das hier nur mal ganz schnell an«, flüsterte mein Bruder. »Schrei nicht gleich, falls wir einer Katze begegnen. Die Augen leuchten so schön. Da der Heizungskeller ...

Hier die Vorräte …« Hölzerne Regale tauchten aus dem Dunkel auf und erinnerten mich an die Besuche bei den Verwandten auf dem Land.

»Wie erwartet, nix von Interesse. Wenn de willst, kannste dir 'ne Flasche Sekt oder 'n Wein mitnehmen …« Ohne lange nachzudenken, steckte ich mir ein Glas selbstgemachte Erdbeermarmelade in die Tasche, als Trophäe meines ersten richtigen Einbruchs.

»Wir gehen noch mal durch die Haustür.«

»Warum nicht durch die Kellertür da oben?« Ich zeigte auf die dunkle Treppe, die hinauf ins Erdgeschoss führte.

»Könnten wir, ja, wäre auf jeden Fall 'nen Versuch wert, aber so wie's aussieht, müssen wir später sowieso durch die Haustür, um den Krempel rauszutragen. Durch den Keller ist zu umständlich. Davon abgesehen, sind wir auf Schulungstour, und ich will dir noch mehr zeigen. Lampen wieder aus.«

Wieder stapften wir durchs Dunkel. Oben vor der Haustür fühlte ich mich noch unwohler. Ich schwitzte und fror zugleich. Robbser zeigte mir gutgelaunt die zwei Sicherheitsschlösser und ihren Feind, das akkubetriebene Multipick-Set. Es sah aus wie eine elektrische Zahnbürste. Am Ende hatte es eine dünne Metallzunge, die er in das Schloss einführte. Das Geräusch, das es von sich gab, erinnerte mich an meinen letzten Zahnarztbesuch.

»Diese Schlösser hier sind kleiner und feiner, was das Picken schon mal von vornherein erschwert. Das Prinzip, nach dem ich vorgehe, ist aber dasselbe wie eben, nur elektronisch. Statt selber zu fummeln, lass ich den Vibrator die Arbeit machen.« Er grinste zufrieden. »Die Zukunft der modernen Aufsperrtechnik – zum Aufsperren der gebräuchlichen mehrstiftigen Scheibenzuhaltungszylinder ohne Beschädigung des Schließzylinders. Tolle Sache, scheiß Jargon. Erinnert mich immer an meine Lehrzeit, da mussten wir auch so Scheißbegriffe lernen. Mein Meister würde sich in den Arsch beißen, wenn er wüsste, dass ich jetzt eine ganz andere Art von Schlosser geworden bin, kein verdammter Maschinenschlosser in irgendeiner Scheißfabrikhalle, sondern mein eigener Schlüsseldienst.«

»Redest du immer so viel? Wenn uns jemand hört!«

»Du hast absolut recht, Brüderchen.« Aber das bedeutete nicht, dass er die Klappe hielt.

»Von diesen Dingern hier gibt's unterschiedliche Modelle«, fuhr er in seinem pädagogischen Belehrungsrausch fort. »Manche sind so stark, dass sie das Schloss beschädigen. Bei diesem hier kann ich die Vibration stufenlos einstellen ... Man arbeitet genau genommen nach dem Zufallsprinzip ... Immer schön spannen ... So, eins ist schon auf. Das Superding hier hat Jupp vor Jahren im Internet entdeckt, als er Lockpicking recherchiert hat, und dann haben wir's über Muddern, die damals noch Hausmeisterin war, besorgt, ohne dass sie recht begriffen hat, um was es ging. Die kannte ja all die anderen Hausmeister, und die machen damit heute den Schlüsseldiensten die Arbeit streitig. Ich dachte erst, ich träume. Weißt du, wenn du nicht der Superpicker bist, können dir diese neuen Sicherheitsschlösser ganz schön zu schaffen machen, die haben eine andere Sorte von Stiften drin, Mushroom und wie die alle heißen, je nachdem, wie sie geformt sind. Da macht es klick, und der Zylinderkern lässt sich kurz drehen, aber dann plötzlich: nüscht mehr, weil der Mushroom sich nämlich verhakt hat, anstatt ganz zurückzugleiten. Ja, da ist dieses Ding mit seinen feinen Vibrationen doch sehr hilfreich. Da stehen alle Stifte schnell in Reih und Glied. Wichtig ist, dass du immer schön spannst, sonst verpasst du den kurzen Moment, wo die Trennlinie freigegeben ist und sich der Kern drehen lässt.«

»Und damit kriegst du alle Schlösser auf?«

»Na ja, fast alle. Manchmal geht gar nix. Manchmal dauert's halt länger. Wenn es nach zwei Minuten nicht auf ist, kannst du's vergessen. Aber die meisten haben einfache Schlösser. Manchmal muss ich lachen. Da haben Leute ein Superschloss als Hauptschloss, das ich ohne Gewalt nicht aufkriegen würde oder zumindest nicht schnell genug, 'n Magnetschloss oder so was, und direkt daneben ein teuer zusätzlich installiertes, sogenanntes Sicherheitsschloss, das ich dir in dreißig Sekunden aufmache, ohne Spuren zu hinterlassen. Dämlich, dämlich. Aber der Markt ist auch unübersichtlich. So, bitte nach Ihnen.«

Wieder öffnete sich das Innere wie eine Grotte im Schein unserer Lampen. Mein eigenes Licht in einem Spiegel blendete mich. Jeden Moment erwartete ich, einen schläfrigen Bewohner vor mir auftauchen zu sehen.

»Ganz ruhig, Alfie«, sagte Robbser, der mich anscheinend laut hatte atmen hören. »Wir sind hier sicherer als zu Hause.«

Die Inneneinrichtung war im rustikalen Jägerstil gehalten. Das war nicht einfach nur schlechter Geschmack, sondern hatte mit dem Hobby des Besitzers zu tun, wie wir an einem Waffenschrank in seinem Arbeitszimmer erkennen konnten. Ich musste an meine Erfahrung als Treiber denken und an die süße Muschi, für die ich das alles getan hatte.

»Nicht träumen«, knurrte Robbser.

Wir fanden diverse elektronische Geräte, Teppiche und Brücken von hohem Wert, und im Schlafzimmer Schmuck, Pelzmäntel und teure Abendkleider. Robbser zeigte auf ein paar kleinere Ölgemälde und auf eine umfangreiche DVD-Sammlung. Das sei zwar alles nur Kleinkram, ließe sich aber leicht transportieren und summiere sich zu einer beachtlichen Summe. Während ich per Handy Vater und Jupp rief, suchte er nach Bargeld.

»In Küchen findest du immer wieder hübsche Dosen mit Haushaltsgeld, und in Arbeits- und Schlafzimmern liegen auch oft Bargeld und Kreditkarten in den Schubläden. Hier könnte es sogar einen Safe geben.«

Plötzlich hörte ich ein Auto, das den Zufahrtsweg von der Landstraße heraufgefahren kam. Wir waren über einen Seitenweg vom Wäldchen hierhergekommen, den auch Vater und Jupp benutzen wollten. Ich schob mich ans Fenster, spähte vorsichtig hinaus und sah einen Wagen vor der Garage halten.

»Alles klar?«, fragte mich Jupp durch das Handy.

»Nein, scheiße, die kommen gerade nach Hause«, presste ich hervor. Meine Knie wurden weich, ich konnte mich kaum rühren und musste all meine Kraft zusammennehmen, um Robbser zu rufen.

»Lampe aus, nimm meine Hand!« Er schien schneller zu handeln, als ich gesprochen hatte, und zog mich zu der Tür, die hinunter in den Keller führte. »Los, runter! Aber langsam und leise und im Dunkeln. Ich mach hier dicht.«

Die Finsternis schlug über mir zusammen wie eine Welle. Ich schwitzte unter meiner Maske, und das Atmen fiel mir schwer. Ich tastete mich an der Wand entlang, nahm eine Stufe nach der anderen. Hinter mir hörte ich Robbser sacht die Tür schließen. Kurz darauf stieß er gegen mich. »Los, weiter!« Dann tauchte vor mir das kleine Fenster der Kellertür auf, durch das schwaches Mondlicht hereinfiel. Robbser überholte mich und spähte hinaus, sein Gesicht wirkte gespenstisch, als der Mond es beleuchtete.

»Lass uns warten. Der Kerl bringt noch seinen Hund in den Zwinger.«

Plötzlich war ich richtig sauer, dass meine beknackte Familie mich in diese Situation gebracht hatte.

Robbser winkte mich zu sich.

»Komm her, beobachte ihn und versuch, ganz ruhig zu atmen. Alles ist in Ordnung. Wenn er uns bemerkt, mach ich ihn fertig.«

Ich erwiderte nichts, aber ich spürte, wie der Zorn mir Kraft gab.

»Und der Hund?«

»Der kriegt mein Knackrohr auf'n Schädel. Und für ganz harte Fälle hab ich immer noch 'ne Knarre dabei.«

»Ernsthaft?«

»Ja, aber ich hab sie noch nie gebraucht. Beruhigt mich nur irgendwie.«

Der Herr des Hauses kam zurück, wir konnten nur seine Beine sehen. Kurz darauf hörten wir die Haustür ins Schloss fallen.

»Los, jetzt.« Wieder packte Robbser meine Hand, als traute er mir nicht zu, allein zu laufen. Einerseits machte mich das nur noch wütender, aber andererseits war ich ihm auch igendwie dankbar und fühlte mich an meine Kindheit erinnert, als meine Brüder mir den Vater ersetzt hatten. Immer hatten sie mich hinter sich hergezerrt, durch die sommerlichen Straßen, die Parks, über Spielplätze, ins Freibad. Mir die erste Fluppe in die Hand gedrückt, mich auf mein erstes Konzert mitgeschleppt. Ich musste grinsen. Eine seltsame Euphorie erfasste mich, in der sentimentale Gefühle, Hysterie und der Adrenalinrausch des Abenteuers eine Allianz eingingen. Sobald wir über die Treppe hinauf und in den Garten gelangt waren, begann der Köter in seinem Zwinger zu bellen. Ich wollte durch den Garten in Richtung Zaun rennen, so wie wir gekommen waren, aber Robbser zog mich nach rechts durch das Gartentürchen und dann erst den Weg entlang Richtung Wald.

Hinter uns knatterten die Rollläden, und dann hörten wir eine Stimme, der man anmerkte, dass sie gewohnt war, Hunden Befehle zu erteilen: »Halt! Oder ich schieße!«

Aber kein Schuss fiel. Wir waren wohl schon außer Reichweite, bevor er seine Büchse geladen hatte.

Auf dem Weg kam uns Vadder mit Robbsers Wagen entgegen. Die Scheinwerfer waren nicht eingeschaltet, das Mondlicht genügte. Wir stiegen ein, Robbser hinters Steuer, Vadder auf den

Beifahrersitz, ich nach hinten, und nach einem kurzen Wendemanöver fuhren wir davon. Ich japste nach Luft. Die Scheiben beschlugen. Ich riss mir die Maske vom Kopf und rieb mir die vom Schweiß brennenden Augen. Robbser und Vadder wirkten so ruhig, als erlebten sie das jede Nacht. Jupp, der hinter uns fuhr, schaltete irgendwann die Scheinwerfer ein, deren Reflexion im Rückspiegel mich blendete. Wir waren auf der Landstraße. In meinen Schläfen pochte es schmerzhaft. Dann rumpelten wir wieder über einen Feldweg.

»Puh, Vadder, idiotensicher«, sagte ich, als ich wieder sprechen konnte. »Waren das nicht deine Worte?«

»Ja, und du wirst gleich merken, warum.«

Erst jetzt sah ich, wohin wir gefahren waren. Wir standen wieder vor dem Haus, aus dem wir gerade geflohen waren.

»Nenn es die Einbrechertaufe, Alfie«, sagte Vadder, der sich grinsend zu mir umdrehte. Ich hatte ihn selten so gutgelaunt gesehen. Sein Gesicht strahlte. Mit seiner Pranke griff er nach hinten, um mir die Hand zu schütteln. »Hier wohnt unser Hehler.«

DREI

Besitz und Eigentum

Unser Hehler Wieland war ein gemütlicher, untersetzter Kerl mit Schnauzbart und Lachfältchen, eine gutgelaunte, mit mehr Kopfhaar gesegnete Variante meines Vaters, die mir derb die Hand schüttelte und mir stolz seine Waffen zeigte. Er sagte grinsend, er hoffe, mir vertrauen zu können, sonst müsse er mich über den Haufen schießen, was er seinem alten Freund Karlheinz nur ungern antun wolle. Der Witz gefiel mir nicht, und wenn ich darüber nachdenke, sollte es wohl auch keiner sein. Zusammen mit seiner unerwartet hochgewachsenen und noch recht attraktiven Frau, die mich etwas zu innig umarmte, tranken wir ein paar Schnäpse und besprachen Geschäftliches. Wieland hatte vor Jahrzehnten mit einem Trödelladen in Tempelhof angefangen und war inzwischen zu einem »seriösen« Antiquitätenhändler geworden, der mehrere »renommierte Ladengeschäfte« für alle Preisklassen in Berlin besaß, in denen alles, wie er mehrmals betonte, »hundert Prozent seriös« ablief, abgesehen von ein bisschen Geldwäsche, versteht sich. Allein rund um seine Läden beschäftigte er offiziell fast fünfzig Leute, hinzu kamen Selbständige auf Flohmärkten, die mit ihm kooperierten. Und wir waren natürlich nicht die Einzigen, die für ihn einbrachen und stahlen. Die Hehlerware wurde international getauscht und vertrieben, Import – Export. Er klagte über die Dominanz der Rumänen im Geschäft und wiederholte mehrmals, wie froh er sei, mich als »seriösen deutschen Nachwuchs« in ihren Reihen begrüßen zu dürfen.

Bei den folgenden echten Einbrüchen gab es keine Hunde, keine Bewohner, die überraschend nach Hause kamen, und schon gar keine Hobbyjäger mit Gewehr im Anschlag. Ich schwitzte zwar immer noch jedes Mal fürchterlich und war völlig erschlagen, wenn es vorbei war, aber alles in allem verlief mein Einstieg ins Gewerbe erstaunlich unproblematisch. Nun, das heißt, ich wurde weder gelyncht noch verhaftet. Dafür hatte ich Albträume. Und die hatten es in sich. Obwohl wir meist nur den Elektropick benutzten und wirklich leise und professionell vorgingen, waren meine Träume unglaublich laut. Immer zerbrach Glas, fiel etwas herunter, eine Alarmglocke gellte, und Polizeisirenen zerrissen die Nacht. Alte Frauen zeigten mit langen Hühnerbeinfingern auf mich und schrien: »Haltet den Dieb!« oder murmelten unablässig: »Wer knuspert an meinem Häuschen … meinem Häuschen … Mäuschen?« Robbser zerschlug Schrankwände mit einem Baseballschläger, und Jupp zeigte mir unterschiedlichste Elektropicker in den schrillsten Farben, die er wie ein Zauberkünstler mit Hilfe von regenbogenfarbenen Tüchern aus immer neuen Schubläden zog. Oder er sprang wie Rumpelstilzchen herum und schrie enttäuscht: »Die Alte hat nich mal ’nen Vibrator, nich mal ’nen Vibrator!« Und immer hatte ich in meinen Träumen diesen Tunnelblick, den man bekommt, wenn man hinter einer Taschenlampe durchs Dunkel schleicht: ein endloser finsterer Tunnel aus immer neuen Zimmerfluchten. Und oft stand ich dann da auf einem fremden Klo mit heruntergelassenen Hosen und spürte intensiv den Druck in meiner Blase, und das Badezimmer verwandelte sich in eine Küche oder ein Wohnzimmer, und dann kam irgendjemand, und wieder zeigte diese Alte auf mich und schrie, und ich floh, und es war immer dunkel, und die Straßen waren immer nass. Und dann wachte ich schweißgebadet und ebenso erleichtert wie erschöpft auf.

Unser Arbeitsrhythmus wurde von den ausgewählten Objekten und unserer körperlichen Verfassung bestimmt. Robbser bevorzugte den nächtlichen Einbruch. Doch die Nachtschichten zehrten an der Gesundheit. Vadder, immerhin schon Ende sechzig, gab sie nach meinem Einstand völlig auf, zumal auch seine Augen nicht mehr mitmachten. Während meiner Einarbeitungszeit waren wir eine Zeitlang zu dritt unterwegs, dann begannen wir bei kleineren Objekten damit, in wechselnden Zweierteams zu arbeiten. Einfamilienhäuser und Wohnungen standen häufig tagsüber leer und waren dann auch oft schlecht gesichert.

Die Einbrüche selbst machten tatsächlich nur einen Teil unserer Arbeit aus, schließlich musste die Beute auch transportiert, bewertet, sortiert, verwaltet und wieder transportiert werden. Die meiste Zeit kam ich mir vor wie ein Lagerarbeiter oder Lieferant. Manchmal konnte Wieland die Sore nicht schnell genug zu Geld machen, und wenn das Zwischenlager bei einem weiteren Partner in Brandenburg auch voll war, dann mussten wir neue Räumlichkeiten anmieten. Einen Teil der Ware verkauften wir selbst an Secondhand-Geschäfte und Händler, die von Markt zu Markt zogen. Unser Hauptlager war eine Doppelgarage auf einem Garagenhof am Rand eines Industriegebiets, das schon bessere Zeiten erlebt hatte. Hier stellten Leute ihre Drittwagen, Motorräder und Boote unter oder lagerten vorübergehend Möbel und anderen Kram. Wir sprachen immer nur von der Garage. Manchmal machte Jupp eine Anspielung und nannte es die »hermetische Garage«, denn die Luft konnte ziemlich stickig werden, wenn wir die Türen längere Zeit geschlossen hielten, um unsere kriminellen Machenschaften zu verbergen. Ringsum waren Bewegungsmelder installiert, damit wir merkten, wenn sich jemand näherte.

Für uns war es der perfekte Ort. Wir trafen kaum andere Mieter, und wenn doch, dann waren es nie dieselben, die uns sahen, wie wir an einer alten Yamaha Enduro oder einem der Autos herumschraubten oder etwas aus- oder einpackten.

An einer Werkbank übte ich mich im Lockpicking. Die verschiedenen Schlosstypen wurden eingespannt, und ich musste versuchen, sie zu öffnen. Ich musste ein Gefühl dafür entwickeln, welche Picknadel für welches Schloss am besten geeignet war. Es gab unterschiedliche Modelle, zum Beispiel den Rake mit einem leicht geknickten oder den Diamant mit einem rautenförmigen Ende. Manche Schlösser waren so klein, dass man im ersten Moment glaubte, mit seiner Nadel gar nicht hineinzukommen. Robbser entpuppte sich als geduldiger Lehrer, auch wenn er den einen oder anderen Witz über meine linken Hände und mein mangelndes Einfühlungsvermögen riss. »Immer schön spannen«, wiederholte er mantraartig. »Wer nicht spannt, braucht auch nicht zu picken. Spüre, was der Zylinder dir sagen will. Finde den Kipp.«

Ich bettelte um den Elektropick, aber nein – nein, den würde ich erst benutzen dürfen, nachdem ich das Setzen der Stifte von der Pike auf erlernt hatte. Also wieder von vorn. Spannen. Raken. Stifte setzen.

Ich erinnere mich noch gut an das Hochgefühl, als ich nach Stunden mein erstes Schloss gepickt hatte. Zwar fiel mir der Spanner aus der Hand, weil ich noch gar nicht damit gerechnet hatte, und die Nadel brach ab, aber das Ding war auf. Ich schrie und ballte die Fäuste, und meine Brüder klopften mir auf den Rücken, als sei ich ein Schnitzel.

Die eigentliche Kunst bestand darin, es möglichst schnell zu schaffen. Wenn du einbrichst, willst du nicht eine halbe Stunde und länger vor der Tür hocken, bis dir die Füße einschlafen.

Jupp war, wie ich nach einer Weile erkannte, ein noch besserer

Lockpicker als Robbser, allerdings nur in der Garage, also unter rein sportlichen Bedingungen. Wenn es darauf ankam, war er zu nervös und überließ das Picken meist seinem älteren Bruder. Jupp hatte sich darauf spezialisiert, die Festplatten der erbeuteten Computer zu reinigen. Er saß in einer abgeteilten hinteren Ecke der Garage, und ab und zu konnte man ihn kichern und grunzen hören. Es bereitete ihm eine riesige Freude, mir Nacktbilder und dergleichen zu zeigen. Wahrscheinlich war neben dem pornographischen Interesse auch Neugier dabei. Er wollte wissen, wen wir bestohlen hatten. Oft amüsierten wir uns herrlich über steife Familienbilder und ungeschickt fotografierte Akte von Möchtegern-Schönheiten, aber manchmal packte uns auch das schlechte Gewissen, wenn uns bewusst wurde, was wir taten – dass wir Erinnerungen nicht nur entweihten, sondern vernichteten. Junge Frauen schauten uns ein letztes Mal herausfordernd und zweifelnd zugleich an, stellten die alte, so seltsam wichtige Frage, ob sie schön seien, und kleine Kinder blinzelten unschuldig in ihre Zukunft, bevor Jupp die Dateien löschte, überschrieb und neue Software installierte.

So viele Geräte, die den Menschen das Leben erleichterten, so viele Dinge, mit denen sie Erinnerungen verbanden, auf die sie stolz waren, an deren Anblick sie sich ergötzten, gehörten für kurze Zeit uns, bevor wir sie wieder auf die Reise schickten, und ich stellte mir vor, wie so manches Stück, das wir verschmäht und zurückgelassen hatten, dankbar in die Arme genommen und geküsst wurde. Jupp erzählte, manche Banden böten ihren Opfern besonders seltene und wertvolle Sammlerstücke sogar zum Rückkauf an und erzielten dabei die höchstmöglichen Preise. Immer wieder stießen wir bei unseren Beutezügen auf liebevoll gehortete kuriose Sammlungen: Fanartikel, Bücher, Tonträger, Bilder, Kunstgegenstände, altes technisches Gerät, Militaria, Münzen, Briefmarken, Besteck, Schnapsgläser, Bierkrüge, Zigarettenpackungen, Blechspielzeug, Modelleisenbahnen, -autos, -flugzeuge, -schiffe, Puppen und Plüschtiere, Figuren aus Plastik, Gummi, Vinyl und Porzellan: Tiere, Gartenzwerge und Monster. Es war beeindruckend und nicht immer leicht zu entscheiden, ob man den Krempel mitnehmen oder lieber stehenlassen sollte. Einerseits konnten manche Stücke viel Geld bringen, andererseits konnten fanatische Sammler, die sich untereinander kannten und Kontakt pflegten, gefährlich werden, wenn sie ihre Kostbarkeiten suchten und Spuren fanden, die zu uns führten. Deswegen hatte Wieland uns davon abgeraten.

Es gab außerdem eine Übereinkunft, keine Beute zu behalten, sondern alles zu Geld zu machen, aber wie bei jeder Regel wurden auch hier Ausnahmen gemacht. Der Wert einiger Dinge war um so vieles höher als ihr Verkaufspreis, dass wir manchmal einfach nicht widerstehen konnten. Und so war im Lauf der Zeit einiges zusammengekommen: Computer, Unterhaltungselektronik und Kleidungsstücke gehörten dazu, Werkzeuge, Bücher und Tonträger. Jupp und Robbser besaßen bereits eine stattliche Sammlung an gestohlenen Hard-Rock-Reliquien: seltene Schallplatten, Bootlegs, T-Shirts, Poster und heißbegehrte Autogramme, außerdem Pornomagazine und -filme ohne Ende. Mein Musikgeschmack hatte sich im Lauf der Jahre erweitert, und so gehörte zu meiner persönlichen Beute die erste LP von *Faust* in transparentem Cover und Vinyl, diverse seltene Drexciya-Maxis und eine streng limitierte LP-Box von Muslimgauze, Türkengedudel, wie Jupp es nannte.

Ich weiß, es ist paradox, aber aufgrund unserer Arbeit begann ich mich für den Datenschutz und die Privatsphäre zu interessieren. Als Kriminelle missachteten wir die Geheim- und Intimsphäre unserer Opfer und die Unverletzlichkeit ihrer Wohnung. Zugleich hatten wir besonderes Interesse an unserem eigenen Schutz und versuchten, immer auf dem neuesten Stand zu bleiben, was die Gesetze, die technischen Innovationen und Fahndungserfolge betraf. Je mehr wir uns vom Eigentum anderer aneigneten, desto mehr waren wir um unseren eigenen Besitz besorgt. Und je mehr Nacktfotos wir von den Frauen anderer sahen, desto eifersüchtiger wurden wir, was unsere Frauen betraf. Wenn wir etwas nicht vertragen konnten, dann war es das Herumschnüffeln in unseren Angelegenheiten. Mochte ja sein, dass Hinz und Kunz nichts zu verbergen hatten und bereit waren, den staatlichen Fahndern die Gebärmutterhälse ihrer Frauen zu zeigen. Wir jedenfalls hatten etwas zu verbergen.

Da sich das Interesse meiner Brüder an täglich publizierten Printmedien darauf beschränkte, das Mädchen auf Seite 1 zu betrachten, musste ich all die Artikel über unseren Innenminister und seine Allmachtsphantasien lesen. Ich hatte nicht viel Ahnung von Politik, aber mir war sonnenklar, dass die Terroristen ein willkommener Vorwand waren, um uns alle in den Griff zu kriegen. Es würde alles so laufen wie einst bei der Rasterfahndung. Die Gesuchten würden Mittel und Wege finden, durch die Maschen im Netz zu schlüpfen, und anständige Verbrecher wie uns würden sie am Arsch kriegen.

»Wisst ihr, was wir mal machen müssten?«, sagte ich eines Tages, während wir in der Garage hockten, Jupp vor dem Bildschirm, Robbser ölverschmiert an seiner Maschine und ich mit der Tageszeitung in einem alten Schaukelstuhl. Sie reagierten nicht. Ich rief: »Hallo! Hört ihr mir zu?«

»Was?«, schnauzte Robbser genervt, und Jupp grunzte: »Hm?«

Ich beugte mich vor und flüsterte konspirativ: »Wir müssten uns die Villa vom Innenminister vornehmen. Damit der auch mal merkt, wie scheiße so 'ne Hausdurchsuchung ist.«

Hätte ich nur meine vorwitzige Studentenschnauze gehalten.

Meine Freundin Nessi wusste von alldem nichts, genauso wenig wie meine Mutter oder Jupps Freundin Angie. Angie war zu dick, zu geschwätzig, und meistens auch zu betrunken, um solches Wissen vertraulich behandeln zu können. Sie lebte im Glauben, dass ihr Männe ganz seriös in Robbsers Firma arbeitete. Die einzige Eingeweihte war Robbsers Chantal. Sie war bereits reichlich gelangweilt von ihrem Pseudo-Puff und machte Pläne, mit Robbsers sauer verdientem Geld ein Kosmetikstudio zu eröffnen. Nessi hatte ich durch sie kennengelernt. Die beiden hatten eine Weile im selben Friseursalon gearbeitet, bis Chantal sich mit der Chefin angelegt hatte. Chantal hatte eine ziemlich große Nase und wirkte nicht nur deshalb hochnäsig und dominant, selbst wenn sie gerade einmal den Mund hielt. Es passierte auf ihrer Geburtstagsfeier im Schrebergarten von Großtante Gertrud. Es war zwar erst Mitte Mai, aber schon so heiß wie im Hochsommer. Angeblich war sie erst 37 geworden. Die Zahl war allerdings so unsexy, dass es tatsächlich stimmen konnte. Nessi, deren richtiger Name Vanessa lautete, nur dass sie niemand so nannte, obwohl sie ihn viel schöner und angemessener fand als ihren Spitznamen, war eigentlich überhaupt nicht mein Typ. Sie war Mitte zwanzig, blondiert, braun wie ein Brathahn, bis zum Anschlag geschminkt, und hatte künstliche Fingernägel von bizarrer Größe und Bemalung, war aber eine Seele von Mensch und mit einer guten, nicht zu sportlichen Figur gesegnet. Wenn ich sage, dass sie nicht mein Typ war, stimmt das nicht ganz. Trotz aller erwähnten Mängel, zu denen ich noch die schwarzen Strähnen im blondierten Haar hinzufügen muss, war ich vom ersten Moment an scharf auf sie. Nur dass ich sie mir nicht als feste Freundin vorstellen konnte und mich zu Studentenzeiten wohl für sie geschämt hätte. Wie Chantal war sie im Grunde ein ziemlich herber Frauentyp mit kantigen Gesichtszügen und schmalen Lippen, was im krassen Gegensatz zu ihrem tussigen Gebaren und Make-up stand. Es gab Augenblicke, und damit meine ich wirklich extrem kurze Verschiebungen der Wahrnehmung, ein mentales Zwinkern oder Blinzeln, in denen sie mir vorkam wie ein Transvestit. Vielleicht lag das auch gar nicht an ihren Gesichtszügen, sondern nur am verschwenderisch aufgetragenen Make-up. Gar nicht maskulin waren ihre Beine und ihr Hintern, und wahrscheinlich war es das, was mich sofort für sie einnahm, als sie unter den bunten Luftballons, Wimpeln und Girlanden dahergestakst kam. Ich war seit Ewigkeiten auf keiner dieser Laubenpieper-Partys mehr gewesen und wurde allen vorgestellt wie der verlorene Sohn. Ich war etwas aufgeregt und trank zu schnell und zu viel. Nessi hatte noch im Salon gearbeitet und war spät dran. Es ging auf 20 Uhr zu. Die ersten Gäste waren schon angetüdelt, was bei diesen Kampftrinkern etwas hieß, die Luft erfüllt vom Holzkohlerauch und dem Fett der Würstchen. Wir waren die einzigen Singles und wurden sofort nebeneinander auf einer unbequemen Bank platziert. Eigentlich hatte ich beim Grillen helfen wollen. Aus langjähriger Partyerfahrung wusste ich, dass es souveräner und sympathischer wirkte, wenn man sich nützlich machte, anstatt unbeholfen rumzustehen, an seinem Bier zu nuckeln und zu warten, bis endlich die Kuh flog. Aber ich hatte mir unnötigerweise Gedanken gemacht.

»Du bist also Roberts Bruder … Ich bin die Vanessa.«

Wir waren die Einzigen unter dreißig, und das genügte ihr, um mich pausenlos vollzulabern. Es war dieser typisch weibliche Redefluss, der in seiner Unerschöpflichkeit an sich faszinierender ist als seine Inhalte. Wenn ich ihr nicht gerade in die schönen blaugrauen Augen sah, bewunderte ich die verschiedenen Schichten ihrer Kriegsbemalung, das Design ihrer Fingernägel – rosa mit silbernen Glitzersternen – und ihren Körper, der durch die kurze Sommerbekleidung gut zur Geltung kam. Dass sie mich für verständnisvoll und zugewandt hielt, war nur meiner Dankbarkeit, nicht selbst reden zu müssen, und der schwachen Hoffnung, sie vielleicht doch abschleppen zu können, geschuldet. Wie ich erfuhr, arbeitete sie jeweils halbtags als Friseuse und Kellnerin, war also um Gesprächsthemen nicht verlegen, umso weniger, als sie vor kurzem auch noch ihren langjährigen Freund verlassen hatte, einen Bauarbeiter namens Guido, der unter vorzeitiger Ejakulation litt. Ihren Ausführungen nach hatte sie mehr darunter gelitten als er. Die Erinnerung an ihre frustrierenden Erfahrungen brachte sie für einen Moment zum Schweigen.

»Aha, Ejaculatio praecox«, warf ich ein. Es war einer der lateinischen Ausdrücke, die sich mir eingeprägt hatten, so wie *Veni, vidi, vici*, allerdings kannte ich ihn nicht aus Asterix.

Nessi hielt mich gleich für einen gescheiterten Medizinstudenten. Mein verpatztes Studium hatte sich also auch schon herumgesprochen. Ich korrigierte sie nur ungern und zählte die -istiken und -logien auf, mit denen ich mich erfolglos beschäftigt hatte.

Es wurde deutlich kühler, sobald die Sonne untergegangen war, ein paar frühe Mücken verirrten sich zu uns, und der Alkoholpegel stieg. Ich hätte gern den Arm um sie gelegt, traute mich aber noch nicht – vielleicht ein Bierchen später. Jupp gab den DJ und legte eine sehr versöhnliche Mischung aus AC/DC, Stones und diversen Soft-Metal- und Oldie-Hits auf, um die Eltern und Großeltern nicht zu verschrecken. Die Jungs hatten trotzdem mächtig Spaß, zeigten den Teufelsgruß, der mich immer an eine Schnecke erinnerte, spielten Luftgitarre und nickten mit den Köpfen. Tätowierungen wurden verglichen und Jugenderinnerungen ausgetauscht. Robbser und Chantal schoben sich leicht torkelnd über die Tanzfläche, ein Fleckchen Rasen, das sich noch nicht vom letzten Sommer erholt hatte und schon wieder getreten wurde. Es lief *Still loving you* von den Scorpions, die wir eigentlich alle drei nicht sonderlich schätzten – aber was tut man nicht für die Damen.

»Wollen wir tanzen?«, fragte ich Nessi, wobei ich ganz leicht ihr Ohr mit meinen Lippen berührte und meinen Arm auf ihre nackten Oberschenkel legte. Ich hatte zwar keine Lust zu tanzen, wollte ihr aber zuvorkommen, die Gelegenheit zum Grapschen nutzen und einen gutgelaunten, dynamischen Eindruck machen. Doch sie lehnte ab. Sie sei seit acht Uhr früh auf den Beinen und wolle lieber nach Hause, außerdem befürchte sie, dass Guido hier auftauchen werde, er kenne die Laube von vorigem Jahr, und sei wahrscheinlich gerade dabei, sich in einer Kneipe Mut anzutrinken. Wenn ich Lust hätte, könne ich aber noch auf ein Bierchen mit zu ihr kommen.

Ich konnte kaum glauben, was ich hörte, und erhob mich zackig, machte also einen ziemlich notgeilen Eindruck. Es waren meine Brüder, die mich aus der Situation retteten. Jupp hatte die Schmusephase beendet und gerade *Black Sabbath* von Black Sabbath aufgelegt. Der Klang des Gewitterregens legte sich kühlend auf meine Stirn, und die Glocke rief mich auf die Tanzfläche wie Cthulhu die Fischköpfigen in die finsteren Muschelgrotten des Meeres. Robbser und Jupp winkten. Sie standen bereits in der Mitte der Kultstätte und hatten die Arme zum satanischen Gruß hochgerissen. Ich stellte mich dazu, links von Robbser, und gemeinsam setzten wir den Text szenisch um: »What is this that stands before me?« Wir spielten den Auserwählten und den Ziegenbock und die glühenden Augen, bewegten uns wie Zombies, rannten auf der Stelle um unser Leben, schrien »Oh, no!« und »Yeah!« und »Clap your hands!«, headbangten, spielten Luftgitarre, Luftbass und Luftschlagzeug, imitierten Ozzys Oma-Getrippel, sein Grimassenschneiden und Geklatsche und amüsierten uns königlich. Danach kam von Ennio Morricone *Für ein paar Dollar mehr*, und wir überboten uns im Pfeifen und Nachstellen von Heldenposen: breitbeinig, cooler Blick, die Hand am Colt, rauchten wir Zigarillos, schossen und fielen in Zeitlupe, schwangen die Peitschen und ritten mit dem Tod um die Wette. Als es vorbei war, wurde uns stürmisch applaudiert, und wir umarmten uns mit männlichem Schultergeklopfe. Erst jetzt war ich wirklich wieder zu Hause angekommen.

Natürlich gab es ein unbändiges Gejohle, als Nessi und ich kurz darauf gemeinsam aufbrachen. Chantal spielte die beleidigte Leberwurst, aber Robbser flüsterte mir zu, eigentlich sei sie froh, nun wieder die schärfste Braut auf der Party zu sein, und ich solle die Familie nicht blamieren und der Kleinen zeigen, wo die süßesten Datteln wachsen, nach all ihren Enttäuschungen. Keine Ahnung, woher er den Spruch hatte, Guidos Mängel waren aber offenbar breit diskutiert worden.

Nessi hatte nur Wasser und ein Gläschen Sekt getrunken und steuerte ihren roten Kleinwagen souverän durch die Dunkelheit. Als wir ausstiegen, schien es deutlich kälter geworden zu sein. Sie fröstelte. Ihre Zweizimmerwohnung lag im zweiten Stock eines Mietshauses aus den Sechzigern. Hinter ihr die Treppe hinaufzugehen war atemberaubend. Sie bat mich lächelnd hinein, schloss die Tür ab und legte die Sicherheitskette vor. Ich konnte nicht widerstehen zu bemerken, dass ein Riegel besser sei. Zu dem Zeitpunkt konnte ich nicht wissen, wie recht ich hatte. Nessi sah mich ernst an und sagte nur: »Stimmt.« Ob ich ein Bier oder einen Kaffee wolle, es sei auch Sekt da. Ja, Sekt sei klasse, sagte ich und wusste plötzlich, dass alles klar war. Paradoxerweise hatte die Ungewissheit darüber, ob wir im Bett landen würden oder nicht, mein Selbstbewusstsein gestärkt, und ich hatte jeden ihrer Reize und meine an- und abschwellenden Erektionen genossen. Nun wurde ich doch unsicher und erkannte den Sinn mancher Tabus, den Nutzen von Diskretion. Das Verdikt »Ejaculatio praecox« lauerte unausgesprochen auf ihren Lippen. Ich bewunderte jede ihrer Bewegungen, während sie mit den Getränken aus der Küchenecke hinüber zur Couch ging, spürte jetzt aber nur noch ein nervöses, schwächliches Zucken zwischen den Beinen.

»Setz dich doch, ich will mir nur kurz was überziehen«, sagte sie, bevor sie im Schlafzimmer verschwand.

Ich ließ meine Schuhe an der Garderobe stehen und versuchte, mich möglichst entspannt auf der Couch niederzulassen, die wie ein Großteil der Einrichtung weiß war. Bei Jupp, Robbser und mir musste immer alles schwarz sein. Wir würden so lange Schwarz tragen, bis es etwas Dunkleres gab.

Der Morgenmantel, mit dem sie zurückkam, war türkis mit einer kleinen gelben Drachenstickerei. Sie hatte ihre Sandaletten ausgezogen und schritt mit einem genießerischen Lächeln über den weichen Teppich. Ihre perlmuttschimmernden Fußnägel bildeten einen schönen Kontrast zu ihrem dunklen Teint. Auf Arbeit sei sie ja immer auf den Beinen, entweder Stehen im Frisiersalon oder Laufen in der Kneipe. Sie trüge schon flache Schuhe dabei, aber es sei trotzdem die Hölle, ob ich nicht Lust hätte, ihr ein wenig die Füße zu massieren. Das war jedenfalls das, was ich glaubte verstanden zu haben. Ohne eine Antwort abzuwarten, begann sie sich um Duftlampen, Schalter und Kerzen zu kümmern, bis sie eine Atmosphäre geschaffen hatte, die mir in mehrfacher Hinsicht den Atem verschlug. Es gab kein Entrinnen mehr. Als wir mit den Sektgläsern anstießen, war mir, als führte ich den Schierlingsbecher an meine Lippen. Dann lehnte sie sich bequem auf der Couch zurück und streckte mir ihre Füße hin, die ich unbeholfen, aber leidenschaftlich zu kneten begann. Also doch. Sie wusste, dass ihre Beine zu ihrem besten Kapital gehörten, und hatte das wahrscheinlich schon oft ausgenutzt. Währenddessen erzählte sie von der Versuchung, wieder mit dem Rauchen anzufangen, was sie vor zwei Jahren aufgegeben hatte, noch bevor sie in diese Wohnung gezogen war, von ihrer neuen Frisur, die ihr jetzt doch nicht gefalle und davon, wie einfach das Leben ohne Freund sei. Dann neckte sie mich mit den Füßen, nachdem ich sie offenbar genug massiert hatte, zog sie kurz weg, kitzelte mich damit am Bauch, schwang die Beine von der Couch und zog mich zu sich heran und küsste mich – alles in einer verspielten, tänzerischen Bewegung, die keine unangenehme Pause, keine schüchterne Distanz zuließ, mir aber durchaus ermöglicht hätte, mich rauszuwinden, falls ich es nicht gewollt hätte. Sie hatte wirklich ein Gespür für das perfekte Timing und die Anmut, die es brauchte, um die Unbeholfenheit eines männlichen Partners auszugleichen. Beim Küssen war sie weder zu zaghaft, noch zu aggressiv, und ihr Morgenmantel war kein Hindernis für meine neugierigen Hände. Ich küsste ihren Hals, ihr zartes Schlüsselbein, ihre Brust und ließ meine rechte Hand langsam über ihren Bauch nach unten wandern, wobei ich mehrmals strategische Rückzieher machte, bis sie selbst meinen Arm hinunterschob. Mal nahm ich die Klitoris zwischen zwei feuchte Finger, mal presste ich den Handballen darauf und ließ einen Finger kurz in ihre Spalte flutschen, mal machte ich eine böse, niederträchtige Pause, bis sie mir gierig ihr Becken entgegenreckte. Es dauerte nicht allzu lange, bis sie das erste Mal kam. Sie lächelte selig, ohne ein einziges Mal die Augen zu öffnen, und hielt mir nach einer kurzen Entspannungspause ein Kondom hin, das wohl aus der Tasche ihres Morgenmantels stammte. Ich hatte einen ersten Sieg errungen und damit mein Selbstbewusstsein zurückgewonnen. Was wir dann in klassischer Blümchenmanier auf der Couch veranstalteten, hätte zu einem gelungenen Abschluss des Abends führen können, wären wir nicht vom Türklingeln aufgeschreckt worden. Ich blickte auf eine kitschige Katzenuhr und stellte fest, dass es schon nach Mitternacht war. Das erste Klingeln war noch recht kurz und eben so höflich gewesen, wie es um diese Uhrzeit sein konnte. Doch dann wurde es zu einem eindringlichen Bohrgeräusch.

»Scheiße, das ist Guido!«, entfuhr es Nessi. Sie schob mich weg und raffte ihre Sachen zusammen. Ich zog das Kondom ab und meine Hosen an und folgte ihr humpelnd und alles andere als klar im Kopf zur Tür, hinter der es brüllte: »Mach auf! Ich weiß, dass du da bist!«

»Warum ist der schon hier oben?«, fragte ich flüsternd, während ich gleichzeitig überlegte, wo ich die blöde Lümmeltüte loswerden konnte, die ich noch immer in der Hand hielt.

»Weil er noch den Schlüssel hat.«

»Oh!«

Schon hörten wir ihn damit im Schloss herumfummeln.

Sie lehnte sich an die Tür und brüllte: »Geh nach Hause, sonst ruf ich die Bullen! Es ist vorbei! Du nervst!«

Doch er ließ sich nicht davon abhalten, die Tür einen Spaltbreit aufzustoßen. Seine Hand schob sich, wie in einem Horrorfilm, herein, um an der Sicherheitskette zu fummeln, was natürlich nichts brachte.

»Hau ab!«, schrie Nessi und trat vor die Tür, woraufhin er sich fluchend zurückzog.

»Ich weiß, dass du nicht allein bist, du Schlampe!«, rief er und lief die Treppe hinunter.

Nessi sah mich verdutzt und besorgt an und schloss sorgfältig die Tür. »So leicht gibt der nicht auf. Ich ruf schon mal die Polizei.«

»So schlimm?«

»Allerdings. Er verfolgt mich ständig und will reden.«

Wer reden wollte, hatte es bei ihr wirklich nicht leicht, dachte ich und schämte mich sofort dafür.

»Hat er dich geschlagen?«

»Einmal, eine Ohrfeige, aber die hat er sofort retour bekommen. In 'ner Situation wie jetzt war ich allerdings noch nie. Ich hätte schon längst das Schloss auswechseln sollen.« Sie sah das

Kondom in meiner Hand, grinste kurz mitleidig, packte es und warf es im Bad in den Mülleimer.

Während sie mit der Polizei telefonierte, hörte ich Guido erneut die Treppe heraufkommen und sah durch den Spion. Der Bastard hatte einen Bolzenschneider dabei.

Ich nahm einen Kugelschreiber vom Garderobenschränkchen und legte die Sicherheitskette darum, um sie mit dem Stift so eng zuzudrehen wie nur möglich, damit Guido nicht dazu käme, sein Werkzeug anzusetzen. Nessi wollte wissen, was ich machte, und ich erklärte ihr die Situation. Während sie die Kette hielt, schob ich das Garderobenschränkchen vor die Tür, genau in dem Moment, als Guido das Schloss geöffnet hatte und begann, sich dagegenzuwerfen. Er brüllte wie ein Tier, und ich glaubte, seinen Alkoholatem riechen zu können, vielleicht war es aber auch mein eigener. Es war ein bisschen wie früher mit meinem Vater, nur dass der sich nie ganz so danebenbenommen hatte.

»Die Tür hält nicht!«, schrie Nessi, während sich Guido erneut wie ein Berserker dagegenwarf. Durch den Spion hatte ich einen Eindruck von ihm bekommen. Er war einen Kopf größer als Nessi und ich und etwa so breit wie wir beide zusammen. Unter seiner militärischen Kurzhaarfrisur wölbte sich ein roter Stiernacken. Trotzdem warf ich mich bei seinem nächsten Ansturm etwa im selben Moment gegen die Tür wie er, wobei mir allerdings das wacklige Garderobenschränkchen im Weg war. Es nützte nichts. Er bekam sie einen Spaltbreit auf und verletzte dabei Nessi, die immer noch versucht hatte, den Kuli zu halten, an der Hand. Sie jaulte und fluchte. Schon schob er den Bolzenschneider herein und setzte ihn an. Nessi schrie: »Ins Bad!«, und schon stolperten wir panisch dorthin, gerade rechtzeitig, bevor hinter uns die Hölle losbrach, als Guido die Garderobe stürmte. Nessi schloss ab, und ich rückte ein lächerlich schmales Schränkchen und ein noch schmaleres Regal vor die Tür. Währenddessen durchsuchte

Nessi ihre Kosmetika und hielt mir mit einem kalten Revolverheldenblick einen Parfümflakon hin. Ich wollte ihn nehmen, aber sie gab ihn nicht her, das sei ihr Job, das Parfüm hätte sie ohnehin nie gemocht. Um auch etwas in der Hand zu haben, nahm ich den Duschkopf und ließ das Wasser heiß laufen.

Draußen röhrte Guido und beschimpfte uns aufs Unflätigste, wenn er sich nicht gerade gegen die Tür warf. Beim dritten Ansturm brach das Schloss, fiel das Regal um, das ich mit einer Hand auffing, und die Tür stand so weit offen, dass er seine wutverzerrte und vor Anstrengung und Alkohol rot angelaufene Visage hereinstrecken konnte. Es war eine Situation, deren Komik und dramaturgische Vollendung sich uns erst in der Erinnerung erschließen sollte. Im Moment selbst waren wir viel zu aufgeregt und hatten, ehrlich gesagt, die Hosen voll. Nessi pumpte ihm panisch Parfüm ins Gesicht, und ich richtete die dampfend heiße Dusche auf ihn. Leider waren seine Reflexe nicht die schnellsten. Er prustete, schloss die Augen, verzog das Gesicht – es dauerte eine Ewigkeit, bis er seine Rübe zurückzog. Draußen dann hörten wir ihn schreien »meine Augen, meine Augen«, bevor er wimmernd den Bullen in die Arme lief.

Es hätte mich nicht gewundert, wenn Nessi mich in der Nacht nach Hause geschickt hätte. Sie wirkte stark und unabhängig, und ich war darauf eingestellt, nur ein One-Night-Stand für sie gewesen zu sein, und auch darauf, dass sie ihren Ex vielleicht trotz allem noch liebte. Aber so war es nicht. Wir machten unsere Aussagen, und irgendwann führte sie mich an der Hand in ihr Schlafzimmer, und wir machten dort weiter, wo wir unterbrochen worden waren. Tag für Tag, Woche für Woche. Nessi hatte viel nachzuholen, und ich auch, wenn ich ehrlich bin, und das mit dem Reden erledigte sie weitgehend allein. Es war eine außergewöhnlich unkomplizierte Beziehung. Nun ja, bis sie kompliziert wurde.

VIER

Oh Babybaby Babybaby Babybaby!

Die aufregendsten Jobs waren die, bei denen ich mit Jupp allein unterwegs war. Jupp mangelte es an Robbsers Gelassenheit, er mochte das Einsteigen nicht, er fuhr am liebsten einfach nur den Wagen. Wenn er die Verantwortung für den Bruch hatte, schwitzte und fluchte er ohne Ende, was mich noch nervöser machte, als ich es ohnehin schon war. Dagegen half auch nicht, dass wir besonders einfache Objekte zugeteilt bekamen, so wie dieses Haus in der Vorstadt, das jedes Mal so einladend verlassen aussah, wenn wir daran vorbeifuhren. Es war ein auffällig altes Gebäude. Man konnte sich gut vorstellen, wie es vor siebzig Jahren allein hier gestanden hatte, umgeben nur von Wiesen, Feldern und Obstbäumen. Der alte Golf der anscheinend verwitweten Besitzerin, der sonst immer in der Einfahrt gestanden hatte, war seit einer Weile verschwunden, der Garten wirkte vernachlässigt, die Rollläden waren immer unten. Es sprach alles dafür, dass sie Urlaub machte oder ausgezogen war. Wir waren uns nicht sicher, ob es sich lohnte, dort einzusteigen, sie würde schließlich kaum die modernste Unterhaltungselektronik ihr Eigen nennen, beschlossen aber dann, der Hütte eine Chance zu geben – vielleicht hatte sie ja die legendäre Million unter der Matratze. Die Wohngegend bestand vornehmlich aus Einfamilienhäusern, war ruhig, gepflegt und eher wohlhabend. Hier war bei älteren

Leuten durchaus mit einer anständigen Summe Bargeld, gutem Schmuck und der einen oder anderen Antiquität zu rechnen. Abends konnte einem hier leicht jemand begegnen, der seinen Hund ausführte, oder jemand konnte an einem Fenster stehen und sehen, wie wir durch den Garten robbten. Der Nachbar zur rechten Seite hielt sogar einen Hund in einem Zwinger. Alles Gründe für uns, tagsüber einzusteigen.

Zur Tarnung zogen wir Blaumänner an und fuhren gegen halb elf vor. Die meisten Anwohner waren bei der Arbeit, ihre Kinder in der Schule. Hausfrauen und Rentner würden bald mit der Zubereitung des Mittagessens beschäftigt sein. Obwohl kaum ein Auto am Straßenrand stand, hatte Jupp Schwierigkeiten beim Einparken und schimpfte, als der Reifen am Bordstein entlangschrammte. Außerdem war ihm seine Latzhose zu eng und das Wetter zu heiß. Es war einer dieser schwülen Tage. Wir hatten beide Schirmmützen auf. Ein bisschen so wie Dick und Doof, dachte ich. An der Gartentür klingelten wir zur Kontrolle noch mal, bevor Jupp sie mit der Schlagschlüsseltechnik öffnete. Ein Schlüssel, ein Hämmerchen und ein breiter Hintern, um alles zu verdecken. Für einen Beobachter, falls es doch einen geben sollte, musste es so wirken, als sei uns aufgemacht worden. Die Haustür war von der Straße aus schlecht zu sehen, es gab ein Vordach, zu dem sechs, sieben Stufen hinaufführten, und von dem ziemlich wild wachsender Wein herabhing. Dort hätten wir uns ruhig mehr Zeit lassen können, was aber nicht nötig war, denn die Tür war nur zugezogen, Sicherheitsschlösser gar nicht erst vorhanden. Das machte mich etwas stutzig, da gerade ältere Leute doch meist sehr gründlich waren, bevor sie das Haus verließen, aber Jupp sagte nur, sie sei wohl vergesslich. Wir gingen rein. Es war angenehm kühl und roch nach altem Haus und altem Mensch. Durch den Glaseinsatz in der Haustür und ein Fenster fiel Licht in den Eingangsbereich, eine Steintreppe führte nach oben. Wir nahmen unsere Mützen ab und lauschten. Jupp steckte seinen Schlagschlüssel und sein Hämmerchen ein. Er sagte, ich solle mich im Obergeschoss umsehen. So ersparte er sich das Treppensteigen und die höheren Temperaturen. Ich nahm eine Taschenlampe, die notfalls auch als Waffe dienen konnte, aus meiner Umhängetasche und setzte mich lautlos in Bewegung. Oben an der Treppe gab es eine Art Wohnungstür, an der aber der Schlüssel von außen steckte. Es war hier wirklich wärmer als unten und ziemlich staubig. Es gab keine Pflanzen, die Zimmer machten einen seit Jahren verlassenen Eindruck. Über einige Möbel waren Bettlaken gezogen, Schränke waren zum Teil ausgeräumt, ein Zimmer war bis auf eine Schlafcouch und ein Poster von einer 80er-Jahre-Boygroup leer und kahl. Das passte nicht. Die Frau, die hier wohnte oder gewohnt hatte, musste zwischen 75 und 85 Jahren alt sein. Entweder sie hatte früher untervermietet oder das Zimmer hatte ihrer Enkelin gehört. Vom Wohnzimmer aus konnte man durch eine gelbliche Scheibe auf den großen, überdachten Balkon sehen, auf dem ein Holztisch und ein paar Stühle standen. Der Garten war von hier aus nur zu erahnen. Vorsichtig öffnete ich die Balkontür und trat hinaus, um hinunterzusehen. Es bestand schließlich die Möglichkeit, dass sich jemand im Garten befand. Die Büsche mussten mal wieder beschnitten, der Rasen mal wieder gemäht werden. Alles machte einen verwunschenen Eindruck und hätte mich melancholisch gestimmt, wäre ich nicht zu aufgeregt gewesen. Nachdem ich alle Schubladen geöffnet und unter die Matratzen im Gästezimmer geschaut hatte, ohne etwas von Wert zu finden, ging ich zu Jupp hinunter. Gleich links zur Straße hin befand sich ein Badezimmer, das ordentlich, aber keineswegs verlassen aussah. Zahnbürsten und Kosmetika, alles war vorhanden. Handtücher und Kleidungsstücke hingen über der Duschkabine. Darin stand ein Plastikhocker, wie ihn alte Leute beim Waschen benutzen. Um die Badewanne und das WC herum waren zusätzliche Haltegriffe angebracht. Jupp war rechts im Wohnzimmer zugange. Hier gab es eine Terrassentür mit großer Glasscheibe, aber er hatte zusätzlich die Deckenbeleuchtung eingeschaltet. Ich berichtete ihm, wie es oben aussah. Er sagte, er sei schon fündig geworden und zeigte mir Bargeld und ein paar bronzene Hunde- und Hirschfiguren, auch Küche und Schlafzimmer habe er schon gecheckt, müsse sie sich aber noch genauer ansehen.

»Das Bad macht keinen verlassenen Eindruck«, stellte ich fest und nahm ein gerahmtes Foto aus dem Wohnzimmerschrank, das eine hübsche junge Frau mit langem dunklem Haar und ihrem Baby zeigte. Das Kind hatte ihre schönen grünen Augen.

»Küche und Schlafzimmer auch nicht, nicht mal das Bett wurde gemacht, aber siehst du hier jemand?«

»Wir sollten uns trotzdem beeilen. Vielleicht hat sie ihr Auto verkauft und hält die Rollläden nur wegen der Hitze geschlossen. Sie könnte jeden Moment vom Einkaufen zurückkommen.«

»Hm. Warum stehst du dann noch rum und begaffst Frauen, deren Namen du nicht mal kennst?«

»Ich begaffe fast nur Frauen, deren Namen ich nicht kenne.«

»Aber die hat sogar schon geworfen. Guck jetzt im Keller nach. Beeil dich. Und sei gründlich.«

Auf den Stufen der Kellertreppe waren Schoner angebracht, und an den mit einem dezenten Streifenmuster tapezierten Wänden hingen gerahmte Schwarz-Weiß-Fotografien und Drucke mit Tiermotiven. Im Flur des Kellers war es dämmrig, was meine Taschenlampe weitgehend unnötig machte. Nur hin und wieder ließ ich sie aufleuchten, um in dunkle Ecken zu schauen. Der erste Raum rechts war die Waschküche, von der eine Tür in den Garten führte, der erste links ein Abstellraum, von dem der Heizungskeller abging. Öltanks gab es nicht. Es war kühler als oben. Die Luft schmeckte klarer und weniger muffig, als seien die

Räume erst vor ein paar Jahren renoviert worden. Links kam eine weitere Abstellkammer, diesmal mit Regalen voller Einweckgläser, Konserven und Klopapier. Rechts folgte ein unbenutzt aussehendes, lieblos eingerichtetes Gästezimmer, und dann stand ich plötzlich in einem Kinderzimmer. Mit Tierpostern an den Wänden und einem Gitterbettchen mit Himmel und einem Mobile aus fliegenden Bärchen. Und mit einem Kind. Einem Baby, das, wie es aussah, gerade aufgewacht war und mich anstrahlte. Es mochte irgendwas zwischen sechs oder zehn Monaten alt sein, ich hatte keine Ahnung. Danach zu urteilen, wie es mich hypnotisierte, hätte es auch eine sieben Meter lange Würgeschlange sein können. Ich muss ein ziemlich erschrockenes Gesicht gemacht haben, denn auch die Mimik des Kindes veränderte sich, als wolle es zu weinen anfangen. Instinktiv lächelte ich und schaltete meine Taschenlampe mehrmals ein und aus, woraufhin das Kerlchen wieder ein frohes Gesicht machte und den Lichtschein an der Wand betrachtete. Es war das Baby auf dem Bild, das ich im Wohnzimmer gesehen hatte. Ich trat an sein Bettchen heran und ging in die Hocke. Dabei stieß ich gegen einen Plastikvogel auf dem Boden, ein grellbuntes, elektrisches Ding, das zu singen anfing, mit den Flügeln schlug und eiernd losrollte. Ein Albtraum. Schweiß lief mir den Rücken hinunter. Mir war klar, dass dieses Kind nicht allein im Haus sein konnte. Oder doch? Es gluckste vergnügt und rollte sich auf die Seite, um durch die Stäbe des Bettchens sehen zu können. Es hatte einen süßen Strampelanzug mit Häschenmotiven an.

»Sind Sie der Klempner?«, fragte da eine Stimme hinter mir. Langsam richtete ich mich auf und drehte mich um. Es war die alte Dame. Sie wirkte zugleich krankhaft mager und robust. Etwas an ihr erinnerte mich an meine erste Englischlehrerin. Es war nicht das kurze graue Haar, das aussah, als habe sie im Bett gelegen, auch nicht die Hornbrille oder die ärmellose braune

Strickjacke, die sie trug. Vielleicht war es ihre betont aufrechte Haltung und ihre strenge Stimme. Zugleich wirkte sie verunsichert. Sie fragte sich wahrscheinlich, was ich im Kinderzimmer machte. Aber sie war nicht ängstlich. Der Gedanke, dass ich ein Einbrecher sein könnte, schien ihr gar nicht zu kommen. Vielleicht war sie noch nicht richtig wach.

»Hat Julia Sie hereingelassen? Ist es schon wieder so spät?«

Ich nickte. Ich wusste nicht, was ich sonst tun sollte.

»Er muss lang geschlafen haben. Aber er ist so ein Sonnenscheinchen, er liegt da und schaut und spielt und weint ganz wenig. Wären Sie so freundlich, ihn mir zu geben. Das Bücken ist das Schlimmste für mich.«

Ich packte das Baby unter den Armen und reichte es ihr.

»Wie heißt er denn?«, presste ich hervor und wischte mir den Schweiß von der Stirn.

»Max.« Der Kleine jauchzte in ihren Armen.

»Schön, ohne Schnickschnack.«

»Ja. Haben Sie sich das Gerät schon angesehen?«

»Nein.«

»Was macht sie denn?«

»Wer? Julia?«

Sie sah mich forschend an. Ein Handwerker hätte wohl nicht den Vornamen wiederholt, sondern den Nachnamen benutzt.

»Ich weiß nicht ... Kümmern Sie sich viel um Max?«

»Meine Enkelin arbeitet bei Daimler, hier in der Nähe, sie kann mit dem Rad hinfahren. Außer mir gibt es niemanden, der sich um das Kind kümmern kann.«

»Könnten Sie mir das Gerät vielleicht schon einmal zeigen?«

»Ja, hier ...«

Sie ging voran in den Flur, vorbei an dem Zimmer, in dem sie vermutlich geschlafen hatte, es sah sehr unordentlich aus, ein halb ausgepackter Koffer stand auf dem Boden, und zeigte in ein

Badezimmer, dem man deutlich ansah, das es von einer Frau und einem Baby genutzt wurde.

»Dabei ist der Boiler erst ein paar Jahre alt.«

»Der Boiler ist es, ja?«

»Ich denke schon …«

Sie sah mich seltsam an, nicht als wundere sie sich über mich, sondern als sei sie sich wirklich unsicher, ob der Boiler kaputt war. Ihre Augen hatten etwas Leeres, als sei sie in Gedanken versunken.

»Gut. Mein Kollege ist noch oben …«

Die Situation machte mich fertig. Jeden Moment erwartete ich, dass sie erkannte, warum ich hier war, und zu schreien anfing. Ich wollte nur noch weg. Gerade wollte ich mich davonmachen, da kam Jupp die Treppe herunter. Als er uns sah, entglitten ihm die Gesichtszüge. Erst öffnete sich sein Mund, und seine Augen weiteten sich, dann presste er die Lippen und die Augen zu Schlitzen zusammen.

»Der kaputte Boiler ist hier«, sagte ich und hielt den Atem an, während ich, gespannt auf die Reaktionen, abwechselnd ihn und die alte Frau ansah.

»Wo ist meine Enkelin?«, fragte sie. »Sie könnte mir mal Max abnehmen.«

»Sie meint …«, soufflierte ich, »die Frau, die uns reingelassen hat.« Es kostete mich Kraft und Konzentration.

Jupp gewann seine Fassung wieder und sagte heiser: »Sie musste noch mal los, was besorgen.«

Zögerlich kam er näher. Wir sahen uns fragend an. Er machte eine Geste, die beruhigend wirken sollte, doch seine Hand zitterte, und er schien noch mehr zu schwitzen als ich. Er warf einen Blick auf das Gerät.

»Das ist ein Durchlauferhitzer, kein Boiler.«

Die darauf folgende Pause dehnte sich sehr lang.

Dann sagte er zu der Frau: »Ich glaube, der Kleine kackt gerade.« Sie sah mich an, als sei sie bei etwas ertappt worden, dann wollte sie am Hosenboden des Babys riechen, überlegte es sich aber anders und ging ins Kinderzimmer, um nachzusehen.

»Kriegst du so eine Reparatur hin?«, fragte ich ihn leise. »Wäre das Unauffälligste.«

»Ja, vermutlich. Ich frage mich nur, was ich mit dem Zeug mache …«

Er klopfte auf seine Tasche. »Schmuck noch …«

»Du musst alles zurücklegen. Sie kann uns genau beschreiben. Ich halt das nicht aus.«

»Mal schauen …«

Er ging zu ihr hinüber. »Was sagten Sie noch mal, sei mit dem Durchlauferhitzer nicht in Ordnung?«

»Das Wasser wird nicht mehr warm. Er reagiert nicht, wenn man ihn einschaltet.«

»Oh, da ist wohl was schiefgelaufen – am Telefon, meine ich. Ich bin nämlich nicht sicher, ob ich ein Ersatzteil dabeihabe. Das ist sicherlich der Schalter, der muss ersetzt werden. Ich geh mal nachschauen. Oben.« Er zeigte mit dem Finger zur Decke.

»In unserem Wagen«, fügte ich hinzu.

Er zwinkerte mir zu, als er an mir vorbeiging, doch was cool aussehen sollte, wirkte, als habe er eine Träne oder einen Schweißtropfen ins Auge bekommen. Weil ich unsicher war, ob er mit der Ware abhauen oder sie zurücklegen wollte, folgte ich ihm. Er hielt mich auf: »Du musst sie hinhalten. Ich brauch etwas Zeit. Ihr könnt schon mal den Hauptwasserhahn zudrehen.«

»Was machen wir, wenn die richtigen Klempner kommen?«

»Vorher weg sein. Geh jetzt.«

Er war ein toller großer Bruder, und ich nahm mir vor, ihm das bei Gelegenheit mal zu sagen.

Die alte Frau war noch mit Wickeln beschäftigt. Doch die Windel war sauber, und das schien sie zu verwirren. Der Kleine wand sich in ihren Händen und fing an zu weinen. Als ich zu ihr trat, erschrak sie und riss das halbnackte Kind an sich.

»Wer sind Sie? Was wollen Sie? Sie sehen doch, dass meine Tochter weint.«

»Ich … Ich bin der Klempner …«, sagte ich und merkte, wie mir erneut Schweißperlen auf die Stirn schossen. Was war jetzt mit ihr los? Ich hätte gern beruhigend auf sie eingeredet und in jedem Satz ihren Namen genannt, aber ich wusste nicht, wie ich sie ansprechen sollte.

»Das … ist nicht Ihre Tochter. Es ist Ihr Urenkel, ein Junge, er heißt Max.«

Sie sah mich an, als spräche ich in einer Fremdsprache. Es hätte mich nicht gewundert, wenn sie schreiend davongelaufen wäre. Alles wäre mir lieber gewesen als diese seltsame Situation. Ich wagte gar nicht, mir vorzustellen, wie Jupp stundenlang an diesem Boiler oder was auch immer herumschrauben würde. Die Anspannung könnte ich nicht aushalten. Doch statt zu schreien tröstete die alte Frau das Kind, das sich schnell wieder beruhigte und versuchte, nach ihrer Brille zu greifen.

»Mein Urenkel?«

»Ja, sehen Sie nach, es ist ein Junge. Ihre Tochter ist schon erwachsen und hat bereits selbst eine erwachsene Tochter, Julia.«

»Woher wissen Sie das alles?«

»Sie haben es mir erzählt. Ihre Enkelin arbeitet bei Daimler.«

»Wer sind Sie?«

»Ich bin der Klempner«, sagte ich noch einmal. »Ich bin gekommen, um Ihren Boiler zu reparieren.« Ich nahm mir vor, bis ans Ende der Zeit mit ihr zu reden, solange sie nicht schrie und davonlief.

»Welchen Boiler?«

»Den Durchlauferhitzer im Bad. Ich glaube, es ist Ihr Gästebad.

Mein Kollege kommt gleich, er sucht nach einem Ersatzteil. Wollten Sie nicht dem Kind eine Windel anziehen?«

Sie sah es forschend an. »Das ist nicht meine Tochter.«

»Es ist Ihr Urenkel Max.«

Sie legte den Kleinen auf den Wickeltisch und betrachtete seinen Penis.

»Mein Rücken«, war alles, was sie sagte. Ich hätte ihr gern einen Spiegel vors Gesicht gehalten. Es wäre ein interessantes Experiment gewesen, falls sie sich in Gedanken wirklich gerade in den fünfziger Jahren befand und sich für knackige fünfundzwanzig hielt.

»Können Sie das vielleicht bitte übernehmen?«, sagte sie und ließ sich in einen Sessel sinken, wo sie begann, in den Taschen ihrer Strickjacke zu kramen, und kleine Zettel zutage förderte.

Ich hatte zwar noch nie ein Kind gewickelt, nickte aber, froh über jeden Anflug von geistiger Klarheit, über jede Äußerung, die uns aus dieser Schleife befreite. Leider begann der Kleine wieder zu weinen. Ich kann das generell nicht hören, in dem Moment aber machte es mich völlig fertig.

»Ich fürchte, Sie müssen das doch selbst machen, Sie sind seine Uroma.«

»Das fürchte ich auch.« Sehr langsam erhob sie sich aus dem Sessel.

»Ich schau mir noch mal den Durchlauferhitzer an, bis mein Kollege wieder da ist.«

Der verwirrte Zustand der Alten hatte mich auf eine Idee gebracht. Ich drehte den Warmwasserhahn auf, und tatsächlich kam nach kurzer Zeit warmes Wasser heraus. Wahrscheinlich war das Gerät irgendwann einmal kaputt gewesen, und sie hatte sich wegen des Blaumanns daran erinnert. Ich atmete auf.

Inzwischen kam Jupp wieder herunter. Er hatte sich schlaugemacht und rief ihren Namen.

»Frau Jacobi, es ist, wie ich vermutet habe – wir haben das nötige Ersatzteil nicht dabei.«

Ich winkte ihn ins Bad und erzählte ihm, was mit der Alten und dem Boiler los war.

»Puh, das ist gut, und jetzt nichts wie weg hier.«

»Aber wir können sie doch nicht mit dem Kind allein lassen.«

»Was bist du? Die Polizei? Oder das Jugendamt? Bis jetzt hat's auch geklappt. Ob sie das Kind für ihre Tochter oder ihren Enkel hält, ist doch völlig egal, solange sie ihm nicht den Schniepel abschneidet.«

In dem Moment trat sie in den Türrahmen, den Jungen auf dem Arm.

»Meine Herren? Was war mit dem Ersatzteil?«

»Ich hab keins dabei«, sagte Jupp.

»Aber wir haben den Durchlauferhitzer getestet«, sagte ich, »und festgestellt, dass er gar nicht defekt ist.«

Sie machte ein resigniertes Gesicht, wiegte sich und das Kind hin und her und sagte schließlich, es tue ihr leid, ihr Gedächtnis sei wohl nicht mehr das beste.

»Kein Problem«, meinte Jupp, »das kann vorkommen, wir werden es Ihnen auch nicht in Rechnung stellen.«

»Das ist sehr freundlich«, erwiderte sie, »aber vielleicht kann ich Sie ein wenig für Ihren Aufwand entschädigen. Kommen Sie.«

Sie wandte sich noch mal zu mir um.

»Wären Sie so freundlich, den Kleinen zu nehmen?«

Sie drückte ihn mir in den Arm, er lachte.

Wir folgten ihr nach oben. Erst wollte sie einen Kaffee machen, und als wir ablehnten, bot sie uns zehn Euro an, die sie aus ihrer Brieftasche nahm, die offen auf dem Küchentisch lag. Jupp wollte zugreifen, aber ich lehnte hastig ab, woraufhin er mich in die Seite stieß.

»Es ist fast Mittag, Sie könnten auch zum Essen bleiben.«

»Danke, nein, Frau Jacobi. Wir haben noch viel zu tun.«

Ich gab ihr den Jungen zurück. Es war deutlich zu sehen, dass er ihr zu schwer war. Ich hatte kein gutes Gefühl dabei, andererseits wollte ich endlich dort weg. Wir waren gerade im Begriff zu gehen, da hörten wir den Schlüssel in der Haustür, und ihre Enkelin Julia kam, schwer mit Einkäufen bepackt, herein.

»Entschuldige, dass ich so spät bin, es hat etwas länger gedauert.« Dann entdeckte sie uns im Flur.

»Hallo?«

Wir grüßten und grinsten. Ob es uns gelang, harmlos auszusehen, weiß ich nicht. Jedenfalls rief sie nicht gleich die Bullen. Und zum Glück erinnerte sich Frau Jacobi nicht daran, dass wir behauptet hatten, ihre Enkelin hätte uns hereingelassen, denn sie sagte: »Das sind die Klempner. Ich hatte wohl vergessen, dass der Boiler unten schon repariert worden ist.«

»Ja? Das war bestimmt, bevor ich eingezogen bin.«

Ich bot an, ihr mit den Einkaufstüten zu helfen. Sie lächelte und bedankte sich. Als ich ihr eine Tüte abnahm, berührten sich unsere Hände, und unsere Blicke trafen sich. Sie lächelte. Sie hatte ein tolles Lächeln. Sie sah noch besser aus als auf dem Foto. Obwohl sie nur ein T-Shirt und einen Jeansrock trug, wirkte sie elegant und weckte in mir die Assoziation eines frisch gestriegelten, kostbaren Rennpferds, was vielleicht mit ihrem Pferdeschwanz zu tun hatte. Ihr Haar war dick und sorgfältig gekämmt. Strahlend nahm sie ihren Sohn in Empfang.

»Na, mein Bärchen. War er brav, Oma?«

»Wie immer.«

»Ihre Oma hat uns erzählt, Sie arbeiten bei Daimler.«

»Ach, nein, da habe ich mich vor Jahren mal beworben. Diesmal bin ich hergezogen, um mich um sie zu kümmern. Sie verdrängt das gern. Ich lasse sie eigentlich nie mit Max allein, aber vorhin schlief er so schön.«

Es war mir unangenehm, dass sie vor der alten Frau so sprach. Sie ging in die Küche. Wir folgten ihr mit den Einkäufen. Jupp machte ein genervtes Gesicht und deutete auf seine Armbanduhr. Ich ignorierte ihn.

»Sie sind alleinerziehend?«

»Ja. Und arbeitslos. Ich glaube, wir können uns duzen. Julia.«

Sie schüttelte meine Hand, und ich sagte, ohne nachzudenken: »Alfie.«

»Meine Oma hat ihre Krankheit lange verheimlicht und verdrängt, aber jetzt geht sie außergewöhnlich offen und diszipliniert damit um. Es gibt Demenzkranke, die unausstehlich werden.«

Frau Jacobi ließ sich mit steifen langsamen Bewegungen am Küchentisch nieder und betrachtete die trockene faltige Haut ihrer Hände. Sie sagte: »Ich war auch einmal so jung und hübsch wie Julia, und sie wird eines Tages sein wie ich.«

»Wir müssen jetzt wirklich los«, sagte Jupp, der im Türrahmen stehengeblieben war.

»Na dann«, sagte Julia, strahlte mich an und wollte Max in seinen Hochstuhl setzen. Das gefiel ihm nicht, und er zappelte mit den Beinen. Ich war versucht, ihr meine Handynummer zu geben, sagte stattdessen aber: »Wenn ich darf, würde ich gern mal bei Gelegenheit vorbeikommen und sehen, ob ich irgendwie helfen kann.«

Ich war mir nicht sicher, ob sie mich verstanden hatte. Als sie mich ansah, wirkte sie irgendwie überrascht und nachdenklich zugleich.

»Warum nicht«, sagte sie schließlich.

Jupp rollte mit den Augen und trat wie ein Tanzbär von einem Bein aufs andere.

»Wir müssen jetzt wirklich gehen. Auf Wiedersehen«, brummte er und zog mich aus der Küche, durch den Flur und die Haustür die Treppe hinab.

»Hast du auch nichts vergessen?«, fragte er. Ich sah in meine Tasche. Lampe, Mütze, Werkzeug – alles da.

»Und du?«

Er schnaufte nur und fluchte.

Wir stiegen in den Wagen, und Jupp jagte los, als hörte er Sirenen. Bald fuhren wir den Mariendorfer Damm hinauf. Der Verkehr war nicht sehr dicht, und wir kamen gut voran. Mit einem Taschentuch wischte ich mir den Schweiß von der Stirn. Die Lüftung saugte Abgase herein.

»Das war ja haarscharf«, presste Jupp hervor und äffte mich nach: »Ich heiße Alfie und wenn Sie erlauben, würde ich gern mal bei Gelegenheit vorbeikommen und sehen, ob ich irgendwie helfen kann. Hier ist meine Adresse, ich bin ein Einbrecher, wenn ich nicht gerade mit jungen Müttern flirte. Boah, ey! Ich weiß schon, wobei du der helfen willst, du abgebrochener Studienrat.«

»Sei froh, dass ich so höflich war. Das war ziemlich unauffällig.«

Er sah mich an, als hätte ich nicht alle Tassen im Schrank. »So, ja? In Berlin? Zwei Handwerker, die gerade merken, dass sie für nix und wieder nix unterwegs waren. Und die dann noch nicht mal 'ne Rechnung wegen der Anfahrt stellen. Wenn die Kleine einigermaßen richtig tickt, hat sie jetzt schon die Bullen gerufen. Aber allerspätestens, wenn sie die Telefonrechnung kriegt, wird sie wissen, dass ihre Oma uns nie angerufen hat. Und dann noch der ganze Krempel, den ich da irgendwie in die Schubladen zurückgestopft habe ...«

»Okay, es war knapp, aber was hätten wir sonst tun sollen? Alle niederschlagen und knebeln? Und wer hat das Haus überhaupt ausgesucht? Mann, ey.«

»Wenn du dich erinnerst: Du warst bei der Entscheidung dabei.«

»Jaja.«

»Robbser wird sich kranklachen über uns.«

»Weißt du, mir macht was ganz anderes Sorgen.«

»Und das wäre?«

»Die Tatsache, dass wir, ohne mit der Wimper zu zucken, eine alte Frau und ihre arbeitslose und anscheinend alleinerziehende Enkelin beklauen wollten.«

»Wie jetzt?«

»Na, angenommen, sie wären nicht dagewesen. Was hätten wir denn gemacht, sie beklaut, oder nicht? Das ist es, was wir machen. Aber die Tatsache, dass die Leute ein Einfamilienhaus besitzen, sagt nichts über das Elend, in dem sie leben und die Probleme, die sie haben.«

»Elend? Jetzt mach mal halblang.«

»Gut, falsches Wort, aber wie auch immer ... Du weißt doch, was ich meine. Willst du ein Typ sein, der kranke Omas beklaut?«

»Ich *bin* ein Typ, der kranke Omas beklaut. Genau genommen, ist das sogar besser, als junge Leute beklauen, weil die Alten den Kram eh nicht mehr so lang brauchen.«

»So? Das waren aber eben kranke, alte, junge und sehr junge Leute.«

»Und? Wir müssen auch leben. Du bist doch der Letzte, der sich irgendwo an ein Fließband stellt.«

»Trotzdem. Ich finde, wir brauchen so was wie einen Ehrenkodex.«

»Ich wiederhole: Du wusstest vorher, dass es das Haus einer alten Dame ist.«

»Ja, verdammt, aber man kann doch aus seinen Fehlern lernen.«

»Richtig, also in Zukunft keine Vornamen, Alfie.« Er lachte und verpasste mir einen Klaps auf den Scheitel. »Und wir müssen die Häuser noch besser ausbaldowern.«

»Ja. Und wir sollten nicht alles mitnehmen, was einfach aussieht, sondern uns auf die Wohlhabenderen beschränken. Habt ihr nicht mal was gesagt von wegen, es müssen mindestens zwei Autos in der Auffahrt stehen?«

»Du sagst es. Wir sind von der reinen Lehre abgekommen.«

Ich dachte kurz nach, dann spuckte ich meinen nächsten Satz aus: »Grunewald-Villen und Kollwitzplatz-Schnösel – die müssen wir uns vornehmen.«

Jupp sah mich an und schüttelte den Kopf. »Alles klar, Robin. Und den Innenminister.«

»Das hast du dir gemerkt?«

»Klar. Wir müssen aus ethisch-moralischen Gründen, gewissermaßen mit erzieherischer Absicht beim Innenminister einsteigen. Waren das nicht deine Worte?«

»Nein.«

FÜNF

Ein Bruch zu viel

Ein paar Tage später sprach mich Robbser darauf an, als wir biertrinkend in der Garage saßen, er in einem alten Ledersessel, ich in einem Rattan-Schaukelstuhl. Jupp hockte hinten in der Ecke an einem Rechner. Es war fast Mitternacht. Mücken umschwirrten die kahlen Birnen an der Decke. Ein Tor stand halboffen, so dass wir den leeren Platz und die anderen Garagen überblicken konnten. Nach dem heißen Tag wehte ein angenehm kühler Wind. Irgendwo im Industriegebiet fuhr ein Lastwagen umher, brummten die Maschinen einer Fabrik. Robbser hatte auf meinen Ehrenkodexvorschlag sehr verständnisvoll reagiert. Ich wüsste doch, dass wir eigentlich nur bei Leuten einbrächen, wo es auch was zu holen gab, und ein Fehler wie neulich dürfe uns wirklich nicht mehr unterlaufen, das sei in jeder Hinsicht schiefgegangen. Ich solle mich doch mal, und sei es nur zum Zwecke der Übung und Ausbildung, nach einem geeigneten Kandidaten im Innenministerium umschauen, es müsse ja nicht gleich der Minister selbst sein, Hauptsache irgend so ein reicher Politfuzzi. Ein anderer hätte den Irrsinn vielleicht erkannt und die Idee durch schlichte Untätigkeit sterben lassen, aber ich musste Robbser beweisen, welch schlaues Kerlchen ich war, und er musste wahrscheinlich mir beweisen, dass er vor solchen Herausforderungen nicht zurückschreckte. Wir forderten den Ärger also beide heraus, und das Schicksal meinte es nicht gut mit uns. Denn ich ging wirklich vorsichtig vor und verwarf etliche Kandidaten, bevor ich meine Wahl traf. Nachdem ich ein paar Tage in Zeitungen und im Internet recherchiert hatte, war mir klargeworden, dass ein Parlamentarischer Staatssekretär oder Ähnliches für uns eine Nummer zu groß war. Allein die Beschattung eines solch rund um die Uhr bewachten hohen Tieres konnte gefährlich werden. Deswegen entschied ich mich für ein paar einfache Bundestagsabgeordnete vom rechten Flügel der CDU, und auch von denen verwarf ich diejenigen, deren Wohnungen oder Häuser schwer zugänglich waren oder mir zu gut gesichert schienen. Letztlich blieb nur einer übrig: Steffen Greifelds, 50 Jahre alt, ein harter Bursche, der lange, hässliche Wörter mochte wie Vorratsdatenspeicherung, Online-Durchsuchung, Visa-Warndatei, Bundesmelderegister und biometrischer Personalausweis. Seine Familie lebte in Hamburg, er hatte eine Dienstwohnung in Berlin. Greifelds gehörte nicht zu den »gläsernen« Abgeordneten, er stand nicht im Telefonbuch und gab auch im Internet nicht viel von sich preis. Ich musste ihm persönlich vom Bundestag nach Hause folgen. Es war schwierig, ihn überhaupt zu Gesicht zu bekommen. Es kostete Zeit und war langweilig und frustrierend. Einmal, mit dem Auto, verlor ich ihn, ein anderes Mal, als er überraschend mit dem Fahrrad fuhr, ebenfalls. Dann nahm er die Öffentlichen, und ich musste mein Auto zurücklassen. Immer wieder fragte ich mich, ob es den Aufwand wert war. In derselben Zeit hätte ich gleich mehrere Objekte ausspähen können. Aber etwas hatte von mir Besitz ergriffen, vielleicht so etwas wie Kriminalromantik oder das Gefühl einer politischen Mission. Ich fand es jedenfalls aufregender, einen Politiker durch die City zu verfolgen, als im Blaumann die Vorstadt unsicher zu machen.

Greifelds wohnte nicht in Mitte oder am Prenzlauer Berg, wie ich erwartet hatte, sondern in Charlottenburg, in Sichtweite des

Lietzenseeparks. Sein Name stand ganz oben auf dem Klingelschild. Einmal, abends, während ich ihn beobachtete – ich hatte kurz vorher noch Enten gefüttert, um mir die Zeit zu vertreiben –, sah ich ihn von meiner Parkbank aus mit Gästen auf seiner Dachterrasse stehen und herüberzeigen. Er musste einen schönen Ausblick haben, über die Bäume, den See, wahrscheinlich den Kaiserdamm hinunter, vielleicht sogar bis zur Siegessäule.

Was seine Wohnung attraktiv machte, waren die schlecht gesicherte Haustür und die Lage direkt unterm Dach, was bedeutete, dass wir uns kaum um andere Mieter oder Besucher zu sorgen brauchten. Außerdem boten sich so weitere Fluchtwege, falls es brenzlig werden sollte, obwohl ich weder darauf erpicht noch sonderlich geeignet war, die Katze über den Dächern von Berlin zu spielen. Meist fuhr Greifelds freitagabends zu seiner Familie nach Hamburg, gelegentlich schon donnerstags oder erst samstagvormittags. Wir beschlossen, in der Nacht auf Sonntag bei ihm einzusteigen. Wenn man bedenkt, wie sich alles entwickelte, ist es eine Ironie der Geschichte, dass Vater gar nichts von alldem wusste. Er hatte gedacht, wir wollten mal einen Abend frei machen.

Es war Viertel nach acht, als wir vor dem Haus hielten. Jupp und ich trugen unauffällige Sommerkleidung und Umhängetaschen in angesagten Designs, Robbser eine Radfahrermontur inklusive Helm, Handschuhen und Rucksack. Wir blieben vor dem Eingang stehen und klingelten bei Greifelds. Währenddessen lauschten wir, ob sich vielleicht gerade jemand anschickte, herauszukommen. Alles war ruhig. Die Bewohner waren entweder schon ausgegangen, saßen vor dem Fernseher oder machten wer weiß was. Robbser öffnete die Haustür, die nur zugezogen war, mit einem elastischen Metallstück von der Größe einer Kreditkarte. Der Eingangsbereich dahinter war mit weiß-blauen Mosaikmustern gefliest und groß genug, um mit einem Pferdefuhrwerk in den Hinterhof zu gelangen. Die Fahrräder und Kinderwagen, die herumstanden, ließen auf einige alternativ-studentische Bewohner schließen, und ich fragte mich, ob die wussten, wer ihnen auf dem Dach saß. Leise und zügig gingen wir hoch zu Greifelds' Wohnung. Seine Tür war die große Unbekannte in unserem Unterfangen. Wir konnten nicht wissen, wie gut sie gesichert war und ob es eine Alarmanlage gab. Robbser warf einen Blick auf die zwei Sicherheitsschlösser und begann zu lächeln. Inzwischen wusste ich, was das bedeutete. Er würde die Tür mit dem Elektropick öffnen können, und es bestand die Möglichkeit, dass auf diese Weise selbst eine aktivierte Alarmanlage nicht losgehen würde, weil sie den Unterschied zwischen den Originalschlüsseln und dem Pick nicht erkannte.

Doch es dauerte. Robbser fluchte. Es mussten neue Sicherheitsschlösser sein, die nicht so einfach zu picken waren.

Unten im Treppenhaus ging eine Tür auf und zu. Ein Paar verabschiedete sich vom Babysitter und ging sich unterhaltend die Treppe hinunter. Beide klangen gereizt, wir hörten nur Wortfetzen wie »Kinder« und »zu spät« und »was anderes«. Jupp hob den Finger, um mich darauf aufmerksam zu machen, dass auch die Haustür aufgegangen war und gleichzeitig jemand heraufkam. Die Schritte kamen näher. Wir begannen, noch flacher als ohnehin schon zu atmen. Erst im Stockwerk direkt unter uns betrat die Person eine Wohnung.

Kurz darauf drehte sich Robbser zu uns um. Er hatte das angespannte, stolze und zufriedene Gesicht eines Samurai, der gerade einen schwer erkämpften Sieg davongetragen hat. Jupp legte die Handflächen aneinander und verbeugte sich. Robbser runzelte die Stirn, und ich beeilte mich, ihm ebenfalls Respekt zu zollen.

»Meister«, hauchte ich.

»Bitte einzutreten«, murmelte er gönnerhaft und stieß die schwere Tür auf.

Ich streifte Latexhandschuhe über und ging vor. Robbser tippte mir auf die Schulter und zeigte mir den Stahlrahmen der Tür und die Riegel, die ringsum einrasteten, wenn abgeschlossen wurde.

»Mit Gewalt wäre hier nichts zu holen gewesen«, flüsterte er, »jedenfalls nicht, ohne alle im Haus aufzuschrecken.«

Leise ließ er die Tür ins Schloss gleiten. Die Bude gehörte uns. Alle Rollläden waren geschlossen, um die Sommerhitze draußen zu halten. Jupp schaltete die Beleuchtung ein. Wir standen in einer großen Küche mit Theke nach amerikanischem Vorbild und einem Frühstückstisch für vier Personen. Die Wohnung besaß zwei Terrassen, eine nach vorn, die von der Küche und dem kleinen Schlafzimmer aus zu betreten war, und eine zum Innenhof, die an das Wohnzimmer anschloss, in dem eine weiße Sitzgarnitur und Tische aus Chrom und Glas standen. An den Wänden reichten Regale bis unter die Decke. Davor stand eine kleine Stufenleiter. Die Menge an Büchern und Akten hielt sich in Grenzen. Der meiste Platz wurde von DVDs und Reiseandenken eingenommen, die darauf schließen ließen, dass Greifelds Afrika mochte. Bilder zeigten ihn auf Safari und mit Familie. Er hatte eine leidlich attraktive Frau und Kinder, die schon im Teenageralter so aussahen, als wollten sie sich auf Führungspositionen bewerben. Durch den nicht ganz geschlossenen Rollladen der hinteren Terrasse zeigte mir Robbser die orange Alarmleuchte, die draußen unterm Vordach hing und sich nicht rührte.

»Für wen soll die hier oben denn blinken?«, sagte er. »Kann ja nur für uns sein – zur Abschreckung.«

In andere Wohnungen konnte man von hier aus nicht sehen. Vermutlich musste man dazu vorne am Geländer der Terrasse stehen.

»Es könnte aber auch sein, dass wir uns in Sicherheit wiegen sollen, während die Bullen anrücken«, sagte ich.

»Quatsch, du liest zu viel verquastes Zeug. Wenn überhaupt,

dann irgendein Sicherheitsdienst, aber auch das ist selten bei Privatwohnungen. Was ich öfters erlebt hab, ist irgendein nerviger Alarmton, und der wäre jetzt schon längst losgegangen. Hast du dein Pamphlet dabei?«

Mein Pamphlet war ein einfacher Schwarz-Weiß-Ausdruck auf DIN-A4, den ich mitten auf dem Schreibtisch platzierte, mit dem Slogan »Wir schnüffeln bei den Schnüfflern!«, illustriert mit einem ausgestreckten Mittelfinger.

Leise und systematisch machten wir uns an die Arbeit. Jupp begann mit dem Schlafzimmer und nahm sich dann das kleinere der Regale vor. Ich ging alle Akten des größeren durch und schüttelte die Bücher aus. Robbser durchsuchte den Schreibtisch und packte, was wir für Greifelds' Zweitlaptop hielten, in seinen Rucksack.

Nun, was soll ich sagen? Wir fanden mehr, als wir gesucht hatten. Und das schien der Grund zu sein, warum sie unseren Alten entführten. Wer uns kennt, wird sich denken können, dass es nichts sonderlich Subtiles war, was wir da gefunden hatten. Akten, über denen Experten stundenlang brüten und die dreimal abgeglichen und überprüft werden mussten, bis man auf Ungereimtheiten stieß, hätten uns auch nach monatelangem Wälzen nichts preisgegeben. Das hier war wie für uns gemacht. Also plump und billig. Es sprang uns mitten ins Gesicht. Wir hätten Lotto spielen sollen, bei unserem Glück.

Mir ist wichtig zu betonen, dass wir ihn eigentlich gar nicht packen wollten. Es sollte ja nur ein Denkzettel sein. Der Einbruch selbst war das Ziel. Wir hatten nie vorgehabt, auf der Liste unserer Vergehen auch noch Erpressung hinzuzufügen. Wir, damit meine ich Jupp und mich. Robbser dachte natürlich, er könnte sich mit dem gerupften Huhn auch noch ein fettes Süppchen kochen.

Es war noch vergleichsweise früh am Abend, als wir in der

Garage ankamen, vermutlich so gegen 23 Uhr. Die Gegend war tot. Niemand außer uns und ein paar Großstadtwildschweinen war unterwegs. Wir schlossen die Garagentore und machten es uns gemütlich. Das belastende Material hatte in einem schmalen Pappordner Platz und ging immer wieder durch unsere behandschuhten Hände. So also fühlte sich Politik an. So sah die Intrige aus. So papieren war der Klang von Geschichte. Nicht, dass es um ein deutsches Watergate gegangen wäre oder eine Lewinsky-Affäre oder einen neuen Parteispendenskandal. Dafür war Greifelds eine viel zu kleine Nummer. Aber es fühlte sich eben doch anders an als das Diebesgut, das wir sonst umherbuckelten und dem wir auch bei Greifelds nicht hatten widerstehen können – Kleinkram wie ein ungeöffnetes teures Aftershave, eine Packung Viagra, eine halbvolle Flasche 25-jährigen Glenfarclas, ein paar DVDs, CDs, goldene Manschettenknöpfe, eine edelsteinbesetzte Krawattennadel und 165 Euro Bargeld. Jupp machte sich lustlos daran, den Laptop zu durchsuchen. Was sollte jetzt noch kommen?

»Zu schade, dass ich seine Fresse nicht sehen kann«, brummte Robbser, der sich in seinen alten Ledersessel gefläzt hatte und an einem Glas Scotch nippte. »Ich hasse diese feinen Herren, die vorgeben, der Gesellschaft zu dienen und uns stattdessen von vorn bis hinten bescheißen und es sich auf unsere Kosten gutgehen lassen.«

Jupp sah gelangweilt vom Rechner auf.

»Revoluzza, wa?«

Robbser leerte sein Glas.

»Ah!« Er schloss die Augen und ließ den Zopf seiner Samurai-Frisur durch die Hand gleiten. »Das Schlimmste ist, dass mir sein Whisky schmeckt.«

Er versuchte uns davon zu überzeugen, wie geil es wäre, so einen feinen Pinkel in der Hand zu haben und ihn winseln zu hören und schwitzen zu sehen, doch Jupp und ich blieben unbeeindruckt. Ich wandte ein, er würde ihn sowieso nicht dabei sehen, höchstens am Telefon hören, und da sei die Wahrscheinlichkeit groß, dass Greifelds ziemlich cool bleiben würde, weil er wüsste, dass sein Erpresser total gierig auf das Geld wäre.

»Aber das ist es ja«, rief Robbser. »Das Geld interessiert mich nicht. Ich würde mit ihm spielen und ihn dann trotzdem hochgehen lassen. Wir könnten das Material der Presse anbieten und zum zweiten Mal absahnen.«

»O Mann, und wie willst du das alles hinkriegen?«, antwortete ich. »Der rennt vielleicht sofort zu den Bullen, weil er ahnt, dass er bei einem Erpresser nie wieder Ruhe hat, und dann hören die alles ab und haben uns ratzfatz am Arsch. Ist es das wert?«

Er hielt deutlich länger als sonst die Klappe, bevor er sagte: »Natürlich wäre es nicht ungefährlich, aber darin liegt ja auch der Reiz. Wollt ihr bis an euer Lebensende Manschettenknöpfe und Gartenzwerge klauen?«

Jupp lachte. »Ja, das will ich. Mensch, Robbser, du hast Familie, zwei Familien, um genau zu sein, und wenn wir unsere Alten dazunehmen sogar drei ....«

»Um ganz genau zu sein, muss ich dich und deine verrückte Schnalle auch noch versorgen.«

Es fiel Jupp nicht im Geringsten ein, sich beleidigt zu fühlen. »Stimmt, also hör auf zu träumen. Der Typ ist ein Fascho ... Alfie sagt, der war länger beim Bund, als es für so 'n Akademikersöhnchen nötig gewesen wäre, und der war in 'ner Burschenschaft und bewegt sich näher am rechten Rand, als es seinen Leuten lieb ist. Der hat vielleicht voll die krassen Kontakte ... Wer weiß, wer da noch alles mit drinhängt, das ist wie ein Wespennest ...«

Ich merke schon, wenn ich diese Geschichte einigermaßen vernünftig erzählen will, komme ich nicht drum herum zu sagen, worum es ging.

»Robbser«, fing ich wieder an und versuchte, so ruhig wie möglich zu bleiben, »weißt du, was mir an dieser Geschichte überhaupt nicht gefällt ....«

»Nein, aber du wirst es mir bestimmt erzählen.«

»Diese Bilder, die wir gefunden haben – erinnerst du dich, was ich da gesagt habe?«

»Ja, grob, aber jetzt sag schon, worauf du hinauswillst.«

»Ich hab gesagt, dass ich tolerant wäre, was Fetische anbelangt, aber warum ein Mann in seiner Position solche Fotos machen lässt, wäre mir ein Rätsel. Jupp hat das nicht gefunden. Er hat gesagt: ›Zum Wichsen natürlich, so ein Mann hat nicht die Zeit, ständig in 'n Puff zu gehen.‹«

»Richtig. Und?«

»Ja, aber das sieht nicht aus wie ein normaler Puff, das hat eher schon so was von einem paramilitärischen Lager, wohin sie sich ein paar Frauen eingeladen haben. Und mir ist Greifelds selbst einfach zu oft im Bild. Und er wirkt mir irgendwie unsicher, so als sei es ihm nicht recht gewesen, dass fotografiert worden ist.«

»Also?«

»Ich werde das Gefühl nicht los, dass das schon Erpresserfotos sind, und das würde bedeuten, dass es ziemlich kompliziert wird, wenn du dich da jetzt auch noch dranhängst.«

Es waren sieben Fotos, die Greifelds und zwei andere Männer mit mehreren Prostituierten zwischen schätzungsweise Anfang zwanzig und Mitte vierzig zeigten, einmal in plüschig rotem Bordellambiente, dann in einem Kellerraum mit diversen Folterapparaturen und schließlich noch tagsüber in einem Wald. Auf einigen Bildern lachten die Frauen, während sie auf anderen gefesselt waren und leidend wirkten. Ob es sich um eine professionelle Inszenierung handelte oder Zwang ausgeübt wurde, war nicht zu erkennen. Dass die Bilder weder Greifelds' Familienleben noch seiner Karriere guttäten, wenn sie an die Öffentlichkeit gelangten, war dagegen eindeutig. Greifelds und die anderen Männer trugen adrette schwarze Uniformen und sehr realistisch aussehende Waffen. Greifelds machte eine pervers gute Figur in der Uniform, und auf den Bildern, die ihn nackt zeigten, wirkte er gut durchtrainiert. Das stärkste Bild von allen, bei dem wir vor Lachen fast zusammengebrochen wären, als wir es zum ersten Mal sahen, zeigte Greifelds nackt und teilweise mit Bade- oder Bierschaum bedeckt auf dem Boden liegend, während zwei Frauen ihn mehr oder weniger kunstvoll im Stehen vollpissten.

»Der Mann hat eben wirklich Geschmack«, meinte Jupp, »da muss alles extravagant sein, exklusiv, extraordinär.«

Ich machte einen auf Spielverderber: »Die eine sieht seiner Frau ähnlich, findet ihr nicht? Das is 'ne Familienfeier. Purer Rock 'n' Roll.«

»Nur kein Neid«, sagte Jupp.

Robbser gab es irgendwann auf, uns überzeugen zu wollen, und wir bildeten uns ein, ihm die Erpressungsidee ausgeredet zu haben.

In den Medien tauchte unser Besuch in Greifelds' Wohnung nicht auf. Nicht, dass ich es ernsthaft erwartet hätte, nach nur einem »politischen Einbruch«, und schon gar nicht nach alldem, was ich mittlerweile über Greifelds in Erfahrung gebracht hatte, aber ein wenig war ich dennoch enttäuscht, dass mein zarter Versuch, den Einbruchdiebstahl als politisches Instrument zu etablieren, so wirkungslos verpufft war.

SECHS

Familienrat oder: Warum es manchmal nicht gut ist, wenn man kriegt, was man will (Teil II)

»Du, Alfie, ich hab da was gefunden.«

Mutter brachte mich völlig durcheinander, als sie plötzlich neben mir stand. Ich scharrte mit einem Fuß in dem Chaos auf dem Boden und versuchte gleichzeitig, die Kondome, den Netzbody und die Nacktbilder zu verstecken, die neben mir auf dem Bett lagen.

»Oh, schau mal, das schöne Bild von uns«, stotterte ich und hielt das Foto von mir und den Brüdern hoch. Sie sagte nichts, auch nicht bezüglich der Tatsache, dass ich mit dem Aufräumen nicht weit gekommen war. Was sie mir mit zittriger Hand hinhielt, war ein DIN-A4-Blatt mit folgenden Zeilen in der ungeübt krakeligen Schrift meines Vaters:

Keine Polizei.
Wartet einfach,
bis ihr wieder was hört.

Der Daumen darunter war mit Blut aufs Papier gedrückt worden und beschwor Erinnerungen an den Schwarzen Fleck aus der »Schatzinsel« herauf. Die Vorstellung, dass ein Zeichen allein einen Mann umbringen konnte, hatte mich, als ich die Verfilmung sah, mehr beeindruckt als alle Augenklappen und Holzbeine zusammen. Ich muss in dem Moment ähnlich erschrocken ausgesehen haben wie damals vor dem Fernseher. Meine Maskerade flog auf, mein dummes Geschwätz wurde offenbar.

Mutter ließ sich schwer auf mein Bett sinken und sah mich vorwurfsvoll, aber auch mit einer gewissen Genugtuung, recht gehabt zu haben, an. Sie lebte ohnehin in der Überzeugung, immer recht zu haben, auch wenn ihre Männer und Schwiegertöchter das selten zugaben.

»Wo lag das denn?«, fragte ich.

»Im Wohnzimmer auf dem Boden. Neben dem Tisch.«

Ich vermutete, dass das Blatt ursprünglich vielleicht auf dem Tisch gelegen hatte und durch Zugluft heruntergeweht worden war.

»Um Gottes willen, Alfie ... Was wird hier eigentlich gespielt?« Ihre Stimme klang sehr schwach.

Ich versuchte mir vorzustellen, was in ihr vorging, und war einen Moment lang versucht, mir irgendetwas Tröstliches auszudenken oder sogar die Wahrheit zu sagen, aber dann wurde mir das ganze Ausmaß dieses Vorhabens bewusst, und ich stellte mich lieber dumm. Ich war schließlich auch nur in die Sache hineingeraten – sollte Robbser doch erklären, was er da fabriziert hatte. Ich versuchte, Mutters ungläubigen, bösen Blick zu ignorieren, und rief ihn an. Er schluckte hörbar, als er begriff, dass der Geist aus der Flasche war. Danach wählte ich Jupps Nummer. Er nannte Robbser einen Idioten und Irren und war kaum zu besänftigen. Ich bat ihn, das Valium seiner Frau mitzubringen.

Mutter hielt sich erstaunlich gut, aber sie rührte keinen Finger mehr. Grimmig stapfte sie ins Wohnzimmer, trat nach einem Kissen, das im Weg lag, und ließ sich mit verschränkten Armen in einem Sessel nieder, wo sie stoisch sitzen blieb und nur gelegentlich stöhnte, den Kopf schüttelte und sich mit den Händen durchs dauergewellte graue Haar fuhr.

Gegen Mittag waren alle in der verwüsteten Wohnung. Ich hatte nur gerade so viel aufgeräumt, dass ich die Wohnzimmertür hinter Robbser schließen konnte, während er Mutter alles erklären musste. Vorher hatten wir sie dazu gebracht, eine Valium zu nehmen. Chantal saß am Küchentisch und streichelte Dobi, den Dobermann. Bei ihr zu Hause war niemand aufgetaucht. Jupp und ich bereiteten ein einfaches Mal aus Ravioli, Eiern und Toast zu. In Krisen hatten wir noch mehr Hunger als sonst. Chantal machte ein angewidertes Gesicht, bot aber nicht an, was Besseres zu zaubern. Sie fragte, ob sie ausnahmsweise hier rauchen dürfe, und wir erlaubten es ihr, weil wir in Alles-egal-Stimmung waren und sie schließlich auch was brauchte, um sich zu beruhigen. Wie Mutter darauf reagieren würde, war ungewiss, entweder gleichgültig oder cholerisch, und es war vielleicht sogar gut, wenn sie so Dampf ablassen konnte. Chantal hatte ein dickes Fell. Als es klingelte, zuckten wir alle zusammen. Ich umklammerte den Büchsenöffner, und Jupp tauschte seinen Plastikpfannenwender gegen ein großes Küchenmesser. Chantal schüttelte herablassend den Kopf, klemmte sich die Kippe zwischen die Zähne, fasste Dobis Leine kürzer und öffnete die Wohnungstür. Robbser lugte durch die einen Spaltbreit geöffnete Wohnzimmertür, und Jupp und ich streckten unsere Köpfe aus der Küche.

Es war Frau Kuhnert von gegenüber, Anfang 80, der Mutter gelegentlich etwas zu essen brachte. Misstrauisch musterte sie Chantal und ihre durchtrainierten, tätowierten Oberarme, den kurzen Jeansrock und die Cowboystiefel. Dann sah sie Dobi, der aussah, als wolle er sie jeden Moment anspringen. Aber Berliner Trümmerfrauen sind so leicht nicht einzuschüchtern.

»Iss Frau Bürger nich zu Hause? Ick wollt ihr eenen Topp zurückbringen. «

Robbser verschwand im Wohnzimmer, und Jupp widmete sich wieder unserem Menü. Ich sagte laut und betonte dabei jedes Wort überdeutlich: »Guten Tag, Frau Kuhnert. Hat es geschmeckt?« Sie nickte nur.

In Chantal kam die Friseuse durch. Sie reichte mir die Kippe und setzte ein freundliches Gesicht auf. »Vor dem broochen Sie keene Angst zu haben«, sagte sie und tätschelte Dobis flache Stirn. Dann griff sie nach dem Topf, den die Alte nur zögerlich und mit traurigem Blick hergab, als sei er etwas sehr Kostbares.

»Ick hoffe, ditt iss allet in Ordnung mit Frau Bürger«, sagte sie und versuchte, ihren Kopf weiter in den Flur zu schieben.

»Ham Se heut irjend was Auffälljes bemerkt?«, fragte Chantal. Mir stockte der Atem. In den stumpfen Augen der alten Frau erschien ein listiges Funkeln. »Nee ... Wieso?«

Aber Chantal ließ sich nicht aus der Reserve locken.

»Nur weil Se so besorcht wirken. Wir ham hier 'n kleenes Familientreffen.«

»Es gibt Ravioli«, warf ich ein, weil der Geruch ohnehin in der Luft lag und ich meine neugierige Anwesenheit durch einen Gesprächsbeitrag rechtfertigen wollte. Aus dem Wohnzimmer drang ein Stöhnen unserer Mutter. Jupp und ich wechselten einen besorgten Blick.

»Iss wirklich allet in Ordnung mit Frau Bürger?«

»Nun ja«, sagte Chantal und senkte kurz den Blick. »Ein entfernter Verwandter is jestorben. Nu macht se sich Vorwürfe, ihn lang nich jesehen zu haben.«

»Un nu isset zu spät«, stimmte Frau Kuhnert verständnisvoll zu.

Chantal und ich nickten. Die nächste Frage der Alten kam unvermittelt. Sie schien ihr die ganze Zeit auf der Seele gebrannt zu haben und betraf ein Ereignis von größerer Bedeutung als ein Trauerfall. »Ham Se en neuen Kühlschrank bekommen?«

Chantal sah mich fragend an. Ich sagte. »Wie kommen Sie denn darauf?«

»Vorhin waren zwee Männer mit eem Kühlschrank da. Sie mussten länger klingeln, bis Ihr Vater uffemajcht hat. Dann hörte ick laute Stimmen, als würden se sich streiten. Später sind se jejangen und ham den alten Kühlschrank mitjenommen. Ick musste noch aufwaschen, und als ick später rüberjekommen bin, hat mir keener uffjemacht.«

»Ach so, ja«, sagte ich. »Jetzt erinnere ich mich. Aber es war nicht der alte, sondern der neue Kühlschrank, den sie mitgenommen haben. Es war bestimmt das falsche Modell. Mein Vater kann fuchsteufelswild werden bei so was.«

»Hat er dit Ihnen nich erzählt?«

»Mir nicht. Solche Dinge bespricht er mit Mutter.«

»Ick hab mir Sorjen jemacht, weil er die Türe nich uffjemacht hat.«

»Ja. Sie kennen ihn doch, immer mürrisch, immer müde. Er schläft jetzt noch.«

Nachdem wir sie abgewimmelt hatten, setzten wir uns an den Mittagstisch. Wir wollten gerade diese neuen Informationen besprechen, da betrat Mutter die Küche. Ihr immer etwas leidender Gesichtsausdruck hatte einen harten, kämpferischen Zug bekommen. Das Lachen war ihr im Lauf der Jahre vergangen. Wenn sie es versuchte, zum Beispiel für ein Foto, sah es ziemlich verkrampft aus. Aus irgendeinem Grund brachte ich ihren neuen Gesichtsausdruck mit dem verlorenen Lachen in Verbindung, als ahnte ich, dass sie bald wieder würde lachen können. Robbser, der ihr folgte, machte einen reumütigen Eindruck und hatte nervöse rote Flecken im Gesicht, was nicht zu seinem martialischen Äußeren passte: Muskeln, Tätowierungen, Metallica-T-Shirt und

Bermudashorts im Camouflage-Look. Mutter war uns schon immer unheimlich gewesen, wenn sie nichts sagte, wie damals in meinem Pubertätshoch, als ich sie im Streit beschimpft hatte, sie würde mich ankotzen. Eine Woche hatte sie nicht mehr mit mir geredet, bis ich mich mehrmals bei ihr entschuldigt hatte. Chantal stand auf, damit Mutter sich setzen konnte. Ich öffnete das Fenster, um zu lüften. Jupp fragte, ob sie etwas essen wolle. Erst nickte sie nur, dann presste sie heiser hervor, sie müsse, wegen ihres Zuckerspiegels.

Wir aßen schweigend, Mutter und wir Jungs Ravioli und Spiegeleier am Küchentisch, Chantal im Stehen einen Joghurt, ihr zu Füßen Dobi ein paar Stück Hundekuchen. Von uns allen hatte Robbser am wenigsten Appetit. Ich konnte ihm ansehen, dass er lieber ein Bier oder Härteres gehabt hätte, aber nicht danach zu fragen wagte. Es war Mutters wunder Punkt, dass ihre Söhne auf dem besten Weg waren, genau solche Suffköppe zu werden wie ihr Vater. Jupp lachte verlegen und verzweifelt in sein Essen. Die Stille nagte an ihm. Sein Haarkranz wippte, und er hatte Tomatensoße am Doppelkinn. Die Ehe unserer Eltern hatte er immer gerne den »Dreißigjährigen Krieg« genannt und verkündet, nie heiraten zu wollen. Jetzt hatte er selbst eine Trinkerin zu Hause, die ihm, verheiratet oder nicht, die Hölle heiß machte. Chantal betrachtete uns mit zunehmendem Widerwillen, der allerdings, wie ich wusste, jederzeit in Belustigung umschlagen konnte. Sie schnappte nach ihrem Joghurtlöffel wie Dobi nach seinen Küchlein. Mutter aß mit der gewohnten Eile. Ob sie bedienen und abräumen musste oder nicht, auch im Restaurant aß sie immer viel zu schnell und kleckerte sich mindestens einmal auf ihren großen Vorbau.

»Ihr habt ja gar keine Servietten rausgelegt«, sagte sie irgendwann. Ihre Stimme klang schon weniger belegt. Bei uns wurden nur Servietten benutzt, wenn Gäste da waren, und das war in diesem Fall Chantal. Jupp und ich sprangen gleichzeitig auf. Jupp war zuerst an der Schublade. Ich hätte deswegen gern gefragt, ob noch jemand Nachschlag haben wollte, aber es war nichts mehr da.

»Was zum Trinken fehlt auch, Alfie«, presste Mutter hervor, während Jupp die Servietten verteilte. An einem normalen Tag, hätte er Witze gemacht, zum Abwischen nehme man doch den Ärmel, aber heute hielt er die Klappe. So hat alles sein Gutes.

»Ich mach schon«, sagte Chantal und nahm eine Flasche Mineralwasser von der Arbeitsfläche und Saft aus dem Kühlschrank. Für einen Moment sah ich Vadder eingequetscht daraus hervorlugen. Was war das nur für ein Kühlschrank gewesen? Vadder war weder schlank, noch sonderlich biegsam. Ich kümmerte mich um die Gläser.

»So«, sagte Mutter. Außer Robbser hatten wir alle aufgegessen. »Robert kann heute mal abräumen und den Aufwasch machen …« Erst konnten wir es nicht fassen, dann begannen Jupp, Chantal und ich zu grinsen.

»Na klar«, sagte er heiser.

»Das ist nicht lustig«, sagte Mutter zu uns gewandt. »Es ist das mindeste. Und der Anlass ist ernst. Nicht zu viel Saft, bitte, der ist mir zu scharf.«

Nachdem Chantal allen eingegossen hatte, warteten wir, was Mutter weiter zu sagen hatte. Es war selten so still in dieser Küche gewesen, schon gar nicht, wenn Robbser, Chantal und Jupp gleichzeitig da waren.

»Ich möchte jetzt etwas sagen, wo ich mich ein bisschen gestärkt habe.« Mutter hielt das Glas Orangensaft wie ein kleines Mädchen mit beiden Händen und nahm einen Schluck. Hypnotisiert beobachteten wir jede ihrer Bewegungen, bis sie das Glas wieder abgesetzt hatte. Dann sagte sie mit leicht zitternder

Stimme: »Wir lassen uns nicht erpressen, hört ihr, auch wenn es bedeutet, dass euer Vater eine Weile bei diesen … Entführern bleiben muss.«

Mutter lebte für die Familie. Sie besaß nicht viel Schmuck und keine wirklich schicken Kleider. Sie hatte keine Hobbys. Sie konnte nicht schwimmen und verreiste nicht gern. Vom Tanzen wurde ihr schwindelig. Wenn sie strickte, dann Socken für uns und die Enkelkinder, und wenn sie im Garten war, dann baute sie Gemüse an. Sie putzte und bediente und versuchte, es allen recht zu machen. Wenn sie mal ein Buch las oder vor dem Fernseher saß, war das der Gipfel der Entspannung und des Eigennutzes. Ihre Welt war eng umrissen, und alles jenseits ihrer Grenzen ängstigte sie. Sie hatte nicht einmal einen Führerschein. Ihre Vorstellung von Herausforderung und Abenteuer war das Bedienen einer Stereoanlage. Unsere alltäglichen Aktivitäten wie Trinken und Autofahren hatte sie immer mit Sorge und Staunen betrachtet. Was die Offenbarungen in ihr ausgelöst hatten und welche Kraft es sie kostete, nicht in Panik zu geraten oder in Ohnmacht zu fallen, konnten wir nur erahnen.

»Vaters Entführung«, fuhr sie fort, »hat uns alle in eine schwierige Situation gebracht. Natürlich müssen wir versuchen, ihn zu retten, aber vor allem müssen wir die Familie schützen. Ich möchte von jetzt an über alles informiert werden und alle Schritte mitentscheiden. Denn noch so einen Tag wie heute, so eine böse Überraschung, so eine Enttäuschung … Ich weiß nicht, ob ich dann noch Lust hätte, weiterzumachen.«

Ich glaube, an diesem Punkt erwarteten wir alle, dass sie in Tränen ausbrach, so, wie die vielen Male, wenn Vater betrunken Mist gebaut hatte, aber sie tat es nicht. Stattdessen sagte sie, sie müsse sich jetzt eine halbe Stunde hinlegen, wir sollten schon mal mit dem Aufräumen anfangen.

Wir warteten und lauschten, bis sie die Schlafzimmertür hinter sich geschlossen hatte. Robbser atmete hörbar aus und rieb sich die Schläfen. Dann stieß er mit dem Zeigefinger nach Jupp, der gerade was sagen wollte.

»Kein Wort!«

Er stand auf, räumte zügig ab, wobei Chantal ihm half, und hob danach eine Sporttasche auf die Tischfläche. Bevor er sie öffnete, hielt er inne, schloss die Augen, und ich stellte mir vor, wie er versuchte, mit seinem inneren Samurai Kontakt aufzunehmen.

»Wir befinden uns ab jetzt in einer Art Belagerungszustand«, begann er, »und müssen davon ausgehen, dass wir auf Schritt und Tritt beobachtet werden. Sie kennen diese Wohnung, woher auch immer, und vermutlich auch meine. Dabei sollte es bleiben.«

Er sah uns reihum ernst an, schien aber nicht weiterzuwissen.

»Falls sie meine Adresse rauskriegen«, sagte Jupp, »entführen sie vielleicht Angie. Das wäre geil.«

Keiner lachte, nur Chantal schmunzelte. Mich erinnerte Jupps Äußerung an die ödipale Wunschvorstellung, die ich als Achtjähriger gehabt hatte: Vadder möge sich einfach in Luft auflösen. Nun, jetzt war es mit einiger Verspätung passiert, und es war mir gar nicht recht. Ich hatte schon genug andere Probleme am Hals.

»Oberste Regel«, fuhr Robbser mit erhobenem Zeigefinger fort, »keiner bewegt sich allein, wir bleiben immer in Zweier- oder Dreierteams zusammen. Außerdem sind wir ab jetzt bewaffnet.« Mit diesen Worten öffnete er die Tasche und entnahm ihr zwei Pistolen und einen Revolver.

»Bist du irre?«, sagte ich.

»Mag sein, aber ich geh nicht mehr unbewaffnet raus. Wir haben es hier mit irren Rechtskonservativen zu tun, die nicht davor zurückschrecken, Menschen zu entführen.«

Und in Kühlschränke zu stecken, hätte ich fast hinzugefügt, denn so mussten sie Vater aus dem Haus geschafft haben.

»Was du machst, ist deine Sache«, fuhr er fort. »Der Typ hat mir gegenüber mehrmals behauptet, dass er auch von anderer Seite erpresst wird, und jetzt, total in die Enge getrieben, ist er ausgerastet. Ich trau ihm alles zu. Also: eine Walther PPK, sechs Schuss, sieben komma sechs fünf Millimeter für Jupp.«

»Die Waffe, mit der sich Hitler erschossen hat«, sagte Jupp und nahm sie ehrfurchtsvoll in die Hand.

Ich entgegnete: »Das Modell, mit dem Benno Ohnesorg erschossen wurde.«

»Eine Bul M fünf, neun Millimeter, mit dreizehn Patronen im Magazin. Die ist für mich. Und ein Colt-Revolver, ebenfalls neun Millimeter, aber nur sechs Schuss für Alfie oder Chantal, je nachdem, wer ihn haben will.«

»Nimm ihn schon, Alfie«, sagte sie. »Ich hab ja Dobi.«

»Ich kann gar nicht mit so 'nem Ding umgehen.«

»Komm, ich zeig's dir. Hier ist 'ne zweite Trommel, dann kannst du schnell nachladen.« Er führte es vor. »Rein, raus. Sichern gibt's hier nicht. Is was für Idioten.«

»Danke.«

»Und die Walther?«, fragte Jupp

»Stangenmagazin. Auch hier hab ich noch ein zweites. So. Zum Entsichern schiebst du den kleinen Hebel hier hoch, dann siehst du den roten Punkt, und schon kannst du ein Blutbad anrichten. Alles klar?«

Ich schwieg. Ich konnte es nicht glauben. Jupp hauchte: »Alles klar« und zielte auf die Pfeffermühle. Chantal verpasste ihm einen Klaps auf die Glatze und zischte: »Sichern!«

Ich sagte: »Ist euch klar, was das für Hünen gewesen sein müssen, wenn sie Vadder in einem riesigen Kühlschrank zu zweit hier rausgetragen haben!«

Jupp sagte: »Na ja, mit seinen eins achtundfünfzig ist er nicht gerade der größte.«

Robbser sah uns verwirrt an, und Chantal berichtete ihm, was Frau Kuhnert uns erzählt hatte. Er rieb sich die Schläfen und setzte sich.

»Ich brauch jetzt doch mal 'n Bier. Mir zittern ja die Hände.«

Chantal legte keinen Widerspruch ein, im Gegenteil, sie ging sogar zum Kühlschrank, um es zu holen.

»Sieht schlecht aus, Jungs. Keins da.«

Ich bildete mir ein, dass sie etwas zögerte, bevor sie die Tür wieder schloss. Wahrscheinlich hatte sie ebenfalls ihren Schwiegervater gesehen.

»Echt nicht?«, fragte Robbser.

»Echt nicht. Soll ich ...?«

»Lass ma, ich schau selbst in die Kammer.«

Chantal hätte sich jetzt auf Mutters Platz setzen können, aber sie blieb stehen, ging mal einen Schritt nach rechts, einen nach links, fuhr mit den Händen über die Arbeitsflächen.

Robbser kam ohne Bier zurück und knurrte, der Alte müsse alles leergesoffen haben. »Wart ihr heute nicht einkaufen?«

»Ja«, sagte ich, »aber keinen Alkohol.«

»Scheiße.«

»Habt ihr eigentlich alle begriffen, was eure Mutter da eben gesagt hat?«, wollte Chantal wissen.

»Klar«, sagte Jupp trocken, bevor er leicht angewidert sein Glas Mineralwasser ansetzte. »Die haben den Einzigen aus der Familie geklaut, den keiner zurückhaben will.«

Das Verhältnis zu unserem Alten war immer schwierig gewesen. Und das lag nicht nur an seinem Alkoholproblem. Denn selbst wenn man davon absah, gab es nicht viel Gutes über ihn zu berichten. Andere Väter nahmen ihre Söhne gelegentlich mit auf den Sportplatz oder fuhren mit ihnen Autorennen auf der Carrera-Bahn, unser Alter nahm uns mit in die Eckkneipe und war auch noch ziemlich knickrig, was Videospiele und Flippern betraf. Einer der schönsten Momente, an die ich mich erinnern kann – um ehrlich zu sein, ist es der einzige – war, als er mir einmal ein Buch mitbrachte, obwohl es keinen Anlass dazu gab. Es war ein Sachbuch über die Zukunft der Menschheit im All. Es trug den Titel »Die große Vision«, und nach anfänglicher Skepsis las ich es mit großem Interesse. Es stand auf einem Ehrenplatz in meinem Regal. Ich hatte nie mit ihm darüber gesprochen, warum er es mir geschenkt hatte, und er hatte mich nie gefragt, ob es das Richtige für mich gewesen war. Eine Zeitlang hatte ich danach mit dem Gedanken gespielt, Astrophysiker zu werden, aber ich war nicht gut genug in Mathe gewesen.

Ich vermute, dass es in einer normalen, glücklichen Kindheit unzählige solcher glücklichen Momente gibt und dass kein noch so kitschiger Film sie jemals alle einfangen und verewigen kann. Nur meine Kindheit war so armselig und mickrig, dass ein paar Sätze reichen, um sie erschöpfend zu behandeln.

Ob Vater, als er in seinem stickigen Kühlschrank eingeklemmt war, wusste, dass er, wenn es nach uns ging, noch lange dort bleiben konnte? Früher hatten wir uns oft gewünscht, ihn auf den Mond zu schießen, jetzt steckte er bei den Vasallen eines irren CDU-Politikers im Kühlschrank. Er hatte immer SPD gewählt und sich auch durch die Agenda 2010 und Leute wie Schröder, Clement und Steinbrück nicht davon abbringen lassen, würde es also bestimmt auch in Zukunft tun, falls er je wieder da rauskam.

»Die können nicht wirklich viel über uns wissen«, hörte ich Jupp sagen. »Überlegt doch mal. Warum schlagen sie hier zu und entführen Vaddern. Das hätten sie leichter haben können, im wahrsten Sinne des Wortes.«

»Kommt drauf an, wie man's betrachtet«, sagte Robbser. »Er ist zwar nicht der Leichteste, aber ansonsten vielleicht wirklich der Schwächste von uns allen. Außerdem nehmen sie vermutlich an, dass er mehr weiß als zum Beispiel Mudder. Und wir wissen noch nicht, ob sie nicht auch die Garage durchsucht haben.«

»Wo ist eigentlich das Material?«, fragte ich.

»Haltet mich für paranoid, aber wir wissen nicht, ob sie hier Wanzen hinterlassen haben.«

»Der Typ ist einer von sechshundert Sesselfurzern und nicht der Pate«, sagte Chantal und zeigte ihm den Vogel. »Der hat vielleicht ein paar Muskelkrabben fürs Grobe engagiert, aber alles in allem ist der genauso panisch wie wir.«

»Wie viel hast du ihm eigentlich schon abgeknöpft?«, wollte Jupp wissen und boxte seinen schlauen Bruder auf den Oberarm.

»Zwei mal zwanzigtausend.«

Ich vergaß kurz zu atmen, und Jupp pfiff durch die Zähne.

»Ganz schön billig, euer Bruder, was?«, sagte Chantal verächtlich. »Und es war nur der Köder, damit sie ihn am Arsch kriegen.«

»Betrachten wir es mal nüchtern«, sagte Robbser, ohne auf sie einzugehen. Ich sah ihm aber an, dass es ihn Mühe kostete, ruhig zu bleiben. »Wir haben hier eine Pattsituation. Die wollen was, wir wollen was, also besteht kein Grund zur Panik.«

»Das ist doch Blödsinn!«, entfuhr es Chantal. Sie trat einen Schritt vor und ließ beide Hände auf die Tischplatte knallen. »Ihr wollt mir doch nicht wirklich erzählen, dass das Leben eures Vaters nichts wert ist.«

»Und glaubst du, dass der Sesselfurzer bereit ist zu töten?«

»Und glaubst du, dass der jemals Ruhe geben wird? Woher soll er wissen, dass du nicht zig Kopien gemacht hast.«

»Das ist es, was ich mit Patt meine. Es gibt keine Lösung. Er weiß, dass wir Verbrecher sind, und wir wissen, dass er einer ist. Es wird in einer Art gegenseitiger Bedrohung enden. So 'ne Art

Kalter Krieg. Die Entführung unseres Alten ist nur so was wie ein Denkzettel, um uns zu zeigen, wie weit er gehen kann.«

»Dann hoffe ich mal, dass du recht behältst, du Idiot.«

»Wer ist denn nie zufrieden und liegt mir ewig in den Ohren?«

»Und jetzt bin ich zufrieden, ja? Du tickst doch nicht richtig!« Robbser sprang auf.

Dass es mit ihm und Chantal zuweilen etwas anstrengend wurde, waren Jupp und ich gewohnt, aber unter den gegebenen Umständen konnten wir es noch weniger ertragen als sonst. Ich wusste, dass Jupp nicht so cool war, wie er auf andere wirkte. Er war kein wirklich cooler, sondern ein phlegmatischer Typ, aus dem irgendwann, wenn man ihn lange genug triezte, der Berserker hervorbrach. An seinen Augen und seinen Händen konnte ich erkennen, dass er zunehmend nervöser wurde. Er hatte einen leicht glasigen, ins Leere gehenden Blick, und seine Hände waren ununterbrochen mit dem Flaschenöffner beschäftigt, der immer noch auf eine Bierflasche wartete.

Ich sagte, sie sollten endlich aufhören, sich gegenseitig zu beschimpfen, und Jupp erhob sich, um Robbser, der sich anschickte, über den Tisch zu klettern, an der Schulter zu packen. Chantal sagte zu Jupp, mit Robbser käme sie schon alleine klar. Es gab einen fürchterlichen Tumult, bei dem wir alle durcheinanderschrien, dann herrschte Ruhe. Wir setzten uns und atmeten durch. Jeder starrte in eine andere Ecke, bis Chantal schließlich betont leise und langsam sagte, es sei wahrscheinlich besser, wenn mal jemand anderes als Robbser oder sie das Wort ergriff, und mich dabei ansah.

Ich sagte: »Ich mache mir Sorgen um Angie und Nessi«, und begann laut nachzudenken. »Am sichersten wäre es vermutlich, alle hier zu versammeln, aber dann würden wir in kürzester Zeit komplett durchdrehen. Aber aus der Tatsache, dass sie Vadder entführt haben, schließe ich, dass sie vielleicht doch nicht so viel über uns wissen, wie wir befürchten. Sie hätten ja sonst auch eine der Frauen entführen oder uns in der Garage überfallen können. Also vielleicht müssen wir uns deshalb doch nicht so große Sorgen machen ...«

Die anderen schwiegen. Chantal nickte und sagte: »Ich glaube auch, dass eine Entführung zeigt, dass sie gewisse Skrupel haben. Ein Mord an Robbser wäre ja auch eine Option gewesen.«

Der knurrte nur: »Krimimimi.«

»Ich denke«, fuhr ich fort, »dass wir uns erst mal überlegen sollten, ob wir den nächsten Schritt machen wollen, oder ob wir ihn denen überlassen. Auch wenn wir uns nicht erpressen lassen, so ist die Zeit doch auf ihrer Seite, was Vadder betrifft, und auch was uns anbelangt, denn allzu lang werden wir das in diesem Belagerungszustand, wie Robbser es vorhin genannt hat, nicht aushalten.«

Meine Brüder nickten.

Jupp fragte Robbser: »Wie hast 'n das bisher eigentlich gemacht?«

»Ich hab ihm 'nen Brief geschickt. Mit der Post.«

»Und wie lief die Übergabe?«

»Er musste seine Handynummer auf ein großes Plakat schreiben und an 'nem bestimmten Tag ein paar Stunden lang auf seinem Balkon platzieren. Die hab ich mir notiert und ihn dann durch die Stadt gescheucht. Einmal musste er eine Schiffstour mitmachen und das Paket mit der Kohle an einer ruhigen Ecke ans Ufer werfen. Am Landwehrkanal. Das zweite Mal musste er mit der U2 fahren und das Päckchen vor der Bülowstraße aus dem Fenster werfen. Kleines Päckchen, so dass es oben durch ein gekipptes Fenster passt. Ich stand unter den Gleisen auf 'm Parkplatz und musste es nur einsammeln.«

Jupp gab ein anerkennendes pfeifend-keuchendes Geräusch von sich.

»Ist mir ’n Rätsel, wie er mich finden konnte und dann ausgerechnet diese Wohnung hier«, sagte Robbser.

»Vielleicht übers Handy«, sagte Jupp.

»Ich hab meistens Telefonzellen benutzt und immer nur für die letzte Anweisung, wo die Kohle hin soll, ein Handy mit Prepaid-Card und dann natürlich noch die Nummer unterdrückt.«

»Hat er von dir was bekommen?«, fragte ich.

»Nichts, außer mein Schweigen. Er weiß ja, dass ich die Bilder endlos kopieren kann.«

»Das heißt, er will jetzt wahrscheinlich das Geld zurück. Hast du es noch?«

»Ja.«

»In Sicherheit?«

»Absolut. Nennt mich paranoid, aber wir sollten wirklich die Wohnung nach Wanzen absuchen, bevor wir weitersprechen.«

»Er hat wahrscheinlich recht«, sagte Chantal. »Dann können wir auch gleich aufräumen.«

Wir wurden nicht fündig, weder in den Lampen, noch in den Steckdosen, noch hinter den Schränken oder anderen Möbeln, aber wenigstens sah die Wohnung danach wieder weitgehend normal aus, von einigen Gegenständen abgesehen, die zu Bruch gegangen waren. Jupp setzte sich in die Couchecke, um Mutters Porzellantänzerin zu kleben. Robbser schlich von einem Fenster zum anderen, um hinauszuspähen. Chantal machte in der Küche Kaffee, ich deckte den Wohnzimmertisch und stellte zwei Teller mit Schokolade und Keksen in die Mitte. Als Mutter aufwachte, war alles für ein kleines Kaffeekränzchen vorbereitet. Sie machte einen erstaunlich gutgelaunten Eindruck, als freue sie sich darüber, ihre Söhne beisammenzuhaben, und erzählte, sie habe geträumt, sie könne Auto fahren. Es sei so schön gewesen, dass sie beschlossen habe, endlich den Führerschein zu machen. Jupp, ich und die anderen wechselten unsichere Blicke. Chantal sagte, das sei eine tolle Idee, woraufhin Mutter tief durchatmete und sich ein Stück Schokolade nahm. Dann berichteten wir von unseren Überlegungen – weit waren wir ja nicht gekommen. Sie lauschte und nickte, sagte aber zunächst nichts. In eine Pause hinein äußerte Jupp seine Angst vor dem Moment, in dem Angie anriefe, und dass er sich eine Ausrede ausdenken müsse. Robbser wollte etwas erwidern, wahrscheinlich etwas Gehässiges, hielt aber inne, als er Chantals Blick sah.

Mutter war die Erste, die etwas herausbrachte: »Du weißt, dass sie und Vadder sich nich verstehen, also sag ihr, er is mit 'nem Schlaganfall ins Krankenhaus gebracht worden, und dass ihr euch um ihn kümmern müsst. Das müsste sie ein paar Tage in Schach halten. Was die Zeit anbelangt, macht euch keine Sorgen, ein Tag mehr oder weniger spielt keine Rolle. Ich hab mir jedenfalls vorgenommen, die Tage ohne euren Vater zu genießen.«

Überrascht und fragend sahen wir uns an. Chantal fing sich als Erste wieder.

»Das Problem ist«, sagte sie, »wenn wir zu früh deutlich machen, dass sie uns mit Karlheinz nicht erpressen können, dass sie dann vielleicht jemand anders entführen. Ich denke, wir sollten sie im Glauben lassen, einen guten Fang gemacht zu haben.«

»Okay …«, brummte ich und machte wohl einen ähnlich ratlosen Eindruck wie die anderen. »Aber wie nutzen wir die Zeit?«

»Wohin könnten sie ihn geschafft haben?«, fragte Jupp. »Wenn wir das wüssten, könnten wir ihn zurückholen. Ich mein, wir sind Einbrecher, verdammt.«

»Das heißt, wir müssen Nachforschungen anstellen«, sagte Robbser, »uns umhören und am besten auch versuchen, Greifelds zu beschatten. Alles ist besser, als hier rumsitzen.«

»Ich bleib erst mal bei Mudder«, sagte Jupp. »Ich mein, einer muss doch hier aufpassen, oder?«

SIEBEN

Come on, baby, take my hand

Etwa zwei Wochen vorher hatte ich in meinem Zimmer gelegen, verwundert die langhaarigen Idole meiner Jugend betrachtet, von denen einige so verzweifelt versuchten, böse und trinkfest zu wirken, und überlegt, was ich aus meinem Leben machen sollte. Das bisschen Hausrat, das ich in meiner Studienzeit angesammelt hatte, lag seit fast einem Jahr verpackt im Keller und wartete auf eine neue Bleibe, und ich wartete auf eine neue Rolle, die zu spielen mir Sicherheit und Zuversicht geben würde. Einbrecher zu sein war mir auf Dauer zu anstrengend, und wieder der kleine Bruder meiner Heavy-Metal-Brüder und der kleinste Sohn meiner Mutter zu sein, war einfach zu bizarr. Ich fühlte mich wieder wie siebzehn. Und ich war damals schon nicht glücklich gewesen. Ich hatte nirgends richtig dazugehört, weder auf dem Gymnasium noch bei meinen Brüdern und ihren Freunden, und ich hatte viel zu wenig Sex gehabt.

Julia, die ich fast bestohlen hätte, ging mir nicht aus dem Sinn. Durch die Begegnung mit ihr war mir klargeworden, dass ich Nessi nicht liebte, sie war einfach nur die Erstbeste gewesen, die mich genommen hatte. Ich schämte mich dafür, ihr vorzuspielen, sie könne mit mir Zukunftspläne schmieden, brachte aber nicht den Mut auf, es zu beenden. Sie bemühte sich so, eine scharfe Braut zu sein, doch auf der magischen, biochemischen Ebene spürte ich, dass wir nicht zusammengehörten. Ich küsste sie nicht gern, mochte nicht den Geruch ihrer Haut, all meine animalischen Instinkte sagten mir, dass wir nicht füreinander bestimmt waren, weder genetisch noch romantisch. Ich will nicht von unseren Interessen und unserer Lebenseinstellung und dergleichen anfangen, denn was das betraf, wusste ich auch nichts von Julia. Ich kannte nur ihre Augen, ihr Haar und ihr Lächeln, und das genügte mir, das machte alles andere unwichtig. Ob ihr Hintern zu klein war und ihre Brüste zu schlaff, interessierte mich nicht. Und wenn sie Diddl-Mäuse mochte, so wie Nessi, dann würde ich damit auch irgendwie klarkommen, und sie würde mir dafür vielleicht verzeihen, dass ich bald eine Glatze haben würde.

Es klopfte an der Tür, und meine Mutter sagte grinsend, ich hätte Besuch. Es war natürlich Nessi, denn keiner meiner alten Freunde wusste, dass ich zurück war. Ich hatte mich schon seit ein paar Tagen nicht mehr bei ihr gemeldet, und sie wollte mich unbedingt sehen, bevor sie zur Arbeit ging. Im Friseursalon trug sie oft Achtziger-Klamotten mit verwirrendem Schnitt und in hässlichen Farben, um den Mitte-Tussis nachzueifern. Wenn sie in der Kneipe arbeitete, so wie heute Abend, wo sie überwiegend ältere Kunden bediente, musste sie mehr nach Alt-Mariendorf aussehen. Sie trug ein schwarzes Top mit irgendeinem Glitzer-Glamour-Schwachsinn darauf, einen mit Glitzerperlen bestickten Jeansrock und rosa Sneakers, an denen auch etwas funkelte. Ihr blondgesträhntes Haar, dessen echte Farbe ich nicht kannte, steckte in einem Pferdeschwanz. Ich bereitete mich innerlich schon auf ein Beziehungsgespräch vor, aber sie verschwendete keine Zeit mit Reden, sondern griff mir in die Hose und packte ihn aus. Es wurde ein guter, etwas verschämter Quickie, den ich mir durch mein schlechtes Gewissen nicht verderben ließ. Verschämt deshalb, weil wir nie sicher sein konnten, nicht von meiner Mutter gestört zu werden, die uns vielleicht Kekse oder dergleichen anbieten wollte. Deswegen blieben wir schön unter der Decke und machten es dem Papst zu Ehren in Missionarsstellung und ohne Kondom.

Danach fragte ich sie, ob sie eine Spritztour in meinem neuen Wagen machen wollte. Ich hatte mir von meinem hart verdienten Geld einen gebrauchten dunkelblauen Ford Scorpio gekauft. Ich mochte seine weichen Formen, das etwas altmodische Design der Scheinwerfer und Heckleuchten. Nessi war begeistert, das sei ja eine richtige Familienkutsche, und ich bekam das Gefühl, schon wieder einen Fehler gemacht zu haben. Während der Fahrt war ich recht einsilbig, was diesmal sogar Nessi auffiel, nachdem sie all ihre Neuigkeiten losgeworden war. Ich sagte, ich sei einfach erschöpft, die Nachtarbeit und so. Das schien sie zufriedenzustellen. Schweigend lauschten wir den neuesten Hits im Radio und beobachteten die Menschen auf den abendlichen Straßen, wie sie Einkäufe nach Hause schleppten, Döner und Currywurst in sich hineinstopften, plauderten, auf den Bus warteten. Es hatte eine Weile nicht geregnet, und alles wirkte wie in staubigen Pastellfarben gezeichnet. Ich genoss es, einen eigenen Wagen zu haben, und ich war froh, nicht allein fahren zu müssen. Als ich einmal zu Nessi hinüberschielte und ihren zufriedenen, ruhigen Gesichtsausdruck sah, den Kopf etwas müde an die Scheibe gelehnt, spürte ich eine große Zärtlichkeit und Dankbarkeit für sie und fürchtete umso mehr das Desaster, auf das wir zusteuerten. Nessi war eine echte Südberliner Pflanze, und ich beneidete sie darum. Was auch immer ihr passierte, sie würde wissen, wer sie war, woher sie kam und wohin sie gehörte. Und, was vielleicht am wichtigsten war, was sie zu tun hatte. Ich dagegen war, solange ich denken konnte, ein zu spät geborener Streber gewesen, zu jung für meine eigene Familie und zu altklug für meine Schulkameraden, zu schlau, um glücklich zu werden, und nicht clever genug, um Erfolg zu haben, türkisch aussehend, mit nordhessischem Vater und sudetendeutscher Mutter. Wenn sie am Telefon mit Verwandten sprachen, verstand ich kein Wort. Und wenn meine Freunde und Bekannten berlinerten, kam ich mir vor wie ein Tourist.

Nessis Wagen stand noch vor unserem Haus, also setzte ich sie dort ab. Ich hatte ihr erzählt, ich müsse zu Robbser, in Wahrheit hatte ich den Abend frei. Einerseits war ich froh, sie los zu sein, andererseits tat sie mir leid, wie sie ahnungslos in ihren Wagen stieg und mir verliebt zum Abschied winkte. Mein Herz verwandelte sich in einen schweren Klumpen. Ich fühlte mich schuldig und einsam. Ich hatte Lust, weiter ziellos umherzufahren. Ich bewunderte den blassblauen Himmel, der sich am Horizont allmählich rosa einfärbte und bestimmt einen tollen Sonnenuntergang hinlegen würde.

Irgendwann erwischte ich mich dabei, wie ich im Schritttempo durch Julias Straße fuhr. Das Haus, in dem sie wohnte, sah noch genauso verlassen und trist aus wie vorher, wirkte auf mich jetzt aber verheißungsvoll und sexy. Dort drin legte sich Julia abends schlafen, wechselte im Schlaf die Stellung, schwitzte, rekelte sich, stand auf, lief barfuß umher, fütterte ihr Kind und sprach mit der alten Frau. Es würde nicht mehr lang dauern, bis die Großmutter nur noch ein guter Geist in dem Gemäuer sein würde, eine angenehme Erinnerung. Aufgrund ihrer Krankheit war für sie die Welt schon dabei, sich in eine wirre Aneinanderreihung von Illusionen zu verwandeln. Sie befand sich in einem Zwischenstadium, nicht mehr ganz hier und noch nicht ganz dort.

In einem Gewerbepark in der Nähe gab es einen Getränkemarkt, wo ich mir eine Flasche Highland Park und ein paar Bier holte. Vadder hatte so eine unangenehme Art, mich anzusehen, wenn ich abends vor dem Fernseher sein Bier trank. Ein Teil von ihm, der Vater, war froh, mich zu Hause zu haben, ein anderer, der durch die harten Nachkriegsjahre geprägte Geizhals, fühlte sich ausgenutzt. Neben dem Getränkehändler gab es noch zwei Supermärkte, einen Blumenladen, eine Drogerie, ein Restaurant, einen Imbiss, und zwischen zwei großen Parkplätzen eine kleine Grünfläche mit kleinen Holzpferden, die auf elastische Metallfedern montiert waren. Allen vieren fehlte schon der Schweif und zweien auch ein Haltegriff. Von der nahen Trabrennbahn wurde der Geruch echter Gäule herübergeweht. Die Illusion für kleine Cowboys und Pferdeprinzessinnen war also perfekt. Eine junge Frau hielt ihren Sohn fest, der noch zu klein war, um allein zu schaukeln, aber umso vergnügter quietschte, und ein paar Meter entfernt saß eine alte Frau auf einer Bank und lächelte. Ich musste ebenfalls lächeln. Ich packte den Alkohol in meinen Kofferraum und ging zu ihnen hinüber. Julia spielte noch ein paar Minuten mit ihrem Sohn, dann setzte sie ihn in den Kinderwagen. Er quengelte ein bisschen, gab aber bald Ruhe, nachdem sie ihm den Schnuller gegeben hatte. Ihr hübsches Gesicht und ihre Augen erinnerten mich an Rehe und Eichhörnchen. Ich wollte tief hineinblicken und ihr Fell streicheln. Sie schien mich schon aus den Augenwinkeln bemerkt zu haben, denn sie zeigte keinerlei Überraschung, mich zu sehen, sondern sprach mich sofort an.

»Das geht ganz schön in den Rücken. Haben Sie eigentlich Kinder?«

»Nein, nur zwei Nichten, aber die sehe ich kaum. Sie sind wohl immer beim Einkaufen, wenn wir uns begegnen.«

»Ja, scheint so, es ist aber auch unglaublich, was eine alte Dame und ein Baby so wegfuttern, ich selbst bin eigentlich dauernd auf Diät.«

»Och, ist doch alles gut verteilt.«

»Pass verwandelt. Danke.«

Sie trug eine graue Jogginghose und ein knappes hellblaues T-Shirt mit Glitzermotiv. Das schöne lange Haar strich sie sich hinter die Ohren.

»Ich glaube, wir waren schon beim Du. Julia, richtig?«

»Ja, Alfie.« Sie lächelte. »Den merkt man sich.«

Ich fragte: »Spielst du Fußball? Wegen dem Pass verwandelt und so …«

»Früher, und du?«

»Nur mit Mädchen.«

»So einer also … Wenn du möchtest, kannst du uns ein Stück begleiten, wir müssen nach Hause.«

Ich überlegte, ob ich sie mit dem Auto bringen sollte, allerdings hatte ich keinen Kindersitz, und vermutlich war es besser, wenn sie mein Kennzeichen nicht kannte.

Frau Jacobi mochte dement sein, aber laufen konnte sie noch ziemlich gut. Julia stellte mich ihr als Freund vor und fragte, ob sie sich an mich erinnere. Die alte Frau nickte wenig überzeugend. Nach ein paar Minuten hatten wir die Geschäfte und das Rauschen des Verkehrs auf dem Mariendorfer Damm hinter uns gelassen und gingen durch die ruhigen Straßen der Eigenheimsiedlung. Es war dieselbe Gegend, in der ich damals mit meinem Freund Benny versucht hatte, Bretter für das Baumhaus zu klauen. Jetzt waren die meisten, die hier wohnten, schon Großeltern, und wenn man mal einen Kurzen sah, war es ein Enkel. Wir redeten über das angenehme Geräusch von Rasensprengern und den rosa Himmel und dass man hier leicht vergessen konnte, in Berlin zu sein. Einen Moment lang kam mir der Gedanke, dass man sich so wohl als Ehemann und Vater fühle. Es war kein schlechter Gedanke und kein schlechtes Gefühl. Zu Hause half ich Frau Jacobi beim Wegräumen des Einkaufs, während Julia ihren Sohn zu Bett brachte. Es war seltsam, wieder dort zu sein. Ich dachte an die Möglichkeit, dass Julia die Polizei rufen könnte, aber aus irgendeinem Grund vertraute ich ihr. Die alte Frau war schweigsamer als bei unserer ersten Begegnung. Manchmal hielt sie inne und betrachtete mich oder ein Stück verpackter Wurst mit großer Andacht, als hätten wir Heiligenscheine. Nachdem wir fertig waren, nahm sie in einem gemütlichen Sessel vor dem Fernseher Platz und zappte im Minutentakt durch die Programme. Ich beobachtete sie von der Tür aus und fragte mich, wie viel sie davon aufnahm. Wenn man bedachte, wie langsam und vorhersehbar sich der Plot einer Rosamunde-Pilcher-Verfilmung entwickelte, konnte man auf diese Weise sicherlich mehrere Sendungen gleichzeitig schauen. Als Julia kam, brachte sie zuerst ihrer Großmutter ein großes Glas Cognac, dann holte sie für uns eine Flasche Rotwein und führte mich in das ungenutzt wirkende Esszimmer, von dem aus man einen schönen Blick in den Garten hatte. Ansonsten kam mir der Raum eher ungeeignet für ein romantisches Plauderstündchen vor. Die gestärkte weiße Tischdecke und die Drucke alter Meister an den Wänden erinnerten mich an steife Kaffeekränzchen. Um frische Abendluft hereinzulassen, öffnete sie ein Fenster.

»Warum setzen wir uns nicht raus?«, fragte ich und zeigte auf eine Sitzgarnitur neben einem verwilderten Gartenteich. »Oder auf den Balkon?« Der ging vom Wohnzimmer ab.

»Weil ich ungestört mit dir reden möchte.«

»Sind die Nachbarn so neugierig?«

»Weiß nicht, aber ich will kein Risiko eingehen.«

»Was für ein Risiko?«

»Ach, komm schon, lass uns von Anfang an ehrlich miteinander sein.«

Mit nicht mehr ganz ruhigen Händen entkorkte ich den Wein, das Einschenken überließ ich ihr.

»Du weißt es also?«

»Klar, ich bin doch nicht blöd. Meine Oma hätte euch nie gerufen. Um die Heizung und das alles kümmert sich seit Jahren dieselbe Firma. Immerhin habt ihr euch anständig verhalten und uns nicht was auf die Köpfe gehauen. Lass uns anstoßen.«

»Cheers.«

»Santé.«

»Und es fehlt auch nichts?«

»Nicht dass ich wüsste. Vertraust du deinem Partner nicht?«

»Na ja ... Schau mal, ein Eichhörnchen.«

»Die sind so emsig. Überall liegen Haselnüsse und Walnüsse, keine Ahnung, wo sie die herholen. Könnten auch in deinem Geschäft sein, oder?«

»Yo ... Weiß deine Oma auch Bescheid?«

»Ehrlich gesagt hab ich keine Ahnung. Manchmal kommt es mir vor, als ob sie sich ganz gezielt aussucht, was sie wissen will und was nicht. Verwirrt ist sie auf jeden Fall, aber das Muster dieser Verwirrung hab ich noch nicht durchschaut.«

»Klingt anstrengend.«

»Könnte schlimmer sein. In den alltäglichen Dingen macht sie mir keine Schwierigkeiten. Sie wäscht sich, zieht sich an, geht allein und rechtzeitig aufs Klo, spielt mit Max. Manchmal führen wir sogar richtige Gespräche.«

»Nur mit ihr fernsehen ist anstrengend, was?«

»Nein, wenn ich unbedingt was sehen möchte, schaut sie mit oder geht früh ins Bett. Möchtest du noch was?« Sie hatte schon die Flasche in der Hand.

»Lieber nicht, ich muss fahren.«

»Wie verantwortungsvoll.«

»In meinem Geschäft möchtest du absolut jeden Ärger mit den Bullen vermeiden.«

»Das versteh ich.«

»Bist du die Einzige, die sich um sie kümmert?«

Sie nickte nur, und wir schwiegen eine Weile, bewunderten den Garten und lauschten den Geräuschen des Abends, den Vögeln, den Stimmen aus dem Fernseher und dem schwachen, fernen Brummen der Fahrzeuge auf dem Mariendorfer Damm.

»Julia, was hast du vor?«, fragte ich schließlich. »Ich mein, nach allem, was du weißt ...«

»Du meinst, ob ich dich verpfeifen werde?«

»Ja.«

»Nun, das kommt ganz drauf an ...«

Sie nahm meine Hand und sah mir in die Augen. Eben noch war ihre Stimme nur kokett gewesen, jetzt hatte sie etwas sehr Warmes und Zärtliches bekommen: »Die Art, wie wir uns kennengelernt haben ... dass du jetzt wieder hier bist ... dass du das Risiko auf dich genommen hast ... das alles gibt mir Vertrauen.«

Sie beugte sich zu mir herüber und gab mir einen hauchzarten Kuss auf den Mund. Ich wollte ihn erwidern und sie in den Arm nehmen, aber sie wich zurück.

»Warte. Jetzt erzähl ich dir erst mal was von mir.« Sie stand auf und stellte sich zwischen mich und das offene Fenster. Deutlich leiser sagte sie: »Ich bin nämlich gar nicht die Enkelin von Frau Jacobi.«

In dem Moment wurde mir alles zu viel: die letzten Monate, die Einbrecherei, meine Fehler, die Zweifel, hier bei ihr zu sein, von ihr geküsst zu werden, die ahnungslose Nessi, die latente Bedrohung, die ich spürte, und jetzt das. Ich musste die Anspannung irgendwie loswerden.

»Nein, warte«, sagte ich. »Lass uns noch mal bei den Eichhörnchen anfangen. Sie sind so anmutig und schön mit ihrem roten Fell und dem weißen Bauch und den geschickten Pfötchen und dem buschigen Schwanz.«

»Was redest du?«

»Übersprungshandlung. Ich sage Bambi und Fury und ... Gib mir noch einen Moment. Glaubst du nicht auch manchmal, dass Männer die wahren Romantiker sind? Wir wollen den Zauber, der jedem Anfang innewohnt, endlos ausdehnen und nicht über

Wohnungseinrichtungen und Psychologie und Wahrheit und den Abwasch reden.«

»Bitte?«

»Nimm meine Hand, während die Nacht hereinbricht und die Gardinen sich im Wind bewegen. Und sprich nicht weiter, bevor du mir nicht noch einen Kuss gegeben hast. Einen richtigen Kuss, dann kannst du reden und Illusionen zerstören und Welten zertrümmern, solange und so viel du willst.«

Sie lächelte und kam zu mir, eingelullt von der Macht meiner Worte und dem Zauber des Augenblicks, ließ sich umarmen und küssen, wie es sich gehörte. Unter dem Rotwein schmeckte sie nach Kaugummi. Ganz süß, ein Hauch von Erdbeere. Es war seltsam, fremdartig und schön. Ein bisschen wie eine Tür, die sich nicht öffnen lässt, die man aber gern ansieht, und die sich gut anfühlt. Meine wachsende Erregung trug nicht zur Klärung und Bewältigung der Wirklichkeit bei. Eben noch war sie eine Fremde gewesen, die ich anbaggern wollte, jetzt küssten wir uns schon. Ich steckte nicht mehr wirklich in meinem Körper, ich stand im Türrahmen oder draußen im Garten unter einem Baum und beobachtete nur, was geschah. Lächelnd schob Julia mich auf meinen Stuhl zurück. Ich sagte, dass wir in unserem Alter keine Zeit mehr zu vergeuden hätten und wie dankbar ich ihr sei. Sie murmelte etwas von Lichtgeschwindigkeit, und ich sagte, ja, genau, die sei klasse, die könne sogar die Zeit zurückdrehen, dann würden wir den Kuss gleich wiederholen.

»Sind denn alle um mich herum verwirrt oder Kleinkinder?«, unterbrach sie mich. »Halt endlich den Mund. Ich muss dir erst sagen, wer ich bin, bevor ich mich auf dich einlassen kann. Ich will dir etwas geben, damit du mir auch vertraust.«

»Na, gut, du geheimnisvolle Schöne, du Königin von Saba der Vorstadt. Wer bist du?«

»Mach dich nicht über mich lustig.«

»Das tue ich nicht, ich bin bloß hysterisch.«

»Ich dachte, Hysterie ist eine Frauenkrankheit.«

»Nicht mehr nur. Nein. Das ist Emanzipation.«

Sie setzte sich mir gegenüber und nahm erneut meine Hände in ihre.

»Ich lebe schon so lange ein Geheimnis, dass ich es endlich jemandem erzählen muss.«

»Das verstehe ich.«

»Wirklich?«

»Ja.«

Sie glaubte es mir nicht.

»Bist du jetzt wieder klar im Kopf?«

»Ja.«

»Ich kann jetzt nämlich keinen Quatsch ertragen.«

»Okay.«

»Gut. Also: Ich bin eine Obdachlose, die von Frau Jacobi von der Straße weg adoptiert wurde.«

Nach der großen Ankündigung erwartete ich, dass sie mir nun wirklich von sich erzählen würde, von ihrer Kindheit, von den unglücklichen Umständen, die sie in diese Lage gebracht hatten oder von den Fehlern, die sie gemacht hatte, aber sie ging nicht so weit in die Vergangenheit zurück, sondern nur bis zu dem Tag, an dem sie Julia geworden war. Den Namen hatte ihr die alte Dame gegeben, als sie sich vor einem Supermarkt begegnet waren, wo sie mit Max im Arm eine Straßenzeitung verkauft hatte. Beide brauchten Hilfe, Frau Jacobi bei ihren Einkäufen und sie bei ihrem Leben. Schon als die alte Frau in den Laden hineingegangen war, habe sie sie so seltsam angesehen, so andächtig verwirrt, als sehe sie jemand anderen in ihr. Beim Verlassen des Geschäfts habe sie ihr dann den Wagenschlüssel in die Hand gedrückt und sie gebeten, ihr mit den Einkäufen zu helfen und sie nach Hause zu fahren, einen Kindersitz habe sie im Kofferraum. Den Führerschein zu machen sei eins der wenigen Dinge gewesen, die sie auf die Reihe bekommen hätte, sagte Julia, aber auch ohne wäre sie in dieser Situation hinters Steuer geklettert. Im Kofferraum des alten Golfs hatte tatsächlich eine Babyschale gelegen, alles hatte seine Ordnung und seinen Platz gehabt. Es hatte keine Widerstände gegeben. Es war eher so gewesen, als sei die Welt ein kleines Stück geradegerückt worden, als habe diese Babyschale auf ein Kind gewartet, dieses Auto auf eine neue Fahrerin, diese alte Frau auf eine Familie. Seitdem war Frau Jacobi ihre Oma.

»Sie muss einen schweren Verlust erlitten haben«, sagte Julia leise. Sie stand wieder auf und trat vor eins der geschlossenen Fenster, steckte die Nase in die grauen Gardinen und rieb sich die Arme warm. »Was heißt einen, viele. Von ihrem Mann hat sie mir erzählt. Er hatte einen Schlaganfall. Sie hat ihn jahrelang gepflegt, bis er gestorben ist. Und dann muss etwas passiert sein, ein Unfall wahrscheinlich, bei dem ihre restliche Familie umgekommen ist.«

»Du weißt nichts Genaueres? Hat sie dir keine Bilder gezeigt?«

Sie drehte sich um und kam wieder auf ihren Platz zurück.

»Nein, und ich will sie auch nicht danach fragen oder herumschnüffeln. Es scheint ihr wichtig zu sein, das zu verdrängen, und ich akzeptiere es. Ich verstehe es. Nachdem wir uns hier eingelebt hatten, sind wir gemeinsam zu einem Fotografen gegangen, später hat sie sich eine Digitalkamera gekauft, um Fotos von Max machen zu können. Wir haben uns gemeinsam ein neues Leben aufgebaut.«

»Ist Max denn Max?«

»Ja, Max ist Max. Komisch eigentlich.«

»Und wie heißt du, wenn du nicht Julia bist?«

»Ach, ich hab meinen Namen sowieso nie gemocht, und mir gefällt es, für sie und für dich Julia zu sein. Ich bin jetzt Julia. Mir gefällt es, wie es ist. Zwei Familien sind zerbrochen, und eine neue ist entstanden. Ich weiß nur nicht, was wird, wenn sie einmal stirbt. Ob ich das verkraften kann.«

»Ja … Entschuldige, wenn ich das anspreche, aber stehst du im Testament? Kennt sie überhaupt deinen richtigen Namen?«

»Nein, es sei denn, sie hat mal in meine Sachen geschaut und meinen Perso gefunden. Aber es kommt mir auch falsch vor, mir darüber Gedanken zu machen. Dann fühle ich mich plötzlich doch wie ein Eindringling.«

»Ich weiß nicht, ob ich das alles aushalten würde. Es ist irgendwie unfair dir gegenüber, dass du nicht sein darfst, wer du bist, und es ist auch unfair den Toten gegenüber, ihrem Andenken …«

»Was ist schon fair? Und ich finde es auch nicht schwer auszuhalten, im Gegenteil, es ist seltsam leicht. Manchmal lächelt sie auf eine Weise, dass ich denke, sie weiß ganz genau, was wir hier spielen – sie weiß es ganz genau. Und manchmal drückt sie mich und hält mich – wir halten uns. Und sie hat mich längst ausgehorcht. Natürlich haben wir nicht über mich gesprochen, sondern ganz allgemein über Mädchen, die von zu Hause weglaufen und auf der Straße landen. Wie ich schon sagte, sie sucht sich aus, was sie wissen will und was nicht. Ich bin fest davon überzeugt, dass sie das Wesentliche versteht, dass sie sich sicher ist, nur manchmal hat sie diese Ausfälle, aber selbst dann schützt mich vermutlich meine Ähnlichkeit mit der Frau, für die sie mich hält, ihre Enkelin. Ich denke, wenn sie irgendwann anfängt, mir alte Fotos zu zeigen, wird das ein Zeichen dafür sein, dass sie wirklich zusammenbricht, dass sie den Überblick verliert. Aber auch dann werde ich sie unterstützen, solange ich kann. Was mir viel mehr Sorgen macht, ist die Möglichkeit, dass irgendwelche entfernteren Verwandten auftauchen und mich als das entlarven, was ich bin.«

Sie wirkte plötzlich sehr hilflos, als sei ihr die absurde Lage, in der sie sich befand, gerade erst richtig bewusst geworden. Ich stand auf und nahm sie vorsichtig in die Arme.

»Vielleicht solltet ihr dann doch einmal, auch wenn es sehr schmerzhaft ist, über alles reden und klare Verhältnisse schaffen. Gerade wenn sie, wie du meinst, eine vernünftige Frau ist.«

»Hab ich das gesagt?«

»Nein, nicht wörtlich, aber es wirkt auf mich so. Vielleicht glaubt sie auch nur, dich schonen zu müssen.«

Sie murmelte, dass ich vermutlich recht hätte, aber ihr war anzumerken, dass sie im Moment nicht weiter gedrängt werden wollte.

Wir schwiegen eine Weile und hielten uns nur. Dann war es an mir zu erzählen, und ich erzählte ihr fast alles, während die Sonne unterging und der Garten im Dunkeln verschwand, abgesehen von meinem Familiennamen und meiner Beziehung zu Nessi. Zwischendurch holte sich Julia eine Strickjacke und brachte mir Mineralwasser mit. Wir saßen nebeneinander und hielten Händchen. Ihre nackten Füße steckten in gemütlichen rosa Pantoffeln. Ich beobachtete, wie sie die Beine kreuzte, mal den einen, mal den anderen Fuß baumeln und wippen ließ. Frau Jacobi war schon zu Bett gegangen. Es brannte kein Licht mehr, die Gartentür war wieder verschlossen, irgendwann war alles Nacht, und wir küssten uns erneut. Ich fragte, ob sie die Szene aus Thomas Manns »Bekenntnisse des Hochstaplers Felix Krull« kannte, wo er für eine feine Dame, mit der er schläft, den Dieb spielen soll. Sie schüttelte den Kopf, und ich versuchte sie ihr zu schildern, so gut ich konnte. Zwar hatte ich das Buch gelesen, aber das, woran ich mich erinnerte, stammte wohl eher aus einer Verfilmung.

»Ich liege im Bett mit einem Diebe, einem ganz gemeinen Diebe«, zitierte ich mit verstellter Stimme. »Oh, ich habe eine wundervolle Idee mein kühner Knecht. Du sollst bei mir stehlen. Ja bitte bestiehl mich, und duze mich derb zu meiner Erniedrigung. Das war der literarische Höhepunkt meiner Teenagerzeit.«

Sie lachte. »Und nun willst du mich bestehlen?«

Ich nickte.

»Mein Herz rauben?«

Ich nickte erneut.

»Nun, das ist schön, und du weißt ja, wo du mich findest. Aber bitte nicht heute. Ich bin tot. Ich glaub, ich muss jetzt schlafen gehen. Es war ein langer Tag.«

Ich versuchte, meine Enttäuschung zu verbergen, war in gewisser Hinsicht aber auch erleichtert, dass es das für heute gewesen sein sollte. Sie nahm mich an der Hand und führte mich in den Flur.

»Wenn du mich bestehlen und mich derb zu meiner Erniedrigung duzen willst, dann musst du auch richtig hier einbrechen«, flüsterte sie, und der Klang ihrer Stimme, die Bewegung ihrer Lippen und das Glimmen ihrer müden Augen ließen mir Schauer über den Rücken laufen. »Ich denke, am späten Abend«, hauchte sie, wobei ihre Stimme immer unwirklicher zu werden schien, »so ab halb elf ist immer eine gute Zeit für einen ungestörten, anzüglichen Einbruch.«

Mit ihrem langen dunklen Haar, das sie sich hinter die süßen Ohren geschoben hatte, ihren grünen Katzenaugen, ihren Pantoffeln, der Strickjacke, dem Glitzertop und der Jogginghose sah sie aus wie die heimliche Herrscherin der Vorstädte, die Gebieterin über ein Heer von aufsässigen Unterprivilegierten, die, von der Gier nach tiefergelegten Luxuskarossen beflügelt, alle Hindernisse überwanden und Handys und Glitzertops für ihre Girls erbeuteten. Ja, sagte ich mir, ja, und ich will einer von ihnen sein. Was war das nur für ein Rotwein gewesen? Oder hatte ich einfach nur zu tief in ihre Augen geschaut? An der Tür küssten wir uns noch einmal. Ihre Augen sahen müde aus und traurig und glücklich, genau so, wie ich mich fühlte. Langsam ließen unsere Hände einander los, entwanden sich unsere Finger, dann ging ich hinaus, und sie schloss schnell die Tür, eine ganz normale, etwas heruntergekommene Vorstadttür. Ich riss mich los und machte einen Abstecher in den Garten, um mir die Kellertür anzusehen, die es dort, soweit ich mich erinnerte, geben musste. Ja, es war eine robuste Holztür mit einfachem Zylinderschloss, die wahrscheinlich in eine Waschküche oder Vorratskammer führte.

Nun gut, wenn sie derb geduzt werden wollte, dann würde ich es tun. Nur war es nicht einfach, die Zeit dafür zu finden. Arbeit musste erledigt, Nessi besänftigt werden. Und nachts, dann, wenn alles getan war, stellte ich mir vor, wie es sein würde, bei Julia einzubrechen. Durch den schwülen Garten zu schleichen, die Tür zu knacken, mich in der kühlen Waschküche auszuziehen und die Fliesen und später den Teppich unter meinen nackten Füßen zu spüren. Einmal wurde aus meiner Phantasie ein echter Traum, und dann wurde der zu einem Albtraum, und ich erwachte schweißgebadet.

Zwei Nächte hatte ich so ungenutzt verstreichen lassen, aber am dritten Nachmittag hatte ich Zeit, durch Julias Straße zu fahren. Dreimal fuhr ich auf und ab, ohne den Mut aufzubringen, bei ihr zu klingeln. Ich musste sie sehen. Mit ihr reden. Mir bestätigen, dass es sie wirklich gab. Die Sonne brannte auf den Straßenbelag, die Luft flimmerte. Irgendwo klickte und surrte ein Rasensprenger. Dann sah ich, wie sie mit Max die Straße entlangkam. Diesmal trug sie keine Jogginghose, sondern einen roten Minirock, hatte das Haar hochgesteckt und Make-up aufgetragen. Ich musste schmunzeln. Zwei Nächte auf einen Eindringling warten, der nicht kam, das war wohl zu viel gewesen. Ich fuhr langsam zu ihr hin, ließ das Fenster herunter und winkte. Sie erblickte mich und sah in einem einzigen Moment gleichzeitig hocherfreut und total wütend aus. Max winkte mir begeistert aus seinem Wägelchen zu und schenkte mir ein liebreizendes zahnloses Lächeln, na ja, vielleicht galt es auch meinem Auto. Seine Mutter stampfte heran und fragte, wo ich – verdammt nochmal! – die letzten Tage gewesen sei. Ich korrigierte, die letzten beiden Nächte, erzählte ihr die Wahrheit und versuchte, ihr einen Kuss zu geben, aber sie entwand sich. Ich versprach, sie noch in dieser Nacht zu besuchen, ganz bestimmt. Ich hätte ihr alles versprochen. Doch sie zischte nur »Wehe nicht!« und stapfte davon.

Eigentlich hätte ich woanders einbrechen müssen, aber ich redete mich mit Kopfschmerzen und allgemeiner Erschöpfung heraus. Robbser fragte, ob ich meine Tage hätte, meinte dann aber, ich sei ja in den letzten Monaten sehr bemüht und einigermaßen zuverlässig gewesen, da könne er mir schon mal frei geben, es sei eh ziemlich anstrengend, einen blutigen Anfänger dabeizuhaben.

Den ganzen Abend über erfüllte mich eine angenehm prickelnde Vorfreude. Immerzu musste ich an Julia denken. Wenn eine Frau in einer Jogginghose einen guten Hintern hat, dachte ich, und das hatte sie, kann eigentlich nichts schiefgehen.

Punkt halb elf stand ich vor ihrem Haus, das mich alt und müde ansah. Es hätte mal einen neuen Anstrich gebraucht. Meinen Wagen hatte ich eine Straße weiter um die Ecke geparkt. Ich ging in den Garten und machte mich an der Kellertür zu schaffen. Geruch und Geplauder verrieten mir, dass in der Nähe gegrillt wurde. Aufgrund meiner Nervosität dauerte es etwas länger, bis ich die Tür geöffnet hatte. Sie ließ sich mit einem leisen Knarren aufziehen, ich schlüpfte hinein. Ursprünglich hatte ich vorgehabt, mich gleich hier in der Waschküche auszuziehen, aber jetzt überwältigte mich doch wieder die Paranoia. Ich behielt meine Hosen an und öffnete die Tür zum Flur. Alles dunkel, alles ruhig. Eigentlich war ich hier schon zu Hause, oder? Ich schlüpfte zurück in die Waschküche und zog mich doch noch aus, allerdings nur bis auf die schwarze Unterhose. Die Fliesen unter meinen Fußsohlen waren noch kälter, als ich sie mir vorgestellt hatte, die Luft kühler. Zurück im Flur tastete ich mich durch das von Straßenlaternen erzeugte Halbdunkel, außerdem hatte ich eine kleine Lampe an meinem Schlüsselbund, die ich gelegentlich aufblitzen ließ. Mir fiel auf, wie selbstverständlich es mir geworden war, im Finstern durch fremde Wohnungen zu schleichen. Wenn ich dereinst in Rente ging, würde bestimmt ein emsiger Statistiker ausrechnen, wie viel Zeit meines Lebens ich mit dem Herumschleichen in fremden Wohnungen verbracht hatte. Julias Tür stand einen Spaltbreit offen, und auch die des Zimmers nebenan, wo Max schlief, war nur angelehnt. Ich leuchtete mit meiner Lampe in ihr Zimmer hinein, um sie zu warnen, falls sie wach war, und hörte tatsächlich ein süßes Kieksen. Dann schob ich die Tür auf. Ich war gespannt, für welche Interpretation der Szene sie sich entschieden hatte, aber wenn nebenan ein Kleinkind schlief, war anzunehmen, dass sie nicht allzu dramatisch ausfallen würde. Tatsächlich spielte sie eine ganz andere Rolle, als ich erwartet hatte. Sie blieb völlig ruhig und tat, als bemerke sie mich überhaupt nicht. Das Mondlicht schien auf ihren nur halb bedeckten Körper, ein nacktes Bein, eine Brust unter hauchdünnem Stoff, ein Arm, der zum Küssen dargebotene schlanke Hals. Unwillkürlich musste ich an die Schlussszene von Herzogs *Nosferatu* denken, Kinski und Adjani. Ich kniete mich vor das Bett und begann, Julia mit meiner rechten Hand zu streicheln. Sie verströmte eine vielversprechende Hitze. Ich streichelte sie sehr lange. Zumindest kam es mir so vor, denn ich begann zu frieren. Ich streichelte sie vom Fußrücken das Bein hinauf. Mehrmals, ganz langsam. Erst eher außen und oben, dann mehr an der Innenseite entlang, erst nur bis knapp übers Knie, dann immer höher, dort, wo die Haut immer zarter und heißer wurde. Bis sie anfing, Laute des Genusses von sich zu geben, kein Stöhnen, eher so ein katzenhaftes Schnurren. Erst dann gab ich ihr die ersten Küsse auf Schulter und Hals, schlüpfte zu ihr unter die warme Decke und zog sie an mich.

»Boah, bist du kalt!«, entfuhr es ihr. »Bist du ein Frosch oder ein Mann?«

»Kommt drauf an, wo Sie mich küssen, werte Frau. Sind Sie eigentlich mit allen Einbrechern per Du?«

Unser erstes Mal wurde ein ziemliches Gefummel und Gerangel, besonders geschickt stellten wir uns beide nicht an, verhedderten uns in ihren Dessous und malträtierten uns gegenseitig mit Knien und Ellbogen. Einmal stach sie mir mit ihren Krallen fast die Augen aus, von meinen Hoden will ich gar nicht erst anfangen. Zwischendurch fragte ich, wie sie eigentlich zu einem Kind gekommen sei, per Pollenflug oder durch eine Entführung? Sie schubste mich daraufhin aus dem Bett, zog mich allerdings schnell wieder rein, noch mal diese kalten Füße, das mache ihr Kreislauf nicht mit.

»Was? Niedriger Blutdruck und kalte Füße?«, knurrte ich beleidigt. »Kalte Füße? Ich geb dir kalte Füße!«

Später, als wir beide heiße Füße hatten und das Bettzeug auf dem Boden lag, wo die Gefahr, dass es Feuer fing, nicht so groß war, hörte ich Julia leise in mein Ohr flüstern: »Nimm mich mit in die Nacht, Fremder.« Wir hatten nicht einfach Sex gehabt, wir hatten uns geliebt, und ich glaubte zu wissen, dass ich bei ihr zu Hause war, so, wie nirgendwo sonst.

»Nimm mich mit in die Nacht«, flüsterte sie noch einmal, als ich nicht reagierte. »Nimm mich mit in die fremden Häuser. Lass mich deine Komplizin sein.«

Das war nicht nur so dahingesagt. Sie war wirklich fasziniert von meiner Fähigkeit, in fremde Häuser zu gelangen, und erzählte mir stolz, wie es ihr einmal mit einem Malerspachtel gelungen war, ihre eigene Tür zu knacken, nachdem sie hinter ihr ins Schloss gefallen war. Jedes Mal, wenn wir uns trafen, kam sie darauf zu sprechen und erzählte von ihrer Phantasie, bei einer Nachbarin einzusteigen, wenn die im Urlaub war. Ich fragte, warum ausgerechnet dort, und sie sagte, die sei immer so hundertprozentig korrekt, und sie würde gern mal nachschauen, ob die tatsächlich so sei, und ihr einen kleinen Denkzettel verpassen. Ich sagte, ja, warum nicht, man müsse es nur sehr gut durchdenken, und hoffte, sie würde im Lauf der Zeit davon abkommen. Aber das geschah nicht, und wie sich herausstellen sollte, ging es auch nicht wirklich um diese Nachbarin – sie war nur vorgeschoben, um mich zu testen.

ACHT

Robbser rastet aus

Bevor Robbser, Chantal und ich in unsere Autos stiegen, befragten wir eine Nachbarin, die uns auf der Treppe begegnete, und den Inhaber des kleinen Kiosks unten im Haus, ob sie vor ein paar Stunden zwei Männer mit einem Kühlschrank gesehen und etwas Auffälliges bemerkt hätten. Sie wunderten sich über unsere Fragen und wollten wissen, was los sei, konnten uns aber nicht weiterhelfen. Als wir gingen, spürte ich ihre Blicke im Nacken. Mir war, als müssten sie die Waffen bemerken, die wir bei uns hatten. Weil es so heiß war, konnten wir keine Jacken tragen, und Robbser hatte sich für seine Riesenwumme vorsorglich eine militärisch aussehende Weste mitgebracht, in deren Innentasche das Monster nun steckte. Jeder musste sehen, wie es den Stoff auf einer Seite nach unten zog. Ich hatte in meinen Sachen eine gelbe Sportweste gefunden, die mir mal eine Ex geschenkt hatte. Das Ding erinnerte mich unangenehm an meine Erfahrung bei der Treibjagd, und ich hoffte, dass der Tag zu Ende gehen würde, ohne dass jemand ins Gras biss, selbst wenn es nur ein Karnickel sein sollte. Der Revolver lag schwer in der rechten Tasche, und ich steckte die Hand in die linke Tasche, um die Weste geradezuziehen.

Ich hatte mich schon darauf eingestellt, für den Rest des Tages den Puffer zwischen Robbser und seiner Frau spielen zu müssen, doch kurz bevor wir losfuhren, sagte Chantal, es könne vielleicht nützlich sein, zwei Autos zu haben. Sie legte Robbser besänftigend die Hand auf die Schulter und gab ihm einen routinierten ehefraulichen Kuss, woraufhin sich seine Gesichtszüge etwas entspannten. Ich war vor allem erleichtert, nicht die ganze Zeit den Dobermann auf dem Rücksitz und seine Schnauze im Nacken zu haben. Wir beschlossen, kurz zur Garage zu fahren, um zu sehen, ob jemand dort gewesen war. Auf dem Weg schaute ich immer wieder in den Rückspiegel, doch niemand schien uns zu folgen. Es war nach vier, und der Berufsverkehr hatte den Tempelhofer Damm erreicht. Die Fahrzeuge dröhnten und stanken in der Sommerhitze. Ständig wurde die Grüne Welle unterbrochen, und ab und zu kam ein Idiot auf einem Motorrad vorbei und ließ seinen frisierten Auspuff aufröhren. Robbser fluchte jetzt bestimmt wieder über die Speckgürtelheinis, die alle nichts Besseres zu tun hatten, als Berlin zu verlassen, um sich zu Hause vor die Glotze zu setzen. Er fuhr nervös und wechselte vor mir ständig die Spur. Ich schaltete das Radio ein, aber das Programm gefiel mir nicht. Ich wechselte zu einer Zusammenstellung mit Songs von Black Sabbath, die ich mir gebrannt hatte, drehte die Lautstärke hoch und skippte zu einem weniger bekannten Stück, das mir schon immer gefallen hatte – *Gypsy*. Die Mischung aus Melancholie, Düsternis und Aggression begeisterte mich immer noch. Der wiederholte Aufruf »If you wanna be a gypsy, come on now!« bekam durch unsere Situation eine neue Bedeutung, und ich muss zugeben, dass ich angesichts der Knarre, die jetzt in der Weste neben mir auf dem Beifahrersitz lag, ein gewisses Pathos verspürte. Angst hatte ich keine, was aber nicht daran lag, dass ich so ein abgebrühter Hund war, sondern daran, dass mir alles so unwirklich erschien.

Als wir auf dem Grundstück mit den Garagen ankamen, wirkte es so ausgestorben wie immer. Von außen sah alles normal aus. Wir drehten eine Runde über den Hof und verschwanden wieder.

Falls das Lager noch unentdeckt war und uns jemand folgte, wollten wir ihn jetzt nicht hinführen. Robbser fuhr noch ein paar Ablenkungsmanöver durch das Industriegebiet, dann bewegten wir uns zurück in Richtung Norden. Stadteinwärts fuhr es sich angenehmer. Der Mariendorfer Damm war nicht der Sunset Boulevard und auch nicht der Broadway, aber er war Teil des guten alten Westberlin und damit Teil des Amerikanischen Traums. Kleine Geschäfte und Imbisse in schnell errichteten Flachbauten, ein Steakhouse, ein Italiener, Frisiersalons, Tankstellen und KFC mit dem Chicken-Wing-Day. Ich bekam sofort Lust auf ein kaltes Bier und ein versalzenes Huhn, und mir fiel ein, dass Dienstag war. Als ich noch studiert hatte, war die Woche einigermaßen klar strukturiert gewesen, und jeder Tag hatte durch die entsprechenden Seminare seine Charakteristik und Bedeutung erhalten. Jetzt war jeder Tag gleich. Es hing von den Umständen und unserer jeweiligen Planung ab, wann wir einen Bruch durchzogen und die Beute verwalteten und umschlugen. Dieser Dienstag fühlte sich für mich wie ein Montag oder Samstag an, vielleicht weil er den Beginn von etwas Neuem markierte, eine neue Stufe, vielleicht einen Abgrund. Auf dem Tempelhofer Damm wurde der Verkehr dichter, das Ambiente urbaner, die Häuser älter. Bald darauf befanden wir uns auf der Stadtautobahn Richtung Charlottenburg. Wir kamen gut voran. Robbsers Fahrstil war ruhiger und entspannter geworden. Ich hörte jetzt *Shock Wave* vom Never-Say-Die!-Album, ein Song für Leute mit ADHS – alle 20 Sekunden ein neues Riff, ein neuer Part, den Charakter ständig verändernd: »You can't escape the fate of the chosen one!« Zehn Minuten später parkten wir gegenüber von Greifelds' Wohnung. Im Lietzenseepark lagen Leute auf dem Rasen und sonnten sich. Auf dem Kaiserdamm fuhren Autos hin und her. Wir waren zu Greifelds gefahren, weil er unser einziger Anhaltspunkt war. Was hier passieren sollte, wussten wir nicht. Chantal ging mit Dobi Gassi, blieb aber in Sichtweite. Robbser setzte sich seine Basecap auf, sobald er aus dem Wagen gestiegen war, und zündete sich eine Zigarette an. Ich stand zwei Parklücken weiter, zog meine Weste wieder an und schlenderte zu ihm hinüber. Ich musste an ein Gedicht von Richard Brautigan denken: »Two guys get out of a car. They stand beside it. They don't know what else to do.« Ich schaute den Damm hinunter, wo in der Ferne die Siegessäule zu sehen war.

Erst war er nervöser als ich, aber seine vielen fahrigen Bewegungen übertrugen seine Anspannung auf mich, so dass ich schließlich genauso nervös war wie er. Fluppe hier, Fluppe da, hierhin gucken, dahin gucken, übers Kinn streichen, zwinkern, Kappe zurechtrücken, es schien ihn wirklich mitzunehmen, dass er das Problem geschaffen hatte, und ich konnte ihm ansehen, dass er es auch lösen wollte, nur dass er keine Ahnung hatte, wie, trotz alldem, was er da so geredet hatte, von Patt und Abschreckung und Kaltem Krieg.

»Weißt du was«, sagte er langsam, als überlege er noch, was er sagen solle. »Ich geh jetzt mal rüber und klingle. Dann wissen wir zumindest, ob er da ist.«

Durch den Stoff der Weste tätschelte er seine Knarre. Ich sah ihm nach. Er passte eine Lücke im Verkehr ab und rannte über die mehrspurige Fahrbahn. Chantal hatte bemerkt, dass er auf das Haus zuging, und kam mit großen Schritten zurück, wobei sie Dobi zerren musste, da er gerade etwas erschnuppert hatte.

»Wir benehmen uns so was von unauffällig«, sagte ich zu ihr, als sie neben mir stand. Sie wollte wissen, was er vorhatte, und ich sagte es ihr. Nervös beobachteten wir, wie er klingelte, lauschte und zurückkam. Diesmal wäre er fast von einem Smart überfahren worden.

»Der Bastard ist da!«, sagte er. »Der sitzt da oben, während seine Handlanger unsern Alten in irgendeinem Dreckloch gefangen halten.«

Chantal und ich schauten nach oben, konnten aber von hier aus nur ahnen, wo hinter der Dachrinne die Wohnung lag. Mir wurde immer klarer, dass wir überhaupt nichts mit Sicherheit wussten, dass all unsere Überlegungen bisher auf Spekulationen basierten.

Ich sagte: »Bis dein kleiner Nebenjob da oben keine Forderungen gestellt hat, können wir nicht wissen, ob er wirklich was damit zu tun hat. Du solltest dich also vielleicht besser nicht so da reinsteigern, sondern etwas cooler bleiben.«

»Was soll das denn jetzt?« Er kam näher an mich heran, als mir lieb war. Und als ihm lieb war – denn dabei wurde wieder deutlich, dass er etwas kleiner war als ich. Schnell trat er einen Schritt zurück.

»Du hast mich doch von Anfang an dafür verantwortlich gemacht!«, rumpelstilzte er.

»Ja, weil es das Einzige ist, was Sinn macht. Und bisher hatte keiner eine bessere Idee, soweit ich mich erinnere. Und trotzdem …«

»Er hat recht«, warf Chantal ein. »Bleib einfach cool. Falls er wirklich dahintersteckt, reibt er sich doch die Hände, wenn du durchdrehst.«

»Cool, ja?«, knurrte er und steckte sich eine neue Fluppe an. »Mal sehen, wer cool bleibt, wenn es losgeht. Ich will gar nicht davon reden, wer diesen Idioten überhaupt ausgesucht hat!«

»Ich hab aber nie vorgehabt, ihn zu erpressen.«

»Hört endlich auf, alle beide! Wenn uns einer zuhört … Sagt lieber, was wir jetzt machen. Bleiben wir hier, bis er rauskommt, oder was?«

Sie steckte sich ebenfalls eine Kippe an. Leute gingen in den Park und kamen heraus. Gegenüber gab es einen Supermarkt, ein Restaurant, eine kleine Boutique. Die Sonne schien. Das Leben ging seinen Gang.

»Mir fällt dazu 'ne Anekdote ein«, sagte ich. Die beiden schüttelten den Kopf, sagten aber nichts. Also fuhr ich fort.

»Ich wollte mal in Göttingen mit 'ner Freundin 'ne Wohnung besichtigen, aber der Vermieter kam nicht zur verabredeten Zeit, also schlichen wir um das Haus rum, während wir warteten, schauten mal im Hinterhof und so – vielleicht fünfzehn Minuten lang. Plötzlich kam eine Streife die Straße runter, und ich sagte im Scherz, dass die wegen uns kämen. Nun, die wollten wirklich zu uns. Nachbarn hatten sie gerufen, weil wir ihnen verdächtig waren.«

»Das ist eben der Unterschied zwischen einer Kleinstadt und Berlin«, sagte Robbser. Trotzdem schwiegen wir alle, während eine ältere Frau auf einem Fahrrad vorbeikam und ein Paar mit zwei kleinen Kindern quälend langsam den Bürgersteig entlangtrottete.

»Ich finde«, sagte Robbser irgendwann und schaute dabei missmutig die Straße hinauf und hinunter, »wir sollten jetzt einfach reingehen und ihn fragen, was Sache ist.«

»Einfach so?«, fragte Chantal.

»Nicht ganz, ich hab Hasskappen im Auto.«

Nach einigem Hin und Her standen wir alle drei oben vor der Wohnung. Es war ruhig im Treppenhaus, und wir hatten es geschafft, ohne jemandem zu begegnen. Robbser nahm an, dass die Tür nur eingerastet war, und wollte sie in klassischer Handarbeit öffnen. Als wir die Skimasken aufsetzten, begann Dobi kurz zu knurren, aber Chantal konnte ihn beruhigen. Mein Herzschlag war immer schneller geworden, je weiter wir uns der Wohnung genähert hatten. Jetzt raste er, und ich schiss mir fast in die Hosen. Ich hätte ja unten bleiben können. Aber da hätte ich mich auch gefürchtet, vor Kühlschränke jonglierenden Schwergewichten, und davor, dass Robbser hier oben ein Massaker anrichtete.

Außerdem hätte er mich ewig damit aufgezogen. Er fluchte. Er bekam die Tür nicht auf. Als er doch noch zum Elektropick griff, pressten Chantal und ich uns noch weiter rechts und links in die toten Winkel, damit wir durch den Spion nicht zu sehen wären. Ein Schweißbach rann meinen Rücken hinunter und verschwand zwischen meinen Arschbacken im Stoff der Unterhose.

»Rrrrrrrrrrrrrrrr«, machte das Gerät. Ich hielt den Atem an. Es kam mir diesmal vor wie ein Presslufthammer. Noch nie hatten wir das Ding benutzt, wenn wir wussten, dass jemand zu Hause war. Sie mussten es hören. Sie mussten es hören! Dann war die Tür plötzlich auf, und Robbser ging rein. Der Pick war in einer seiner Taschen verschwunden, und er hielt seine Monsterwumme mit beiden Händen im Anschlag. Ich versuchte, sehr intensiv und sehr bewusst ein- und auszuatmen, als müsste ich ein Kind zur Welt bringen. Mit der linken Hand stützte ich meinen angewinkelten rechten Arm. Die Finger meiner Rechten schlossen sich krampfhaft um den Revolver, dessen Lauf zur Decke zeigte. Ich hatte mich in Fox Mulder verwandelt.

Greifelds hatte tatsächlich etwas gehört. Mit ernstem Gesicht kam er von links aus seinem Arbeitszimmer. Er war barfuß und trug nur Boxershorts und ein kurzärmeliges Hemd. Bisher hatte ich ihn nur aus einer gewissen Entfernung und auf Fotos gesehen, deswegen war ich überrascht von seiner Körpergröße. Er überragte Robbser um einen guten Kopf und wirkte gefährlich. Ich wurde noch nervöser.

Chantal schloss hinter uns die Tür, Dobi knurrte, und Robbser bellte Anweisungen, die ich kaum verstehen konnte, aber es klang nach »Hände hoch!« und dergleichen. Er drängte Greifelds zurück in das große Wohnzimmer und ließ ihn in dessen Mitte niederknien. Der Mann war wie hypnotisiert und starrte abwechselnd auf die Waffe und den Dobermann. Dann sahen wir die Frau, die mit fassungslosem Blick auf der Dachterrasse stand.

Sekundenlang erstarrten wir alle und beobachteten, wie sich eine rot-weiß gestreifte Markise über ihr im Wind kräuselte, dann winkte Robbser sie herein, und sie kam, langsam wie eine Schlafwandlerin. Sie war Anfang dreißig, blond, schlank und trug eine offene Sommerbluse über sportlicher, dunkler Unterwäsche.

Ich wäre am liebsten die ganze Zeit in einer Ecke stehen geblieben, weil ich so weiche Knie hatte, aber Robbser gab ständig Anweisungen, wobei er vermied, unsere Namen zu benutzen. Stattdessen nannte er mich Flaps und Chantal Triene, was mir unter anderen Umständen ziemlich auf die Nerven gegangen wäre, mich in dieser Situation aber fast amüsierte. Ich war kurz davor, hysterisch zu kichern. Zuerst musste ich die Terrassentür schließen, dann sollte ich mit Chantal etwas organisieren, mit dem wir die beiden fesseln konnten. Dobi war inzwischen ohne Leine und saß brav, aber bedrohlich auf seinem Platz, während Robbser Greifelds verhörte, der mittlerweile begriff, mit wem er es zu tun hatte. Wahrscheinlich kannte er Robbsers Stimme vom Telefon.

»Was wollen Sie von mir? Ich hab doch bisher immer gezahlt«, hörte ich ihn sagen, bevor ich den Raum verließ. »Mehr ist einfach nicht drin. Sie sind wirklich nicht der Einzige, der mich unter Druck setzt.«

Im Besenschrank fanden wir Klebeband und im Schlafzimmerschrank ein paar Gürtel. Das Bett war nicht gemacht. Als ich unser Abbild in einem großen Spiegel sah, erschrak ich vor mir selbst.

»Hübsche Weste«, sagte Chantal trocken. »Dieser Typ ist ja so was von dreist. Langsam macht's mir richtig Spaß, ihm eins reinzuwürgen.«

»Du meinst die Geliebte?«

»Was sonst. Na, der denkt, er hat eh nichts mehr zu verlieren. Oder er will 'nen Rekord brechen und von noch jemand erpresst werden.«

Bei Robbser und seinen Gefangenen herrschte inzwischen seltsame Ruhe, als sei alles gesagt. Ich sehnte mich danach, endlich die Maske abziehen zu können. Die Liegestühle auf der Dachterrasse sahen einladend aus. Ey, Alter, es war Sommer, und was für einer! Die gestreifte Markise bildete einen krassen Gegensatz zu Robbser und seiner Knarre. Der Stoff wellte sich leicht im Wind. Hier drin stand die Luft. Ich hatte Durst. Chantal übernahm das Fesseln, ich hätte dazu nicht die Ruhe gehabt. Greifelds und die Frau mussten die Hände auf dem Rücken verschränken, dann benutzte sie erst eine Lage Klebeband und dann einen Gürtel. Es machte einen ziemlich soliden Eindruck. Als sie fertig war, sah ich, wie sich unter der knienden Frau eine Pfütze bildete. Ihre Augen schauten glasig ins Leere, auf ihrem Gesicht zeigten sich rote Flecken. Ich schämte mich dafür, dass wir ihr einen solchen Schreck versetzten.

Robbser versuchte, sich Schweiß aus den Augen zu wischen, was ihm allerdings mit dem Latexhandschuh, den er trug, nicht gelang. Ich reichte ihm ein Taschentuch aus einer Kleenex-Box vom Schreibtisch, das er anschließend sorgfältig einsteckte. Er legte seine Knarre auf den gläsernen Tisch und setzte sich in einen Sessel.

»Der behauptet, er weiß von nichts«, sagte er schließlich. Seine Stimme klang erschöpft.

»Wie jetzt?«, rief Chantal etwas zu schrill.

»Er droht nicht, er schimpft nicht, er sagt einfach, er weiß von nichts, und ich muss, verdammt nochmal, leider sagen, dass ich dem verdammten Arschloch glaube. Dass ich ihm fast glaube. Der würde sich sonst anders verhalten. Ganz anders.«

Greifelds und der Frau standen Schweißperlen auf der Stirn. Sein Kopf zitterte vor Anspannung, und ihr Oberkörper schwankte, als sei sie kurz davor, in Ohnmacht zu fallen.

Eine Ewigkeit lang passierte gar nichts. Meine Hand tat weh

vom krampfhaften Halten der Waffe. Chantal stand da mit der Klebebandrolle in der Hand. Robbser nahm sich noch ein Kleenex. Ich steckte umständlich meine Waffe zurück in die Westentasche, um mir ebenfalls eins zu nehmen. Ich hatte noch nie in meinem Leben so geschwitzt. Ich roch meinen eigenen Schweiß und den Urin der Frau. Es war ein Albtraum. Chantal war in die Pisse getreten und wischte sich die Schuhe an einem Teppichläufer trocken. Ihre Augen wanderten fragend von mir zu Robbser. Der schnellte plötzlich hoch und trat Greifelds in die Magengrube.

»Wo ist mein Vater?«, knurrte er, und es klang, als würde er jetzt zum Mörder.

Greifelds schlug mit der Stirn auf den Parkettboden, und die Frau schrie. Robbser stand wie eingefroren über seinem Opfer, das fürchterlich stöhnte und sich in Embryonalstellung zusammenkrümmte. Der Mund der Frau bewegte sich, als hätte sie viel zu sagen, aber es kam kein Ton heraus.

Irgendwann keuchte Greifelds: »Weiß es nich. Kenn ihn nich.«

Robbser rührte sich nicht. Ich war wie hypnotisiert. Wieder schien die Zeit stillzustehen. Dann brach irgendwann Chantal den Bann und sagte, es sei genug, wir sollten jetzt wirklich abhauen. Im ersten Moment schien es, als habe Robbser sie nicht gehört, doch dann setzte er sich langsam in Bewegung, sehr langsam, so als sei er sehr müde. Ich fand uns lächerlich, wie wir uns da so ungelenk verdrückten, war aber auch erleichtert, dass es nun bald vorbei sein würde.

»Können wir sie so zurücklassen?«, fragte ich. Chantal, die gerade Dobi anleinte, antwortete: »Die werden sich schon gegenseitig befreien.«

Robbser hatte in der Küche die Handtasche der Frau gefunden und studierte ihren Personalausweis.

»Immer gut zu wissen, mit wem man's zu tun hat«, sagte er mit zittriger Stimme, als habe ihn sein Gewaltausbruch ziemlich mitgenommen. Er ging zurück ins Arbeitszimmer und warf den Perso vor der Frau auf den Boden, ohne etwas zu sagen. Das Dokument lag nur drei Zentimeter von der Urinpfütze entfernt. Es war Chantal, die sich verabschiedete: »Ich befürchte, das war 'n Missverständnis. Das tut mir leid, zumindest für dich, Kleines. Die Bullen sollten wir im gegenseitigen Interesse aus 'm Spiel lassen. Und du solltest von dem die Finger lassen. Is 'n Arschloch.«

NEUN

Der Auftrag

Die folgenden zwei Tage, Mittwoch und Donnerstag, verbrachten wir Brüder in einem seltsamen Zustand der Betäubung. Wir mussten nicht über den Vorfall sprechen, es war klar, dass es total schiefgelaufen war. Das ganze paranoide Kartenhaus war in sich zusammengefallen, und uns fehlte die Kraft, ein neues zu errichten. Robbser gab sich nicht einmal irgendwelchen Rachephantasien hin, zum Beispiel das Material über Greifelds an die Presse zu schicken, er saß die meiste Zeit zu Hause vor dem Fernseher und spielte mit der Xbox *Godzilla – Save the earth*. Chantal ließ ihn in Ruhe, ging ins Fitnessstudio und ließ sich die Nägel machen. Jupp wartete, bis seine Freundin Angie sich bewusstlos getrunken hatte und er sie ins Bett tragen konnte, und Nessi machte im Biergarten ihrer Kneipe Überstunden. Die Nacht brauchte sie zum Schlafen, und es war leicht, sie aufs Wochenende zu vertrösten. Es hätte ein schöner Sommer sein können. Die Einzige, die ihn genoss, war Mutter. Ich hatte sie bei einer Fahrschule angemeldet, damit sie endlich den Führerschein machen konnte. Nachmittags ging sie shoppen und Kuchen essen, und abends mit Freundinnen ins Tanzcafé an der Trabrennbahn. Unsere Wohnung betrat sie nur noch tagsüber. Sie war kontaminiertes Gebiet. Unsicher. Zugänglich für dubiose Gestalten. Eine Quelle von Albträumen. Manchmal hatte ich den Eindruck, dass Mutters neue Lebensfreude eine neurotische Reaktion auf den ganzen Stress war, eine Art Überkompensation. Sie schlief bei ihrer Freundin Martha, Unruhe trieb sie aber früh hinaus und zum Bäcker. Sie kam mit Brötchen zu mir und wirkte jedes Mal erleichtert, dass ich nicht auch gestohlen worden war. Sie wirkte dann entspannt und fröhlich, wenn ich auch gelegentlich glaubte, einen schuldbewussten Zug in ihrem Gesicht zu entdecken. Mehrmals versuchte sie, auch mich dazu zu überreden, woanders zu übernachten. Zwar fühlte ich mich wirklich jedes Mal seltsam, wenn ich die Wohnung betrat und traf für die Nacht besondere Sicherheitsvorkehrungen, um mich in meinem Zimmer zu schützen, aber ich hatte keine Lust, zu Robbser oder Jupp zu ziehen oder mich der Kontrolle Nessis zu unterwerfen, ganz abgesehen davon, dass ich ihr dann auch einige Erklärungen schuldig gewesen wäre. Es waren verkorkste, paranoide Sommertage. Wir alle warteten auf ein Zeichen – von wem auch immer.

Donnerstagabend, kurz nach sieben, war ich gerade aufgebrochen, um Julia zu besuchen, als mir vor der Haustür Jupp begegnete. Über seinem Bierbauch spannte sich ein Metallica-Shirt mit Totenkopf und Keule, und auf seiner Stirn standen trotz sommerlichen Outfits mit schwarzen Bermudas und Flipflops Schweißperlen. Er erzählte, Angie schlafe schon, und fragte, ob ich mit ihm ein Bier trinken wolle. Er hätte an Nessis Kneipe gedacht, weil wir dort gelegentlich ein Freibier bekamen, wir könnten aber auch mal wieder nach Kreuzberg in den *Trinkteufel* gehen, falls ich das mit Nessi nicht überstrapazieren wollte. Sie gab uns zwar gern mal ein Bier aus und freute sich, wenn ich bei ihr vorbeischaute, aber auf Dauer, gingen wir ihr, wie sie uns neulich gestanden hatte, doch etwas auf die Nerven.

Während wir in den kühleren, feucht-muffigen Hinterhof gingen, wo ich noch den Müll entsorgen wollte, beichtete ich ihm, dass ich eine zweite Frau am Start hatte, von der niemand etwas wissen durfte, auch Robbser und vor allem Chantal nicht, die Nessi gegenüber sehr loyal war. Er solle lieber woanders hingehen, damit er mir im Zweifelsfall ein Alibi verschaffen konnte.

»Ruf doch mal wieder Zeitlupen-Toni oder Metal-Maren an«, schlug ich vor. »Hängen die nicht immer im *Alptraum* rum?« Toni wurde so genannt, weil er sehr, sehr langsam war, aber Metal-Maren hätte eigentlich Propeller-Maren heißen müssen, weil sie beim Headbangen ihre langen Haare propellerartig durch die Luft schleuderte, was bei hohen Temperaturen, wenn man neben ihr stand, sehr angenehm war.

»Hm, stimmt«, dachte er laut nach. »Die hab ich etwas vernachlässigt. Heute könnten wir auch ins *Golgatha* …«

Wir hatten gerade den Gestank der Mülltonnen hinter uns gelassen, da tippte er mich auf die Schulter.

»Wo is eigentlich Vadders Feuerstuhl?«

Er zeigte auf den Unterstand, wo der Alte immer sein Mofa abstellte. Der Platz war leer.

»Niemand mit klarem Verstand klaut diese Kiste«, sagte er.

»Was willst'n damit sagen?«, fragte ich, doch er ging nicht darauf ein, sondern nur wie hypnotisiert auf den leeren Platz zu.

»Meinste, er is selber damit weggefahren?«

Langsam drehte er sich zu mir um und fuhr sich durch den widerborstigen, leicht grauen Haarkranz.

»Hm, wenn die Gurke kaputt ist, kümmern Robbser und ich uns darum, aber da war in letzter Zeit nix … Vielleicht sollten wir alles noch mal völlig neu überdenken.«

»Scheiße …«

Ein paar Minuten lang schlichen wir um den Unterstand herum, als würde die Eierfeile gleich wieder auftauchen, dann sah ich auf meine Uhr, dachte an Julia, die gerade ihr Kind ins Bett brachte, und sagte: »Jupp, wenn du das vielleicht übernehmen könntest … Ich muss wirklich los. Ich meld mich in circa drei

Stunden noch mal bei dir, okay? Du rufst mich nicht an, klar? Es sei denn, der Himmel fällt uns auf die Rübe und so.«

Jupp blieb einfach da stehen und massierte seine Bartstoppeln. Ich hatte keine Ahnung, was er jetzt tun würde, und wollte es auch nicht wissen.

Julia hatte für den Abend eine Sechzehnjährige aus der Nachbarschaft als Babysitterin organisiert, damit wir ausgehen konnten. Sie war seit Monaten nicht rausgekommen.

Nachdem wir uns verabschiedet hatten, legte sie verschwörerisch einen Finger auf die Lippen und zog mich ins leerstehende Obergeschoss des Hauses, wo wir uns auf einer staubigen Überdecke ein kleines Intermezzo gönnten – ganz gemütlich, nur Knutschen und Handarbeit, um bei den Temperaturen nicht zu sehr ins Schwitzen zu kommen. Sie hatte ein blaues Sommerkleid an und sah bezaubernder aus als je zuvor. Für eine Weile gelang es mir, alles zu vergessen, aber als wir aufbrachen, musste ich wieder an Jupp und das verschwundene Mofa denken und an Julias falsche Oma, die vor dem Fernseher saß, an den kleinen Max, der in seinem Bettchen schlief, an Robbser vor seiner Xbox, an Nessi, die sich die Füße plattlief und auf viel Trinkgeld hoffte, und an Greifelds, der jetzt vielleicht allein in seiner Dienstwohnung saß und sich die Haare raufte. Und wieder an das Mofa und meinen Alten, der vielleicht überhaupt nicht entführt worden war, sondern irgendeinen anderen Supermist gebaut hatte.

Julia bewunderte meinen neuen Wagen und sagte, dort hätten wir es ja auch treiben können, worauf ich nur erwiderte, ja, wenn sie es nicht so eilig gehabt hätte. Wir fuhren in Richtung Norden. Der laue Wind wehte in unseren Haaren, und ich spielte die schönsten Stücke von Bowie, Neil Young, Pulp, den Flaming Lips und Sportfreunde Stiller.

Julia entschuldigte sich, dass sie mich so kurzfristig bestellt hatte, sie hätte unser Ausgehen eigentlich fürs Wochenende geplant gehabt, aber die Babysitterin hätte da nicht gekonnt. Mir war es recht so. Die Koordination meiner beiden Freundinnen fing langsam an, kompliziert zu werden. Ich musste bald eine Entscheidung treffen. Zwar wusste ich, dass ich Julia wollte, aber ich musste noch etwas genauer herausfinden, ob auch sie mich wirklich wollte. Vielleicht drückte ich mich aber auch nur vor der Szene, die mir Nessi machen würde.

Wir aßen die beste Eiscreme der Stadt in einer schwulen Eisdiele unweit vom Nollendorfplatz und fuhren dann nach Mitte, um in der Gegend um die Kastanienallee durch die Straßen zu flanieren. Julia hielt die ganze Zeit meine Hand oder hängte sich bei mir ein oder zog meinen Arm um ihre Schultern, und zwischendurch bekam ich immer wieder unvermittelt einen Kuss auf die Wange. So rumzuschlendern, schnurrte sie, sei im Sommer besser als Kino oder Theater oder Essen gehen. Es hinderte sie nicht daran, mich in das eine oder andere Geschäft zu ziehen. Sie begeisterte sich für vieles, vor allem für niedliche Klamotten von Designertussis, die in ihren Läden saßen, Bikinis häkelten und Hasenmädchenmotive auf Tops nähten, wollte aber nichts kaufen oder geschenkt bekommen. Das müssten wir dann nur rumschleppen, war alles, was sie dazu sagte.

»Du hast deine ganze Kindheit in Tempelhof verbracht?«, fragte sie mich irgendwann.

»Ja, Eis-Hennig und Ankogelbad und Volkspark und manchmal Buga oder Trabrennbahn, später waren wir dann auch mal in Schöneberg und Kreuzberg, vor allem zu Konzerten.«

»Wer ist wir?«

»Ich und meine Kumpels.«

Ich gab ihr einen kurzen Einblick in meine etwas seltsame Kindheit, die mir dabei gar nicht mehr so seltsam und schrecklich vorkam, vielleicht, weil ich die Details über meinen Vater wegließ und die Phasen der Einsamkeit und Entfremdung nur oberflächlich streifte – die Zeit, als ich begriff, dass dieses Metal-Ding nicht meins war, die Musik eigentlich schon, aber nicht die Klamotten, das Saufen und die Begeisterung für Motorräder. Bands wie die Pixies, Sonic Youth, Dinosaur Jr und Rage Against the Machine und die entsprechenden Szenen lagen mir mehr. Ob man das nun Grunge, Crossover oder Alternative nannte, war mir egal. Aber so richtig hatte ich letztlich nirgendwo dazugehört. Kiffen war mir immer suspekt geblieben, für einen Skater war ich zu unsportlich und für einen Autonomen zu unpolitisch gewesen. Also war mir nur die Rolle des Musik-Nerds geblieben, und die war einsam. Mit diesen Identitätsproblemen wollte ich Julia nicht langweilen, stattdessen erzählte ich ihr die Story, wie ich mit Benny Bretter für das Baumhaus geklaut hatte. Sie sagte nur, das passe ja, ich hätte es wohl im Blut, und ihr Herz hätte ich auch schon gestohlen.

»Wo kommst du eigentlich her?«, fragte ich. Es war schon dunkel geworden, und wir saßen vor einer Kneipe und tranken Pina Colada – sie mit, ich ohne Alkohol. Sie wirkte wohlerzogen und gebildet, selbst in Jogginghose, und umso mehr heute Abend in ihrem einfachen, aber schicken Kleid. Es hätte mich nicht gewundert, wenn sie in einer Grunewald-Villa großgeworden wäre.

»Auf die Frage hab ich gewartet«, sagte sie lächelnd. »Ich werde es dir nicht nur erzählen, sondern zeigen, vorausgesetzt, du fährst uns hin.«

Diesmal hörten wir Radio. Ich konnte mich besser auf den Verkehr konzentrieren, wenn ich Musik hörte, die mir nichts bedeutete, außerdem mochte ich das Geplauder und die Ansagen des Moderators. Es gab mir dieses falsche, aber angenehme Gefühl, mittendrin zu sein und am elektrisierten, nächtlichen Berlin teilzuhaben. Julia hatte Spaß daran, mich im Unklaren zu lassen, wohin die Fahrt ging. Sie war wortkarg geworden und lächelte mich nur kurz an, wenn sie eine neue Anweisung gab. Bald dämmerte mir, wohin es ging. Wir fuhren nicht in den Grunewald, sondern in eine der besseren Wohngegenden von Steglitz.

»Hast du nicht erzählt, du bist obdachlos gewesen?«, sagte ich ungläubig.

»War ich auch. Wenn man's genau nimmt, war ich das jahrelang. Ich bin mit achtzehn von zu Hause weg, nachdem ich mal wieder Krach mit meiner Mutter hatte. Ich hatte immer nur mit ihr Krach, weil mein Vater nie da war. Nie konnte ich es ihr recht machen. Ich hatte die falschen Freunde, trug die falschen Klamotten, war nicht gut genug in der Schule. Irgendwann hat es mir einfach gereicht. Weißt du, ich hab auch einen älteren Bruder, einen, der alles richtig gemacht hat, super Abi, super Studium, fette Kanzlei in Mitte, hübsche Frau und zwei Kinder. Mit achtzehn wurde mir klar, dass ich meine Familie nicht brauchte und dass die mich nicht brauchten. Hier ist es übrigens. Das nächste da, mit dem protzigen Zaun.«

Ich hielt auf der gegenüberliegenden Seite im Schatten eines Baumes. Es war keine Villa, nur ein etwas größerer Bungalow, an dem sich ein exaltierter Architekt ausgetobt hatte. Es gab ein ziemlich großes Vordach im Eingangsbereich und freistehende Wände, Säulen und Betonstreben, die hinüber zur Doppelgarage führten. Zwei der Wände waren überdacht, so dass sie einen Carport bildeten, über den anderen wuchsen Kletterpflanzen. Das Ganze erinnerte mich an eine Ruine aus einem alten Science-Fiction-Film. Kein Auto war zu sehen, kein Licht brannte. Ich musste an das denken, was Jupp über Flachdächer zu sagen pflegte, dass es nur zwei Sorten gab, undichte und solche, die noch nicht undicht waren.

Laut sagte ich: »Selbst einer mit Höhenangst könnte hier übers Dach einsteigen.«

»War in den Siebzigern, als mein Bruder geboren wurde, eine

große Sache«, sagte Julia. »Der allerneueste heiße Scheiß. Später haben sie mal dran gedacht, es zu verkaufen, aber keiner wollte es haben.«

»Wann warst du 's letzte Mal hier?«

»Als ich weg bin. Ich hab mich zwar danach noch mal mit meiner Mutter getroffen, aber in der Stadt, auf neutralem Boden.«

»Was genau war denn so schlimm?« Ich wollte ihre Hand nehmen, aber sie ließ mich nicht. Sie presste sich so weit weg von mir und dem Haus gegen die Autotür, wie es nur ging.

»Schwer zu sagen«, antwortete sie langsam. »Nichts wirklich Schlimmes eigentlich, also keine sexuelle Gewalt, wenn du an so was denkst ... Es war subtiler ... Wahrscheinlich läuft es ganz banal darauf hinaus, dass ich nicht geliebt wurde oder zumindest die Liebe nicht gespürt habe. Ich bin zu meinem damaligen Freund gezogen, der mit ein paar Leuten in einer WG gewohnt hat. Das ging eine Weile gut und dann nicht mehr. Und natürlich hatte ich absolut keine Lust, wieder zu meinen besserwisserischen Eltern zurückzukriechen und sie um Hilfe zu bitten. Mein Abi war futsch, aber es wäre ohnehin nicht sonderlich gut geworden, und ich hab mich mit blöden Jobs über Wasser gehalten. Eine Weile hab ich in einer Frauen-WG gelebt. Die haben immer auf mich eingeredet, dass ich das Abi nachmachen soll und was mir für Geld von meinen Eltern zusteht, aber ich wollte einfach absolut nichts mehr mit ihnen zu tun haben. Meine Oma war gestorben, kurz nachdem ich weg bin ...«

Wie gebannt starrte sie auf den ruinenhaften Bungalow, der aus einer Zukunft zu stammen schien, die nie stattfinden würde, und dachte an eine Vergangenheit, die es so nicht hätte geben sollen.

»Und dein Bruder?«

»Oliver.« Es klang wie ein Schimpfwort. »Der ist neun Jahre älter als ich und hätte genauso gut irgendein Cousin aus Süddeutschland sein können. Ich hatte nie einen Draht zu ihm. Viel schlimmer eigentlich. Um ehrlich zu sein, er ist ein Arschloch, viel konservativer als mein Vater. Ich hab manchmal so ein Gefühl, als ob mein Vater eigentlich ganz in Ordnung ist oder es früher mal war, es gibt da so Hippiebilder von ihm aus den Siebzigern – aber wahrscheinlich war er nur ein Modehippie. Später ging es ihm jedenfalls nur noch ums Geld … Na ja, vielleicht hatte er auch eine Geliebte in der Stadt und war deshalb nie zu Hause.«

Langsam streckte sie ihre Hand nach mir aus. Ich nahm sie ganz vorsichtig, um sie nicht zu verschrecken.

»Erinnerst du dich noch, was ich neulich zu dir gesagt habe, als du das erste Mal in meinem Bett lagst?«

»Ja, ich glaube schon, es war ja dramatisch genug: Nimm mich mit in die Nacht.« Ich versuchte, wie Dracula zu gucken – nicht wie Christopher Lee, sondern wie Bela Lugosi – und machte Krallenhände.

»Dramatisch oder kitschig?«, fragte sie.

»Keine Ahnung. Man könnte auch romantisch sagen oder abenteuerlustig, voll krimineller Energie, was immer du willst. Ich hab aber den Eindruck, dass nicht ich dich mitnehmen soll, sondern dass du mich mitnehmen willst und zwar in diesen schmucken Bungalow da. Könnte das sein?«

»Du bist gut.«

»Und warum? Worum geht's? Willst du ihnen die Wände vollschmieren? Willst du dich endlich rächen?«

»Nein, es geht um die Oma, die ich erwähnt habe. Oma Lene. Marlene eigentlich. Sie wohnte damals in Charlottenburg. Kurz nachdem ich von zu Hause weg bin, hatte sie einen Schlaganfall, mit Mitte siebzig, und meine Eltern haben sie aufgenommen.«

»Wessen Mutter war sie?«

»Die meines Vaters. Sie war nicht bettlägerig, sollte aber auch nicht mehr allein wohnen, und sie hat Kette geraucht.« Sie musste schmunzeln. »Wenn ich sie besucht habe, konnte ich immer eine rauchen, der Geruch fiel dann keinem auf. Sie wurde zwar erst in den späten Zwanzigern geboren und musste dann den Krieg und die Nachkriegsjahre erleben, aber für mich hatte sie immer was von diesen wilden Zwanzigerjahre-Frauen, schlank, mit Bubikopf und Zigarettenhalter. Ich war ziemlich überrascht, dass meine Mutter sie aufgenommen hat. Natürlich konnte sie sich eine Haushaltshilfe leisten, aber so was ist trotzdem nie einfach, schon gar nicht mit der Schwiegermutter. Ich glaube, meine Mutter wollte nicht allein sein. Mir gegenüber hat sie das allerdings nicht zugegeben. Meine Oma hatte dann ziemlich bald einen zweiten Anfall, lag ein paar Wochen im Koma und ist dann gestorben. Ich hab sie ein paar Mal besucht, meine Mutter hatte mich angerufen. Sie hatte ihr ihre alte Puppe ans Bett gesetzt. Es hat mich immer total umgehauen, wenn ich da war. Alles kam mir so sinnlos und traurig vor.« Die Stimme versagte ihr, und ihre Augen waren glasig geworden. »Da liegst du wieder mit deiner Puppe wie ein kleines Mädchen im Bett, nur alt und hässlich, und was war? Nur Scheiße!«

»Na ja«, sagte ich, »ich weiß zwar nichts von deiner Oma, aber nach dem, was du erzählt hast, scheint sie das Leben doch einigermaßen genossen zu haben.«

»Ja, wahrscheinlich schon.«

»Und mit ihrem Tod hat sie anscheinend auch einigermaßen Glück gehabt.«

»Hm.«

»Wie war es denn mit deiner Mutter damals in dieser Phase? Sie scheint sich ja doch sehr um dich bemüht zu haben.«

»Ja, klar, sie hat andauernd angerufen. Ich sollte auch auf die Beerdigung kommen, aber ich hatte einfach keinen Bock auf die ganze Sippe. Ich bin auch nur zu meiner Oma, wenn sonst keiner da war. Einmal musste ich flüchten. Ich stand schon vor dem Krankenzimmer, als mein Vater kam. Inzwischen glaube ich, dass ich sie herausfordern wollte. Sie sollten ganz dramatisch um mich kämpfen.«

»Und das haben sie nicht getan.«

»Nein, ich war ja auch schon achtzehn. Wahrscheinlich hätte ich zwei Jahre früher abhauen sollen, aber dazu hatte ich nicht den Mumm. Und dann wurde alles immer schlimmer. Mit Kind, einem drogensüchtigen Loser als Freund und ohne Zuhause. Wenn ich ihr heute gegenüberträte, würde sie wahrscheinlich nur fragen, ob ich meine alberne Punker-Phase hinter mir habe.«

»Meinst du wirklich?«

»Keine Ahnung.«

Sie schwieg. Irgendwann sagte ich: »Wir sollten hier nicht zu lange rumstehen. Vielleicht kannst du mir den Rest auf der Rückfahrt erzählen.«

Ich erfuhr, dass ihr Opa schon ein paar Jahre vorher an Krebs gestorben war. Die Großeltern mütterlicherseits lebten in München und hatten, abgesehen von einigen Feiertags- und Ferienbesuchen, keine große Rolle gespielt. Ihre Mutter hatte noch andere Geschwister, die Aufmerksamkeit beanspruchten, und der Großvater war bis weit übers Rentenalter hinaus in seinem Unternehmen aktiv gewesen.

»Ich will meine Oma nicht verklären. Sie war launisch und konnte streng sein, wenn sie wollte. Manchmal verbot sie mir, bei ihr zu rauchen, und oft hatte sie was Wichtigeres vor, als sich um mich zu kümmern, aber letztlich war sie diejenige, die noch am meisten innige Zeit mit mir verbracht hat. Wir sind ins Schwimmbad gegangen, einkaufen, in den Zoo, in Museen, Galerien, ins Kino, haben zusammen gezeichnet und gemalt und gekocht. Ich war einigermaßen glücklich, wenn ich bei ihr war. Bei meiner Mutter sollte ich immer was leisten: für die Schule lernen, Tennis spielen, Klavier üben, Reiten, Ballett. Sie hat es geschafft, mir so ziemlich alles zu vermiesen. Überall hatte sie den Daumen drauf, nur nicht bei den Typen, die ich mir ausgesucht habe. Und da hat mich auch meine Oma lange Zeit vor dem schlimmsten bewahrt. Ohne sie wäre ich wahrscheinlich schon mit fünfzehn schwanger geworden. Sie hat mir beigebracht, wie sich eine Dame benimmt.« Sie lachte. »Na ja, ein bisschen. Und dass man Spaß haben kann, ohne sich gleich entjungfern zu lassen, und dass man immer Kondome dabeihaben sollte.«

»Und du bist trotzdem ein Punk geworden?«, fragte ich überrascht. Sie lachte.

»Na ja, ich war ein ziemlich damenhafter Punk, zumindest solang meine Oma noch gelebt hat. Eigentlich mehr ein Goth.«

»Ein Gruftie.«

»Wenn ich zu ihr bin, sah ich nicht ganz so schlimm aus. Ich ließ etwas Make-up weg und trug nicht so viel Metall. Nach ihrem Tod ging es richtig bergab. Da wurde ich echt zum Punk. Nicht so gestylt, sondern einfach scheißegal. Ich war depressiv und hab mir depressive Freunde gesucht. Aber lassen wir das.«

Als sie schließlich herausrückte, was sie in ihrem Elternhaus stehlen wollte, war ich nicht sonderlich verwundert. Sie hatte sich damals um nichts gekümmert, als das Erbe der alten Frau verteilt wurde, und ihre Eltern hatten ihr nichts zukommen lassen. Sie wusste aber, dass ein Sparbuch existierte, das die Großmutter für sie angelegt hatte. Eigentlich hatte sie es ihr schon geben wollen, es war nur noch um eine letzte Einzahlung gegangen, doch dann waren die Schlaganfälle dazwischengekommen. Für Julia aber noch viel wichtiger waren ein paar persönliche Andenken: die alte Puppe aus den dreißiger Jahren und ein ähnlich alter Teddybär, mit dem sie manchmal gespielt hatte, wenn sie bei Oma Lene zu Besuch gewesen war, und der Schmuck der alten Dame, den sie als Mädchen schon bewundert hatte, vor allem der Verlobungsring, ein Erbstück, das seit Generationen in der Familie an die Töchter weitergereicht wurde.

»Es war, als ob meine Oma gewusst hätte, dass noch ein Mädchen kommen würde, und die sollte ihn haben, nicht irgendeine Schwiegertochter«, sagte sie triumphierend, als halte sie ihn schon in der Hand. »Er gehört also rechtmäßig mir.«

Damit schien sie alles erzählt zu haben, lehnte sich zurück und schwieg. Als ich einmal zu ihr hinübersah, gähnte sie und rieb sich die Augen. Sie war eine süße kleine Mama. Es war, als hätten sie die Erinnerungen an die Vergangenheit, so schwierig sie auch gewesen war, um ein paar Jahre verjüngt. Mir schwirrte der Kopf. Es war eine schwüle Nacht. Die Straßenlampen kamen mir vor wie Sonnen. An einer Tankstelle besorgte ich eine Tüte Chips und zwei kalte Bier, die wir im geparkten Wagen tranken. Irgendwann kurbelte ich die Fenster hoch, damit wir den Einbruch besprechen konnten.

»Und wie stellst du dir das jetzt vor?«, fragte ich. »Hast du noch 'nen Schlüssel zum Haus?«

»Nein, eben nicht, dann hätte ich das Ding schon längst allein durchgezogen. Die Schlüssel hab ich meiner Mutter damals voller Wut vor die Füße geworfen. Man ist so bescheuert in dem Alter.«

»Du hättest warten können, bis sie mal nicht da sind und einen Schlüsseldienst kommen lassen.«

Sie schaute mich verdutzt an.

»Ernsthaft?«

»Klar, bisschen feingemacht dafür, damit sie dir das Töchterchen aus gutem Hause abnehmen. Vielleicht Ausweis parat gehalten, falls sie es ganz genau nehmen. Kein Problem.«

»Aber die wollen doch bar bezahlt werden.«

»Nicht unbedingt. Und wenn, hättest du das auch hingekriegt. Irgendwo liegt immer Bargeld rum.«

»Wie auch immer, jetzt ist es dafür zu spät.«

»Warum?«

Langsam brachte ich sie auf die Palme, und leicht erzürnt sah sie noch besser aus als sonst.

»Weil ich das nicht bringe. So cool bin ich nicht. Und ich fühl mich dort auch absolut nicht zu Hause, und die Nachbarn haben mich seit Jahren nicht gesehen.«

»Okay, ich will dir nur die Optionen aufzeigen. Also weiter: Sollen deine Eltern wissen, dass du es warst, oder soll es wie ein normaler Einbruch aussehen?«

»Darüber hab ich mir noch keine Gedanken gemacht.«

»Ich meine, es wäre eine Möglichkeit, ihnen einen Denkzettel zu verpassen und mit ihnen Kontakt aufzunehmen. Du wärst dann keine Bittstellerin mehr. Aber es könnte auch nach hinten losgehen, falls sie dich anzeigen.«

»Was ich ihnen zutraue. Aber sie wüssten ja gar nicht, wo ich bin.«

»Egal, dann lassen sie eben nach dir fahnden. Mit Bild und allem.«

»Dafür schämen sie sich zu sehr.«

»Vielleicht nicht mehr. Es sind ein paar Jahre vergangen.«

»Nein, egal, wie auch immer, ich will keinen Kontakt. Ich will nur ein Andenken an Oma und das, was mir zusteht. Und ein Einbruch ist wohl schon Denkzettel genug.«

»Gut, dann sollten wir noch einiges mehr mitgehen lassen. Ich bin aber nicht sicher, ob wir das zu zweit schaffen. Und ob meine Brüder da mitmachen, weiß ich nicht.« Erst hinterher merkte ich, dass ich mich verplappert hatte. Sie knuffte mich in den Arm.

»Dachte ich mir's doch. Ihr seht euch ähnlich. Du und der Dicke.«

»Ey!«

Zum ersten Mal war ich von ihr genervt. Es kam ganz plötzlich. Die Geschichte setzte mich unter Druck. Allein traute ich es mir nicht zu, und Robbser zu fragen war mir unangenehm. Vielleicht konnte ich es mit Jupp durchziehen, der ja schon fast eingeweiht war. Eigentlich sprach nichts dagegen. Es konnte ein lukrativer Bruch werden wie zig andere auch. Natürlich stellte Julia einen Unsicherheitsfaktor dar, zumal niemand wusste, wie sie sich verhalten würde. Andererseits verfügte sie über Ortskenntnisse, die wir normalerweise nicht hatten.

»Meine Eltern müssten jetzt im Urlaub sein«, sagte sie. »Sie müssen sich zwar schon lange nicht mehr nach den Schulferien richten, aber während des Sommerlochs fällt es meinem Vater leichter, eine Auszeit zu nehmen, als im Rest des Jahres.«

»*Müssten* ist nicht genug. Das müssen wir genau wissen.«

Inzwischen war es spät geworden, schon nach elf, und ich hatte vergessen, Jupp anzurufen. Er war entsprechend genervt, als ich ihn am Apparat hatte, und platzte fast vor Neuigkeiten, die er mir erzählen wollte. Ich brachte Julia nach Hause, die inzwischen ununterbrochen gähnte, und gab ihr den Auftrag, morgen von einer Telefonzelle aus bei ihren Eltern anzurufen, am besten auch im Unternehmen ihres Vaters. Ich selbst wollte das Haus beobachten. Wir verabschiedeten uns küssend und mit widerspenstigen Händen, die immer wieder neuen Halt suchten. Ich versprach, am nächsten Tag vorbeizukommen, wenn Max seinen Mittagsschlaf hielt. Der Mond schien zu hell, als ich zum Wagen zurückging, eine Straßenlaterne flackerte. Meine Hände auf dem Lenkrad fühlten noch ihren Körper unter dem dünnen Stoff des Kleides. Und dennoch hatte ich das seltsame Gefühl, hier draußen am richtigen Ort zu sein und nicht da drin bei ihr.

ZEHN

Im Fegefeuer

Jupp hatte mich ins *Fegefeuer* bestellt, eine Eckkneipe, deren größter Vorzug darin bestand, nicht allzu weit von den Wohnungen unserer Familie entfernt zu sein. Trotzdem waren wir nicht zu Fuß da. Neben Jupps schwarzem Passat erkannte ich Robbsers silbernen Mondeo. Ein Mann um die sechzig in kurzen Hosen und Sandalen kam gerade herausgetorkelt und schwankte den Gehweg entlang. Ihm folgte ein etwas jüngerer, im Blaumann eines Handwerkers, auch nicht mehr ganz sicher auf den Beinen, der lallte, Jolle solle warten, er könne in seinem Zustand doch nicht allein nach Haus, er würde ihn fahren. Am Eingang des *Fegefeuers* stand was von Raucherkneipe und *Nicht unter 18*, dementsprechend dick war die Luft in dem Laden, allerdings ging es in dieser Nacht sogar noch, denn es waren nicht mehr viele Gäste da. Vielleicht hatte die Hitze einige vorzeitig umgehauen, oder sie waren zu Hause geblieben. Am Stammtisch spielten drei Grauhaarige mit sehr langsamen Bewegungen Skat. Zwei Typen, von denen einer Zigarre rauchte, klebten an der Theke, und die Wirtin sagte gerade zu dem anderen, dem sie ein neues Bier vor die Nase stellte: »Jürjen, da mussde aber baldma widder zum Pissoir, din Dingsda looft sonst über.« Jürgen griff sich an eine Wade, wo unter den langen Hosen der prallgefüllte Beutel eines Blasenkatheters zum Vorschein kam. Das ist also Katheter-

Jürgen, dachte ich, während ich mich umsah. Meine Brüder hatten mir von der legendären Nacht erzählt, in der sein Beutel übergelaufen war. Die beiden saßen in einer ruhigen Ecke am Fenster, wo man sich ungestört unterhalten konnte, aber auch gesehen wurde, wenn man ein neues Pils bestellen wollte, und taten, als würden sie Schach spielen. Seit ihrer Jugend spielten sie nicht mehr ernsthaft, weil keiner verlieren konnte. Als Halbwüchsige hatten sie jedes Brett der Spielesammlung, egal ob Halma oder Mensch ärgere dich nicht, im Jähzorn zerrissen. Ein richtiges, festes Schachbrett war nie angeschafft worden, weil unser Vater dafür zu geizig war und Mutter es für eine gefährliche Waffe hielt.

»Na endlich!«, rief Robbser, als er mich sah. »Wo treibst du dich denn rum? Wir saufen hier schon Orangensaft und Wasser und so ’n Dreck, damit wir nicht vom Hocker fallen.«

Ich setzte mich neben Jupp und murmelte: »’tschuldigung.«

»Wo warste denn? Jupp hat was von ’nem alten Freund erzählt. Du hattest doch gar keine Freunde.«

»Klar. Benny.«

»Ja, aber der sitzt doch seit Jahren im Knast. Haste den eigentlich mal besucht?«

»Nö.«

»Also?«

»Typ vom Gymnasium, kennste nich. Ist mir neulich durch Zufall übern Weg gelaufen. Wollte mal wieder mit jemand über Musik reden.«

»Und das ist wichtiger als den Spuren nachzugehen, die Jupp hier entdeckt hat? Ich dachte schon, von wegen nicht stören und so, da steckt ’ne andre Schnalle dahinter. Mensch, Alfie, Nessi ist doch scharf, haste erzählt, enttäusch die bloß nicht wieder.«

»Du hast doch nur Angst«, mischte sich Jupp ein, »dass deine Alte dir wochenlang die Ohren volljammert, wenn dein Bruder ihrer Freundin den Laufpass gibt.«

»Quatsch. Aber jetzt mal ehrlich: Ist da was dran?«

»Sagt mal, ist das hier 'n Verhör? Ich dachte, ihr habt mir was Wichtiges zu erzählen. Es ist spät, ich könnte auch schlafen.«

»Wir auch«, sagte Jupp, »aber wir warten hier noch auf jemand. Sonst hätten wir uns auch in der Garage treffen können. Trinken wir noch 'n Pils?«

Ich sagte: »Das kommt drauf an, was ihr heute noch vorhabt. Ich meine, wenn ihr schon Wasser trinkt, in diesem Schuppen. Die müssen sich ja totgelacht haben.«

»Haben sie auch«, sagte Robbser ernst und sah sich peinlich berührt und prüfend um, ob sich gerade wieder jemand über ihn lustig machte. Seit dem Desaster bei Greifelds war seine Welt wirklich aus den Fugen geraten.

»Das hat unser Alter gar nicht verdient, was wir alles für ihn auf uns nehmen«, brummte er. »Aber was tut man nicht alles für die Familie.«

»Wir wissen nicht genau, was noch auf uns zukommt«, sagte Jupp zu mir gewandt. »Wir warten hier auf jemand.« Er wollte zu einer Erklärung ansetzen, was er herausbekommen hatte, aber Robbser kam ihm zuvor. Ich war versucht, ihn zu unterbrechen, er solle doch mal Jupp erzählen lassen, hatte aber Angst, seine Laune noch weiter zu verschlechtern. Während er erzählte, kam die Wirtin an unseren Tisch. Wir bestellten drei kleine Radler. Sie brummelte: »Watt issen heute in euch jefahren?«, schien aber keine Antwort zu erwarten.

Nachdem wir uns am frühen Abend im Hof getrennt hatten, war Jupp zu Mutter hochgegangen, die gerade dabei war, sich für den Abend schick zu machen. In ihrem Fall bedeutete das kein großes Make-up und kein sexy Abendkleid. Sie kämmte sich einfach das Haar und zog eine gute Bluse und einen Rock an und warf sich vielleicht noch einen bunten Schal um den Hals. Jupp berichtete ihr, dass Vadders Mofa verschwunden sei, und fragte, ob sie darüber etwas wisse, ob der Alte vielleicht einfach abgehauen sei, ob sie sich vielleicht kürzlich gestritten hätten.

»Ich musste so viel fragen«, kommentierte Jupp Robbsers Erzählung, »weil sie einfach nicht geantwortet hat.«

Früher hatte es, wie berichtet, bei unseren Eltern viele Anlässe zu Streitereien gegeben, aber in den letzten Jahren hatten sie eigentlich recht harmonisch auf uns gewirkt, als hätten sie Waffenstillstand geschlossen. Vadder schien auch seine Trinkerei besser im Griff zu haben und hatte schon lange nichts Schlimmeres mehr angestellt. Doch unter der Oberfläche hatte es all die Zeit gebrodelt, wie Jupp schließlich nach und nach von Mutter erfuhr. Vater hatte immer irgendwo einen Vorrat an Alkohol versteckt, Doppelkorn, Weinbrand und Kräuterschnaps in großen Flaschen und Flachmännern. Er war ständig alkoholisiert, hatte immer einen Affen, immer eine Fahne, und das widerte sie an, vor allem, wenn er mit ihr schlafen wollte.

»Sie hat ihn zurückgewiesen«, warf Jupp ein, »und zu ihm gesagt, vierzig Jahre Erbsensuppe seien genug, das halte keiner aus.« Er ließ den Satz wirken. Sogar Robbser hielt für einen Moment die Klappe.

»Das hat ihn schwer getroffen«, sagte Jupp

»Wer lässt sich schon gern mit Erbsensuppe vergleichen«, sagte Robbser, »wenn er weiß, dass die Frauen ein Drei-Gänge-Menü bei Kerzenschein wollen.«

»Das war am Abend, bevor er verschwunden ist«, fuhr Jupp fort. »Er ist dann noch einen saufen gegangen und kam ziemlich spät wieder. Früher hätte er wahrscheinlich noch Randale gemacht, aber diesmal hat er sich einfach hingelegt und geschlafen.«

Die Wirtin brachte unsere Radler, und, durstig wie wir waren, nahmen wir alle einen kräftigen Zug. Ohne Trinkspruch, ohne Witz. Ich fragte mich, warum ich von alldem nichts mitbekommen hatte. Wahrscheinlich hatte ich mich schon zu weit von meinen Eltern entfernt und es völlig aufgegeben, sie in irgendeiner Weise ändern zu wollen. Meine ganze Kindheit über hatte ich das Trauerspiel beobachtet und nichts tun können, weil Mutter nicht wirklich etwas hatte tun wollen. Wäre sie damals gegangen, hätte sie unsere volle Unterstützung gehabt, aber inzwischen waren wir unserem Alten zu ähnlich geworden. Jupp und Robbser hatten nichts gemerkt, weil sie selbst ständig tranken. Und Vadder hatte sein Saufen wahrscheinlich so gut dosiert, dass er zumindest auf unseren Touren einigermaßen nüchtern war.

»Wie geht es ihr jetzt?«, wollte ich wissen.

»Sie hat sich ein bisschen bei mir ausgeheult und ist dann trotzdem ausgegangen«, sagte Jupp. »An dem Abend vor Vadders Verschwinden hat sie die ganze Wohnung durchsucht und all seine Schnapsnester ausgetrocknet und seine Taschen geleert, nachdem er eingeschlafen war.«

»Ja, aber das ist jetzt nicht wichtig«, unterbrach ihn Robbser, »vielleicht später. Wie auch immer: Jupp hat mich angerufen, und dann sind wir die Butzen abgefahren, wo Vadder an dem Abend womöglich gewesen ist. *Didis Snack-Bar. Olgas Kleiner Kiosk. Das Boxenluder. Die Schmalztolle. Die Brotmaus. Annas Wurst-Eck.* Die Hälfte war Fehlanzeige. In der Brotmaus hat er seit Monaten Hausverbot, wusstest du das? Dann waren wir natürlich ziemlich früh dran. Bei der Hitze kommen auch die Älteren manchmal erst ziemlich spät. Aber wir haben tatsächlich ein paar seiner Kumpane getroffen ... und einer wusste was.«

Er machte eine bedeutungsvolle Pause. Dann zeigte er gönnerhaft auf Jupp und sagte: »Deine Show, Bruderherz.«

Jupp grinste und sagte genießerisch: »Wir haben einen Kühlschrank-Mann.«

Sie hatten so gegen zehn Uhr, schon etwas frustriert von ihren ergebnislosen Ermittlungen, auf dem Weg ins *Boxenlude*r bei

Annas Wurst-Eck eine Pause eingelegt, um eine Currywurst zu essen, als ein älterer Mann, der dort stand und den sie vom Sehen zu kennen glaubten, sie ansprach, sie seien doch die Söhne vom Karlheinz. Wie sich herausstellte, kannte er unseren Alten aus der *Schmalztolle* und dem *Boxenluder*, wo Jupp und Robbser auch verkehrten. Er hatte Vadder einen gebrauchten Kühlschrank verkauft, etliche Jahre jünger als das Modell, das in unserer Küche stand, und wirklich zu einem guten Preis, wie Robbser meinte, nur dass die Maße nicht passten, wie sich herausstellte, als der Sohn des Mannes das Ding mit einem Kollegen vorbeibringen wollte.

»Der Typ war wirklich angepisst«, sagte Robbser. »Sein Sohn hat das Ding in seiner Arbeitszeit vorbeigebracht. Er ist Handwerker, und er hatte wirklich Probleme, als er das Scheißding wieder mitnehmen musste. Unser Alter hatte den ganzen Deal außerdem völlig vergessen und an dem Morgen nicht genug Geld im Haus, was vermutlich sein Glück war, sonst hätten sie die Kohle vielleicht mitgenommen und ihm das Ding im Flur stehenlassen. Dann wollte er ihnen unbedingt was zu trinken anbieten, obwohl sie nichts wollten, konnte aber auch gar keinen Alkohol finden, weil Mudder alles beseitigt hatte. Er muss in 'nem ziemlich kaputten Zustand gewesen sein. Natürlich haben wir dran gedacht, dass die sich vielleicht in die Wolle gekriegt und unserm Alten 'n paar aufs Maul gegeben haben, aber würde der Typ uns ansprechen, wenn die was mit seinem Verschwinden zu tun hätten? Nein.«

»Hm, das erklärt die Sache mit dem Kühlschrank«, sagte ich, »aber was ist mit dem Rest – der Zettel, das Chaos?«

»Deswegen sind wir hier«, sagte Robbser und leerte sein Bier. »Dein Bruder und ich haben uns folgende Frage gestellt – mal ganz abgesehen davon, was im Einzelnen passiert ist –, einfach nur folgende Frage: Wo kann der Alte hin? Und unsere Antwort war: In Tante Gertruds Laube. Er hat ja sogar einen Schlüssel dafür. Und es ist deutlich billiger als 'n Hotel oder 'ne Pension. Also sind wir dahin gefahren. Aber Fehlanzeige. Dort ist er nicht und dort war er nicht – soweit wir das beurteilen können. Also, die nächste Frage: Wer könnte ihm helfen? Wer steht ihm nahe genug, um ihm tagelang Unterschlupf zu gewähren? Er hat ja keine richtigen Freunde. Wenn er jemals welche hatte, dann hat er sie vor dreißig Jahren in der Pampa in Westdeutschland zurückgelassen. Also, es bleiben eigentlich nur Saufkumpane oder unser aller Freund Wieland. Also haben wir den angerufen. Wieder Fehlanzeige. Er war wirklich überrascht, als er hörte, dass der Alte weg ist, und ich war heilfroh, dass wir ihn nicht schon vor Tagen eingeweiht und verrückt gemacht haben. Er meinte nur, er sei zu professionell für so 'n Scheiß und dass er uns angerufen hätte, wenn er vom Alten gehört hätte, damit wir uns keine Sorgen machen. Also? Wer bleibt? Wer kommt in Frage?«

Die beiden sahen mich erwartungsvoll an, als müsste ich auch gleich auf das kommen, was sie schon wussten. Dann sagte Jupp zu Robbser, ich könnte gar nicht drauf kommen, weil ich nicht so viel in den Kneipen rumhing wie sie.

»Herm«, sagte Robbser. »Von manchen auch Hessen-Herm genannt, weil er wie unser Alter aus Nordhessen kommt.«

»Herm?«, fragte ich.

»Ja, kurz für Hermann.«

»Und woher habt ihr den Tipp?«

»Wir sind selbst draufgekommen, weil er mit dem öfters genau hier sitzt und Schach spielt.«

»Es gibt da so 'ne Verbindung zwischen den beiden«, ergänzte Jupp. »Vadder verbringt mehr Zeit mit ihm als mit anderen, und er verhält sich auch anders, wenn er mit ihm zusammen ist. Die sind wie so Seelenverwandte. Vielleicht is der so 'ne Art älterer Bruder oder Vaterersatz für ihn. Ich erinnere mich daran, dass er sogar mal erzählt hat, bei Herm zu Hause gewesen zu sein.«

»Hast du ihn nie getroffen?«, fragte mich Robbser.

»Nicht wirklich. Ich glaub, vom Sehen kenn ich ihn. Vadder hat mich so vielen Leuten vorgestellt, seitdem ich wieder hier bin. Er ist schon älter, oder?«

»Ja, wir vermuten Mitte siebzig oder so. Seine Frau ist vor kurzem gestorben, wie wir erfahren haben. Und einer wusste, dass er ebenfalls eine Gartenlaube hat, aber keiner weiß wo. Oder wo er wohnt.«

»Und jetzt warten wir, dass er um diese Uhrzeit noch hier auftaucht?«, fragte ich ungläubig. Es war nach Mitternacht.

»Die Wirtin«, entgegnete Robbser, »hat uns erzählt, dass er seit dem Tod seiner Frau total aus 'm Tritt ist, und jetzt kommt noch die Hitze dazu, deswegen ist es nicht ungewöhnlich, dass er manchmal erst sehr spät auftaucht. Er trinkt auch nicht viel, 'n Bier und 'n Korn.«

»Okay, angenommen er taucht hier noch auf, glaubt ihr wirklich, er wird Vadder verpfeifen? Ich mein, vorausgesetzt, dass er überhaupt was damit zu tun hat.«

»Egal. Wir können ihn beschatten. Dann finden wir erst raus, wo er wohnt, und später, wo er seine Laube hat. Abgesehen davon, falls er ihm nicht geholfen hat, besteht die Chance, dass er uns anders weiterhelfen kann.«

Es war spät, ich war müde. »Okay«, sagte ich. »Noch mal von vorn. Da passiert also diese dumme Geschichte mit dem Kühlschrank. Außerdem merkt Vadder, dass seine Frau ihn aufs Trockene gesetzt hat. Er rastet aus, während er nach Alkohol sucht, und stellt die Wohnung auf den Kopf. Vielleicht ist ihm schon am Anfang was Besonderes kaputtgegangen, zum Beispiel eine von Mudders Porzellanfiguren. Er stellt sich vor, wie sie ihm die Hölle heiß macht. Wär eigentlich nichts wirklich Neues gewesen, hat er früher alles schon erlebt. Aber diesmal sieht er es vor dem Hintergrund der Auseinandersetzung am Vortag. Für sich genommen wahrscheinlich auch nichts Neues nach vierzig Jahren. Doch diesmal kapiert er wirklich, dass seine Ehe am Ende ist und dass er so nicht weitermachen will. Da beschließt er, richtig abzuhauen, vielleicht auch in der Absicht, seiner Frau einen Denkzettel zu verpassen, und stellt, vielleicht auf der Suche nach Bargeld, die Wohnung noch mehr auf den Kopf. Die Bankkarte hatten ja Mutter und ich zum Einkaufen dabei. Er findet das Haushaltsgeld, das Mutter schon seit jeher vor ihm zu verstecken versucht, und etwas Bargeld in meinem Zimmer. Er kommt auf die Idee mit dem Zettel, lacht sich eins, halb besoffen, wie er noch ist. Vielleicht hatte er sogar den wirren Plan, eine Entführung vorzutäuschen, den er dann wieder vergessen hat. Er geht runter, setzt sich auf sein Mofa und fährt zu diesem Herm, vielleicht sofort, vielleicht irgendwann im Laufe des Tages, während wir rumsitzen und über diesen blöden CDU-Heini nachdenken.«

Meine Brüder sahen mich mit konzentrierten Mienen an und nickten, ja, so könne es gewesen sein. Wir warteten noch eine Stunde, betrachteten den Vormittag seines Verschwindens von allen Seiten, ohne auf neue Ideen zu kommen, und nippten ewig an einem weiteren abgestandenen Radler. Hessen-Herm ließ sich nicht blicken. Nachdem die Wirtin mit runtergezogenen Mundwinkeln und hochgezogenen Schultern Entwarnung gegeben hatte, jetzt würde er bestimmt nicht mehr kommen und sie gleich zumachen, bestellten wir als Absacker noch ein großes Bier. Dann fuhren wir in drei verschiedene Richtungen nach Hause. Wir hatten beschlossen, am nächsten Tag weiterzusuchen. Robbser hatte mir die weniger spannenden Kneipen zum Abklappern zugeteilt. Er und Jupp wollten sich auf das *Fegefeuer*, die *Schmalztolle* und das *Boxenluder* konzentrieren.

Es gab schlimmere Jobs, als in Kneipen zu sitzen.

ELF

Bungalow

Ich schlief bis zehn, frühstückte und las Zeitung bis elf, ging unter die Dusche, hörte etwas Musik und brach kurz nach Mittag auf, ohne Mutter gesehen zu haben. Ihre Abwesenheit hatte etwas Beunruhigendes. Es war ein heißer Tag, und die Sonne schien ungewöhnlich grell. Mir war klargeworden, dass ich den Bruch für Julia ohne meine Brüder durchziehen würde. Sie hatten im Moment andere Sorgen, und Robbser schien die Vorstellung, dass es eine neue Frau in meinem Leben geben könnte, überhaupt nicht zu gefallen. Außerdem war es, wie mir immer mehr bewusst wurde, auch eine Frage der Ehre. Ich musste endlich erwachsen werden. Oder wieder erwachsen werden. Diese Familie hatte mich schon wieder zu lange in ihren Krallen. Nach Vadders Verschwinden war es mir anfangs ganz natürlich und selbstverständlich vorgekommen, nach ihm zu suchen, dann hatte ich mir des Öfteren gedacht, er solle doch bleiben, wo der Pfeffer wächst, doch jetzt wünschte ich ihn nur noch zurück, damit dieser ganze Irrsinn ein Ende hatte und wir wieder in unseren geregelten Alltag zurückfanden. Ich brauchte mehr Zeit für mich selbst und für Julia.

Gegen ein Uhr hielt ich vor ihrem Haus. Die Sonne brannte so erbarmungslos vom Himmel, dass ich meinte, spüren zu können, wie einzelne Strahlen meine Hautschichten durchstießen und ihr zerstörerisches Werk begannen. Das Atmen in der widerspenstig zähen Luft fiel mir schwer, nicht zuletzt wegen meiner Vorfreude auf Julia. Sie trug wieder ein unauffälliges Sommerkleid, die perfekte Mimikry in dieser vorstädtischen Eigenheimsiedlung. Als depressives Gruftie-Girlie konnte ich sie mir schwer vorstellen. Ich huschte in den kühlen Flur, und wir küssten uns. Oma Jacobi und Max hielten Mittagsschlaf, so dass wir uns ungestört vergnügen konnten. Danach stiegen wir gemeinsam unter die Dusche und begannen mit der Planung unseres Vorhabens. Ich war schon morgens zwischen sieben und neun Uhr mehrmals an ihrem Elternhaus gewesen, und nichts und niemand hatte sich gerührt. Die Rollläden waren teils ganz, teils nur zur Hälfte heruntergelassen, wohl um etwas Licht für Pflanzen hineinzulassen. Ich wollte aber ohnehin mit dem Multipick zur Haustür rein. Am Vormittag hatte Julia ihre Anrufe erledigt. Dem Anrufbeantworter nach zu urteilen, wohnte die Familie noch in dem Haus. Julia war auch nicht zu irgendeiner Handynummer durchgestellt worden, was ein sicheres Zeichen dafür war, das sich ihre Eltern im Urlaub befanden. In der Firma hatte sie sich als Nichte ausgegeben, die zufällig in der Stadt war, und enttäuscht getan, als sie erfuhr, dass der Onkel im Urlaub war und dort noch einige Tage bleiben würde. Ein solcher Anruf im Büro war unproblematisch, wie mir Julia versicherte, da die Sekretärin wusste, wie schwer ihr Vater während seiner Auszeit per Handy zu erreichen war. Wir hatten also freie Bahn und beschlossen, die Sache gleich in der kommenden Nacht durchzuziehen. Wir einigten uns auf halb drei, dann hatten wir eine gute Stunde, bevor die Dämmerung einsetzte. Der kleine Max wachte nachts meistens gegen halb eins auf und schlief danach durch, so dass Julia es verantworten konnte, ihn für diese Zeit allein zu lassen. Im Notfall wäre immer noch Oma Jacobi da.

Ich erklärte Julia, was ich vorhatte, nämlich direkt vor dem

Haus zu halten und zum Haupteingang reinzugehen, so dass es für einen Nachbarn, der vielleicht gerade schlaflos aus dem Fenster schaute oder erst spät nach Hause kam, ganz unauffällig aussehen würde. Als Julia erfuhr, dass ich auf die Hilfe meiner Brüder verzichten wollte, wirkte sie irritiert. Sie traute es uns allein nicht zu, aber ich versicherte ihr entgegen meiner eigenen Überzeugung, dass es keinen Unterschied machte, ich sei inzwischen sehr sicher im Türöffnen. Sie redete noch eine Weile auf mich ein, aber ich konnte sie überzeugen, dass es zurzeit einfach nicht mit meinen Brüdern in Frage kam, sie solle mir lieber mehr über das Haus erzählen. Julia wusste, dass der Bungalow von Anfang an eine Alarmanlage besessen hatte, konnte sich aber nicht daran erinnern, dass diese je eingeschaltet gewesen war oder dass es mal einen Fehlalarm gegeben hätte. Es musste eine dieser alten Anlagen sein, die man an der Verdrahtung in den Fenstern leicht von außen erkennen konnte, und ich hielt es für sehr wahrscheinlich, dass sie nicht mehr im Einsatz war. Andererseits waren in den letzten Jahren neue und günstige Alarmsysteme auf den Markt gekommen, die mit Bewegungsmeldern und Infrarot-Lichtschranken arbeiteten, schnell installiert und von außen nicht zu erkennen waren. Insofern blieb ein gewisses Risiko. Gemeinsam mit Jupp hatte ich erst kürzlich Bilanz gezogen und herausgefunden, dass wir etwa jedes zwanzigste Objekt aufgeben mussten, weil Alarm ausgelöst wurde. Bisher waren es zum Glück nur abschreckende Systeme gewesen, die vor Ort einen Höllenlärm machten, und wir hatten unentdeckt davonkommen können. Gefährlicher waren stille Fernalarmsysteme, bei denen die Polizei oder ein Sicherheitsdienst benachrichtigt wurde, ohne dass man es merkte. Diese fanden vor allem bei größeren und öffentlichen Objekten Verwendung, die wir dementsprechend mieden.

Julia hätte mich gern zum Kaffee dabehalten, aber ich verschwand mit dem Hinweis auf meine Brüder, noch bevor der kleine Max aus seinem Mittagschlaf aufgewacht war. Nessi hatte mich am Vormittag angerufen und gefragt, ob ich sie besuchen könne, wenn sie zwischen Frisiersalon und Kneipe eine Pause einlegte. Als ich die Treppe zu ihrer Wohnung hinaufkam, posierte sie, in ein kurzes Handtuch gewickelt und mit einem Frotteeturban auf dem Kopf, im Türrahmen. Ich hatte zwar ein schlechtes Gewissen und war nervöser als sonst, freute mich aber, auch zu meinem eigenen Erstaunen, sie zu sehen, und hatte keine Probleme, sie leidenschaftlich an mich zu ziehen. Sie schmollte ein wenig, ich würde sie vernachlässigen, doch es war nicht ernsthaft, sie wusste ja, dass sie diejenige war, die im Moment zu viel arbeitete. Um acht musste sie wieder in den Biergarten. Sie erzählte mir ein paar Anekdoten aus den letzten Tagen, während ich ihre Füße massierte, und ich berichtete ihr von den neuesten Erkenntnissen im Fall unseres verschwundenen Vaters. Danach stiegen wir ins Bett. Es war anstrengend und fühlte sich etwas mechanisch für mich an, aber sie schien zufrieden. Als wir uns gegen halb acht trennten und jeder in sein Auto stieg, war ich verunsichert. Ich blieb sitzen und winkte ihr nach, während sie routiniert ausparkte und davonfuhr. Nessi war so liebesbedürftig und anschmiegsam gewesen, dass ich mir noch weniger als je zuvor vorstellen konnte, mit ihr Schluss zu machen. Gleichzeitig war durch den geplanten Einbruch ein Schatten auf meine Beziehung zu Julia gefallen. Ich verspürte eine wachsende Abneigung gegen sie, weil sie mich in solch eine Situation brachte. Zwar hatte ich inzwischen eine gewisse Routine in meinem Job entwickelt, aber durch die besonderen Umstände war mein Lampenfieber diesmal besonders groß. Warum sagte ich ihr nicht einfach, dass ich mich der Sache nicht gewachsen fühlte, dass ich ein ungutes Gefühl dabei hatte? Was wollte ich ihr beweisen? Hatte ich so viel Angst, sie zu verlieren, falls ich kniff?

Ein anderes Problem, das mir am Nachmittag bewusst geworden war, stellte Max dar. Ich mochte ihn, er war wirklich ein süßes Kerlchen. Aber dass wir von Anfang an ein Kind haben würden und dass ich zwanzig Jahre lang das Kind eines anderen großziehen sollte, empfand ich als Belastung, von der Zeitbombe, die Oma Jacobi darstellte, mal ganz abgesehen. Ich liebte Julia mehr als Nessi, das spürte ich, wenn ich sie küsste, wenn ich den Duft ihrer Haut einatmete, sie im Arm hielt, mit ihr schlief und sprach, aber ich mochte auch Nessi und sah ganz deutlich, dass das Leben mit ihr in vielerlei Hinsicht einfacher sein würde. So saß ich eine ganze Weile bei offenen Fenstern in meinem Wagen, bis ich zu schwitzen anfing. Nessi wollte bestimmt auch bald ein Kind haben, und das konnte ich mir nun gar nicht vorstellen. Unsere Gene passten nicht zusammen, das sagte mir der Urinstinkt meines zentralen Nervensystems. Mein Hypothalamus rebellierte, meine biochemischen Rezeptoren bockten. Und zugleich dachte ich, dass dem Lockruf der Gene zu folgen vielleicht genau die Falle war. Dieser Logik nach wäre also Nessi die Richtige, weil sie die Falsche war. Außerdem verdiente sie ihr eigenes Geld, hatte zu tun und hing mir nicht auf der Pelle, während Julia wahrscheinlich bald auf Hartz IV gehen musste, was bestimmt einiges an Schnüffelei mit sich bringen würde. Mir kam auch der Gedanke, dass Julia vielleicht etwas zu weich und mütterlich für mich war, während Nessi zumindest gelegentlich das sexy Luder rausließ. Aber nein, das war es nicht, damit tat ich Julia unrecht. Sie war schon ein scharfer Hase. Vielleicht schreckte mich eher die gepflegte Bürgerlichkeit ab, die sie selbst in Jogginghose und Glitzertop noch ausstrahlte und die auch ihre Phasen als Gruftie und Obdachlose nicht hatten auslöschen können. Dann sagte ich mir, dass Julia immerhin bereits wusste, dass ich ein Krimineller war und sie sich gut in die Familie einfügen würde. Doch das konnte ich mir bei Nessi genauso gut vorstellen, vor allem, wenn ihr großes Vorbild Chantal sie einweihte.

Irgendwann wurde mir klar, dass ich nicht in der Lage war, eine Entscheidung zu treffen, auch nicht dahingehend, Julia den Einbruch auszureden, und ich tat, was ich meistens in meinem Leben getan hatte – ich ließ mich treiben.

Zu Hause traf ich Mutter, die sich mit ihrer Freundin Martha zum Ausgehen fertig machte. Martha, eine standhafte Eierlikörtrinkerin mit fast weißem Haar, begrüßte mich begeistert und sagte, ich sei groß geworden. Mutter hatte sich tagsüber geschont, wie sie mir versicherte, damit sie heute Abend fit für die Tanzdiele war. Einen Freitagabend dürfe man nicht vor dem Fernseher verschwenden. Genau das hatte ich vor, zumindest die nächsten zwei Stunden lang. Zum ersten Mal kam mir die Idee, dass Mudder mit ihrem manischen Ausgehen versuchte, einen Mann für eine Affäre zu finden, solange Vadder verschwunden blieb. Vielleicht suchte sie sogar einen richtigen Nachfolger, mit dem sie die letzten zwanzig Jahre ihres Lebens verbringen und etwas von dem nachholen konnte, was sie bisher versäumt hatte. Ich fragte sie, wie die Fahrstunde gewesen sei, und sie sagte, ohne ins Detail zu gehen, nicht so gut; sie überlege, das vielleicht doch sein zu lassen, hier im Kiez bräuchte man ja eigentlich kein Auto. Ich sagte, dass sie schlecht aussehe, sie habe schon dicke Ringe unter den Augen und brauche offensichtlich mehr Schlaf. Doch davon wollte sie nichts hören. Sie tätschelte ihre ergraute Dauerwelle und blitzte mich ungehalten mit ihren kleinen dunklen Augen an. Während ich mir in der Küche ein Glas Wasser einschenkte, hörte ich, wie sie mit Martha darüber sprach, sich das Haar färben zu lassen, am besten gleich morgen Vormittag. Martha fand die Idee super und wollte sich anschließen.

Nachdem die beiden in einer Wolke aus *Kölnisch Wasser* und *Opium* verschwunden waren, trank ich ein Bier, um etwas lockerer zu werden, und sah mir zum x-ten Mal die *Royal Tenenbaums* an. Ich mochte den Film, weil darin auch alle Verlierer waren. Gegen zehn rief Robbser an, um mir einen Zwischenbericht zu geben und zu überprüfen, ob ich meine Arbeit machte. Sie hatten nichts Neues herausbekommen, Hessen-Herm blieb unauffindbar, sie würden aber am Ball bleiben. Ich versicherte ihm, mich gleich auf den Weg zu machen, ich hätte schließlich dasselbe Interesse wie sie – den Alten zu finden.

Gegen zwölf hatte ich meine Tour beendet. Es war langweilig gewesen. Ich hatte nur Wasser und Cola getrunken und mir die Zeit mit Flippern, Billard und Glücksspielautomaten vertrieben. So war es leicht, mit den Leuten ins Gespräch zu kommen. Ein paar Typen versicherten mir, mein Alter sei ein netter Kerl, vielleicht etwas geizig und mundfaul, aber schon in Ordnung. Interessantes erfuhr ich nicht. Jeder Wirt hatte inzwischen unsere Telefonnummern, und ich bezweifelte den Sinn unserer Touren. Alle wussten, dass Karlheinz Bürger verschwunden war und von seinen Jungs gesucht wurde.

Robbser rief an, ob wir uns wieder im *Fegefeuer* treffen wollten, aber ich sagte ihm, ich führe lieber nach Hause, um ins Bett zu gehen, er solle mich heute möglichst nicht mehr anrufen.

Gegen zwei klingelte mein Wecker. Ich hatte höchstens eine halbe Stunde geschlafen und war nassgeschwitzt, obwohl ich das Fenster offen gelassen hatte. Mechanisch zog ich mich an. Alles in Schwarz. Leicht und luftig, dazu Turnschuhe. Ich war aufgeregter als bei meinem ersten Bruch. Ich schob mir ein Espresso-Bonbon in den Mund und stand eine halbe Stunde später vor Julias Haus. Ich sah, wie sich eine Gardine bewegte, und kurz darauf kam sie heraus. Sie trug eine enge dunkle Trainingshose, die Oma Jacobi wahrscheinlich in den Sechzigern zum Wandern getragen hatte, lila Doc Martens und einen langärmeligen, schwarzen Pulli. Ihr Haar war hochgesteckt, und in der Hand hielt sie einen Rucksack und einen Reithelm.

»Na, du Kreatur der Nacht«, sagte ich, als sie einstieg. »Was hast du denn da für ausgesuchtes Equipment?«

»Hallo, Dracula«, flüsterte sie. »Chic, nicht? Echt vintage die Hose. Und den Helm hab ich in einem Schrank gefunden. Damit bin ich bereit für alles.« Wir küssten uns.

Ich sagte: »Ja, ich seh schon, du wirst Catwoman Konkurrenz machen.«

Sie lächelte. »Hoffentlich kommt mehr dabei rum als 'ne Goldene Himbeere.«

Ich räusperte mich. »Ich dachte dabei nicht an diesen Film. Halle Berry war nie Catwoman.«

»Doch«, sagte sie, leicht verunsichert, die Hände auf dem Helm in ihrem Schoß.

»Nein. Sie war ebenso wenig Catwoman wie Roland Emmerich einen Godzilla-Film gedreht hat.«

»Okay … Ich merk schon, du bist ein Mann mit Überzeugungen und einem gewissen Mitteilungsbedürfnis.« Sie sah auf ihre Armbanduhr. »Aber fass dich kurz.«

»Du willst es hören?«

»Ja, los. Wir begehen gleich gemeinsam eine Straftat – wir sollten die Karten auf den Tisch legen.«

»Also, für den Film mit Halle Berry wurden der Privatname, die gesamte Hintergrundgeschichte und die Fähigkeiten von Catwoman radikal geändert. Und das bei einer Superheldin, die so alt ist wie Batman selbst und zu den interessantesten Charakteren im DC-Universum überhaupt gehört. Glaubst du, eine solche Verunstaltung hätte sich irgendjemand bei Batman getraut? Nein, aber Catwoman ist ja nur eine Frau.«

Sie lachte. »Hey, du bist Feminist!«

»Ja, aber lass mich das kurz weiter ausführen, damit du weißt, wer Catwoman ist. Catwoman heißt eigentlich Selina Kyle, hat auf der Straße gelebt, war arm und eine Prostituierte. Sie hat keinerlei Superkräfte, ist einfach nur eine sehr gute Kämpferin, kann klettern, kommt überall rein, ist listig. Sie wird zu einer leidenschaftlichen Diebin und Einbrecherin, kommt immer wieder Batman in die Quere, liefert sich doppeldeutige Wortduelle mit ihm und wird dann auch immer wieder zur Heldin, die Gutes tut. Das ist Catwoman, nicht so eine Tante in einem Kosmetikkonzern. Auch Tim Burton hat sich für meinen Geschmack etwas viele Freiheiten mit ihr herausgenommen, aber zumindest sah Michelle Pfeiffers Kostüm besser aus.«

Sie schaute mich belustigt an. »Das war's?«

»Ja … meinem Ärger über einen Godzilla-Film, in dem Franzosen anstelle von Japanern mitspielen, mache ich ein andermal Luft.«

Sie gab mir schmunzelnd einen Kuss, und ich fuhr etwas unsicher an, was ihr nicht entging.

»Aufgeregt, Batman?«

»Ja … immer … Das gehört dazu. Der Adrenalinkick garantiert, dass du hundertpro drauf bist und alles gibst.«

»Schön, ich fühl mich auch total gaga, wie auf zehn Zentimeter hohen Absätzen oder unter Wasser oder beides.«

»Beruhigend.«

Wir erreichten den Mariendorfer Damm und beobachteten eine Weile schweigend das Spiel der Laternenlichter auf der Windschutzscheibe und den Armaturen. Außer uns war kaum jemand unterwegs.

»Danke, dass du mir eben zugehört hast.«

»Schon in Ordnung. War jedenfalls interessanter als die Bundesliga-Tabelle.«

Auf meine Bitte hin schilderte sie mir noch einmal die Aufteilung der Räume in ihrem Elternhaus. Es beschäftigte uns, gab mir ein gutes Gefühl und konnte nicht schaden. Außerdem ließ ich sie Verhaltensregeln wiederholen, auf die wir uns geeinigt hatten: langsam und ruhig vorgehen, mir den Vortritt lassen, bis ich anders entschied, auf den anderen achten, umsichtig sein, flüstern, und mit der Lampe alle Ecken sorgfältig checken. An einer Ampel, nicht weit vom Ziel entfernt, zogen wir unsere Handschuhe an. Außerdem gab ich ihr den Ersatzschlüssel für mein Auto, falls es bei unserer Abfahrt Probleme gab und es besonders schnell gehen musste. Hier in den Außenbezirken der Stadt waren die Hauptstraßen wenig befahren, und in den Wohnstraßen wurde es noch ruhiger. Ich hatte keine Probleme mit dem Parkplatz. Alles sah gut aus, als wir hielten.

Die umliegenden Häuser standen gleichgültig und dunkel da. Leise fielen die Autotüren zu, blinkten die Lampen auf. Ein gnädiger Wind wehte. Ich bewegte mich wie in Trance und wagte nicht, Julia anzuschauen. Das Herz schlug mir bis zum Hals, und meine Hände zitterten. Ich führte jede Handlung etwas langsamer aus als sonst, um keinen Fehler zu machen oder über meine eigenen Füße zu stolpern. Die erste Hürde war das Gartentor. An der Klingel stand der Name Speder. Wäre ich souverän gewesen, hätte ich Julia kurz angegrinst, nach dem Motto, ihren richtigen Nachnamen wüsste ich jetzt schon mal, aber nichts dergleichen, ich musste mich konzentrieren. Zittrig holte ich den Elektropick und den Haken aus meiner Bauchtasche. Der Mond und die Straßenlaternen – alles war viel zu hell. Ich fühlte mich wie damals auf der Schulbühne bei unserer Abschlussfeier, als ich in meiner Nebenrolle laut »Fuck« gesagt hatte, weil mir der Text plötzlich entfallen war. Meine Mitschüler hatten versucht, zu improvisieren und mir neue Einsätze zu geben, doch ich hatte nur dagestanden, eine Ewigkeit lang, bis es irgendwann wieder Klick gemacht hatte. Diesmal sagte ich leise, um mich abzulenken und zu beruhigen, zu mir selbst »superkalifragilistischexpialigetisch«. Das war mein Sesam-öffne-dich. Das Gartentor ging so schnell auf, dass es mich selbst überraschte. Die Automatismen funktionierten also, halleluja. Ich marschierte los und überließ es Julia, das Tor zu schließen. Ich sehnte mich nach dem Schutz des Vordachs. Im Eingangsbereich würde ich in Ruhe arbeiten können. Doch kaum war ich dort, gingen mehrere Außenlichter an. Wie erstarrt blieb ich stehen, bis Julia mich weiterzerrte und flüsterte: »Kein Grund zur Panik. Alles normal.«

Es gab zwei Schlösser. Ich nahm mir das Sicherheitsschloss zuerst vor. Der Pick summte, und ich fummelte, spannte, aber der Haken wollte sich nicht bewegen lassen. Schweiß lief mir in die Augen. Ich fragte Julia, ob sie ein Taschentuch dabeihätte und sah auf die Uhr. Es war genau drei. Sie wollte wissen, ob ich es schaffen würde. Ich nickte und setzte eine Nadel mit einem anderen Ende ein. Während ich noch mal von vorn anfing, tupfte sie mir die Stirn. Jetzt ging es besser. Eine Umdrehung, noch eine und auf. Julia strahlte mich an und reckte den Daumen nach oben. Nächstes Schloss. Diesmal ging es noch schwerer. Schweiß lief mir den Rücken hinunter. Julia fragte mehrmals, was los sei, ob es ein Problem gäbe, als wenn das nicht offensichtlich war. In der frischen Nachtluft glaubte ich, riechen zu können, wie sich unser beider Angstschweiß mit dem Duft der Blüten vermischte. Ich wurde immer nervöser. Ganz ruhig bleiben, sagte ich mir. Keinen Druck aufbauen. Das kann jedem mal passieren. Ich probierte drei verschiedene Nadeln aus. Ohne Erfolg. Irgendwann dämmerte mir, dass das hier einer von den Fällen sein musste, von denen mir Robbser mal erzählt hatte: Das Hauptschloss war das eigentliche Sicherheitsschloss, ohne dass der Hausherr sich dessen bewusst war. Oder sie hatten das Ding neu einbauen lassen, nachdem Julia verschwunden war. Vielleicht war sie ein schlimmeres Mädchen, als sie mir weismachen wollte. Eine dritte Möglichkeit war noch, dass das Schloss in irgendeiner Weise beschädigt worden war und auch beim Aufschließen mit dem Schlüssel klemmte. Wie auch immer, ich würde es nie erfahren. Ich packte meine Sachen ein, wischte mir den Schweiß aus den Augen und wendete mich Julia zu. Sie sah mich fragend und unwirsch an. Ihre hübschen geraden Augenbrauen berührten sich fast.

Ich murmelte: »Du willst unbedingt da rein, ja?«

»Ich muss.«

»Gut«, zischte ich. »Im Zweifelsfall hilft nur Gewalt.« Ich gab ihr ein Zeichen, mir zu folgen. Wahrscheinlich wäre es besser gewesen, sie voranzuschicken, zumal sie sich hier auskannte, aber ich fühlte mich verpflichtet, die Führung zu übernehmen.

Einmal stolperte ich über die Wurzel eines Rhododendrons, konnte mich aber noch fangen, ein andermal wäre ich fast in einen Kellerschacht gefallen, über dem das Gitter fehlte.

»Das ist ja gemeingefährlich!«, fluchte ich und merkte mir die Stelle, falls wir keinen besseren Zugang fanden.

»Um Gottes willen, was hast du vor?«, rief Julia viel zu laut. Ich presste den Zeigefinger auf meine Lippen und erklärte es in ein paar hastig hingeflüsterten Worten. Der Garten lag in gnädigem Dunkel vor uns. Wir hockten uns neben der großen Terrasse in den Schatten eines Busches, wo es nach Erde und Gras duftete. Alle Rollläden des Hauses bis auf einen waren heruntergelassen. Das Auge des Zyklopen. Ich zeigte darauf, und Julia flüsterte, das sei das Fenster des Badezimmers. Es war mit Drahtnetz verstärktes Sicherheitsglas, außerdem trübe, damit man Julias Eltern nicht bei der Erledigung ihrer kleinen und großen Geschäfte beobachten konnte. Und mir versperrte es die Sicht auf die Alarmanlage.

»Willst du oder willst du nicht?«, fragte ich Julia.

»Ich will. Wie oft willst du mich das noch fragen?«

»Gut … Gut, dass ich die alte Einbrecherregel befolgt habe und nicht ohne meinen Kuhfuss aus dem Haus gegangen bin.«

Ich stand auf und überlegte, ob ich den Rahmen aufstemmen oder das Glas zertrümmern sollte. Ich genoss ein letztes Mal die unschuldige Stille der Nacht, schwang das Ding wie eine Keule und drosch dann in Höhe des Griffes mehrmals kurz hintereinander auf die Scheibe ein. Es kam mir so laut vor, als sei ein Jumbo Jet abgestürzt. Jetzt hieß es, sehr schnell arbeiten, falls ein Rentner von dem Lärm aufgewacht war. Dort, wo ich den Kuhfuss ansetzen, das restliche Glas und das Gitter herausreißen konnte, bildete sich eine kleine Öffnung. Ich schob meine Hand hinein und ertastete einen Griff – zum Glück ohne Schloss. Nicht, dass ein solches mich aufgehalten hätte, aber so ging es doch wesentlich einfacher und schneller. Als ich das Fenster aufstieß, hörte ich diversen Badezimmerkrempel zu Boden fallen. Wahrscheinlich Muscheln und Korallen, die an den Stränden und Riffen dieser Welt schmerzlich vermisst wurden.

»Bitte schön«, sagte ich und bot Julia die Räuberleiter an, aber sie gab nur einen verächtlichen Ton von sich und schwang sich anmutig und leicht wie eine Katze auf den Sims. Ein Catwoman-Kompliment lag mir auf der Zunge, aber mein Mund war zu trocken zum Sprechen. Ich krabbelte hinterher, schloss das Fenster und überprüfte den Rahmen und die Scheibe. Kein Metallband, keine Kontakte, keine Kabel. Wahrscheinlich war das Bad renoviert und dabei die alte Alarmanlage beseitigt worden. Aus dem Badezimmer gelangten wir in einen Flur mit einer Kommode, auf der eine abstrakte Plastik stand, an der ich nur Busen und Hintern erkennen konnte. Julia nahm kurz ihre Reitkappe ab, weil sie schwitzte, und fuhr sich über Stirn und Haar. Ich packte mein Werkzeug ein. Dann suchte ich mit der Taschenlampe an Decken und Fußleisten nach den kleinen Plastikinstallationen, die auf Lichtschranken und Bewegungsmelder hindeuteten. Negativ. Ich bedeutete Julia mit einem Wink, die Führung zu übernehmen. Wie in einem dieser mit Handkamera gedrehten Horrorfilme tauchte sie vor mir ins Dunkel. Im Schein der Taschenlampe hatte jede Wohnung etwas von einer geheimnisvollen Höhle. Mit langsam schwenkenden Bewegungen versuchte ich, alles auszuleuchten. Wir kamen in ein riesiges Wohnzimmer, an das sich ein Küchenbereich mit Essecke anschloss. Auf der Theke stand eine leere Flasche Mineralwasser. Julia zeigte darauf und flüsterte, das sei eigentlich nicht die Art ihrer Mutter. Diese Bemerkung hätte ich ernst nehmen und einen genauen Blick auf die Küche werfen sollen, aber ich hatte es eilig. Die vorherrschende Farbe der Einrichtung war weiß, an den Wänden hing Kunst. Ich fragte mich, wie es Julia damit ging, nach fünf Jahren wieder im Elternhaus zu sein. Mir selbst ging es nicht gut. Nach all den Monaten im Job gruselte ich mich noch immer in dunklen, fremden Häusern. Die Anwesenheit meiner Brüder wirkte beruhigend auf mich, ich wusste, dass sie mich irgendwie raushauen würden. Heute dagegen war ich derjenige, der im Zweifelsfall Julia raushauen sollte, und das gefiel mir nicht. Wir kamen ins Gästezimmer, in dem Julias Oma bis kurz vor ihrem Tod gelebt hatte. Im Kleinkindalter war es erst das Zimmer von Julias Bruder und dann das von Julia gewesen. Mit Eintritt ins Schulalter waren sie beide in größere Zimmer im Keller umgezogen. Der Raum war etwa zwölf Quadratmeter groß und mit antik aussehenden Möbeln vollgestopft. Vom Stil her standen diese Möbel in deutlichem Gegensatz zur übrigen Einrichtung des Hauses. Prunkstück war ein Sekretär, der unzählige kleine Fächer und Schubladen besaß. Ich konnte mir gut vorstellen, wie die kleine Julia ihre Oma genervt hatte, weil sie immer überall hineinschauen wollte.

»Kannst du mal nachsehen?«, bat sie mich, während sie selbst auf einem Stuhl Platz nahm. Ich konnte ihre Augen nicht erkennen. Unsere Taschenlampen rissen immer nur Ausschnitte aus der Dunkelheit, und wir vermieden es, uns in die Gesichter zu leuchten, aber der Stimme nach standen ihr die Tränen in den Augen. Ich spürte eine seltsame Erleichterung. Ein Teil von mir hatte bis jetzt erwartet, betrogen und für einen obskuren Plan missbraucht zu werden. Ich durchkämmte die großen und kleinen Schubladen des Sekretärs und auch des Nachttischs. Es gab Schreibutensilien, alte Briefe, Fotoalben, Brillen, eine Lupe, Kinderzeichnungen, die vielleicht von Julia stammten, und allerlei Tand, aber ein Sparbuch konnte ich nicht finden. Mir wurde schmerzlich bewusst, wie unangemessen unser Tun war. Julia sollte im Licht des Tages hier sitzen und in aller Ruhe die Andenken ihrer Oma durchgehen. Ich leuchtete mich selbst an, damit sie mich sehen konnte, schaute fragend zu ihr hinüber und zuckte mit den Schultern. Sie erhob sich langsam und ging zu einem Schminktisch, dessen Spiegel einen feinen Riss aufwies. Sie öffnete eine Schatulle, die dort stand und zeigte mir kurz darauf einen Ring, den sie schnell in die kleine Tasche ihrer Trainingshose gleiten ließ.

»Erster Streich«, sagte sie schwach und steckte nach kurzer Überlegung die ganze Schatulle ein. Sie warf noch einen Blick in den Kleiderschrank, fand aber nichts von Bedeutung.

»Wo ist nur die Puppe?«

»Was ist mit den Fotoalben?«, fragte ich.

»Ja … nimm ein paar mit.«

Als Nächstes kam das Schlafzimmer ihrer Eltern. Die Betten waren sorgfältig gemacht. Julia ging zielstrebig zu einem Schränkchen, aus dem sie einen Aktenkoffer nahm. Obwohl er ein Kombinationsschloss hatte, konnte sie ihn leicht öffnen.

»Hier ist nur Kleinkram drin«, sagte sie. »Versicherungsunterlagen, Quittungen und hoffentlich das, was ich suche. Wertvollere Dinge schließen meine Eltern in den anderen Schrank da, und einiges haben sie auch in einem Safe auf der Bank.«

Doch sie wurde nicht fündig. Ich fragte, ob ich den anderen Schrank aufmachen sollte, ich hätte alles dabei, sogar einen Akku-Bohrer. Sie nickte. Ich hatte das kleine Schloss schnell geknackt, aber auch dort fand sich nicht, was sie suchte.

»Scheiß auf das Sparbuch«, sagte sie. »Sie haben das Geld

wahrscheinlich auf das Konto gepackt, mit dem sie mich kaufen wollen. Nur dass ich mich nicht kaufen lasse. Schauen wir in meinem Zimmer nach.«

Eine großzügige Steintreppe mit dunklen Stufenschonern führte ins Kellergeschoss. Aus Julias Berichten wusste ich, dass es hier neben den Kinderzimmern ein zweites Bad gab, eine Sauna, einen Vorratsraum, den Heizungskeller und eine große Abstellkammer. Es roch nicht unangenehm, sie schienen eine Gasheizung zu haben. Allerdings lag ein seltsamer Geruch in der Luft, der mich an etwas erinnerte. Wie sich später herausstellte, war das der zweite Warnhinweis, den ich missachtete.

Julia ging zielstrebig zu ihrem Zimmer. »Ich fass es nicht«, hörte ich sie murmeln, nachdem sie die Tür geöffnet hatte. Neugierig schaute ich über ihre Schulter. Es war offensichtlich noch in dem Zustand, in dem sie es verlassen hatte. Bettzeug in dunklem Lila, schwarze Vorhänge, Poster von Gothic-Bands an den Wänden. Das Einzige, was nicht so ganz hineinpasste, in gewisser Weise aber eigentlich doch, war die alte, in ein Spitzenkleid gehüllte Porzellanpuppe, die auf dem Bett saß.

Julia setzte sich und nahm sie in den Arm.

Ich sagte mit rauer Stimme: »Ob deine Mutter die dort hingesetzt hat oder noch deine Oma?«

»Vielleicht auch mein Vater. Selbst er wusste, dass ich sie mochte. Aber wo ist der Teddy?« Sie nahm ihren Reithelm ab, legte ihn auf den Schreibtisch und fuhr sich mit dem Handrücken über die Stirn. Ohne zu fragen, begann ich, die Regale zu durchstöbern, Schubladen und Schränke zu öffnen. Bücher und Kinderspiele, Schallplatten und CDs, Kleidungsstücke. Kein alter Teddy, kein Sparbuch. Ein knappes Dutzend Puppen und Kuscheltiere, die unten im Kleiderschrank verstaut waren, warf ich zu ihr aufs Bett. Sie suchte eine Puppe, einen Affen und einen Hasen aus und stopfte sie in ihren Rucksack.

»Was machen wir jetzt?«, fragte ich. »Abhauen? Oder hast du noch 'ne Idee?«

»Ich weiß nicht. Lass mal sehen, vielleicht find ich noch 'n paar Sachen, die ich damals nicht mochte und die mir jetzt gefallen.« Ich setzte mich aufs Bett, während sie mit dem Licht der Taschenlampe wie mit einem seltsamen Fühler in den Schränken herumtastete.

»Was ist mit dem Zimmer deines Bruders?«

»Keine Ahnung. Schau nach.«

Aber ich hatte keine Lust nachzuschauen. Mein Adrenalinspiegel war gesunken, und ich fühlte mich schwer und müde. Beim Verlassen des Hauses würde er wieder ansteigen, damit hatte ich es nicht eilig. Alles schien unter Kontrolle. Es war gemütlich hier auf Julias Teenagerbett. Ich war etwas eifersüchtig auf ihre ersten Freunde und musste an meine eigenen Erfahrungen in diversen Mädchenzimmern denken. Dies hier war zwar nicht die lustvollste, aber sicherlich die merkwürdigste Erfahrung von allen. Mit meiner Taschenlampe beleuchtete ich die Poster an den Wänden. Einige zeigten ernst dreinblickende und stark geschminkte junge Frauen in dunklen Gewändern mit tiefem Decolleté. Die meisten Bands kannte ich nicht, nur Marilyn Manson und die ebenso unvermeidlichen wie genialen Depeche Mode. Julia, bzw. die junge Frau, die sich so nannte, steckte noch ein paar Kleinigkeiten in ihren Rucksack, dann drehte sie sich zu mir um. Auf irgendeinem magischen Wege, vielleicht mit Hilfe der vielbeschworenen weiblichen Intuition, erriet sie meine Gedanken, wusste sie mein träges Rumhängen auf ihrem Bett zu deuten.

»Was ist? Willst du's hier etwa treiben?«, fragte sie im selben Moment, als ich meinte, im Flur etwas gehört zu haben. Sie nahm ihre Reitkappe vom Schreibtisch, setzte sie aber nicht auf.

»Um Gottes willen«, krächzte ich, aus meinen Gedanken aufgeschreckt.

»Heißt das ja oder nein?« Sie lächelte.

»Nein, verdammt«, zischte ich und legte den Finger auf die Lippen, aber alles ging schon viel zu schnell. Julia hatte meine Geste nicht bemerkt und trat in den Flur hinaus, um ins Zimmer ihres Bruders zu gehen. Ich hörte ein seltsam hohles und zugleich dumpfes Geräusch und dann den schweren Aufprall eines Körpers. Ich sprang zur Tür, leuchtete in den Flur und sah einen Typen in T-Shirt und Boxershorts, der eine Wasserflasche in der rechten Hand hielt und mit der linken seine Augen vor dem Lichtstrahl schützte. Dann leuchtete ich auf den Boden, wo Julia regungslos dalag. Ihre Lampe beschien den Teppich.

»Karo«, sagte der Kerl. »Was machst du denn hier?«

Ich fluchte und fluchte, ich weiß nicht mehr, was ich alles sagte. Oder was er sagte. Wir waren beide völlig neben der Spur. Ich muss gestehen, dass ich vor allem daran dachte, wie ich unerkannt abhauen konnte. Dass Julia, oder Karo, schwer verletzt sein könnte, kam mir bei ihrem Dickschädel nicht in den Sinn. Robbser hätte den Typ sofort angesprungen und mit seiner Taschenlampe auf ihn eingeschlagen, ich stand nur blöd da und stammelte. Irgendwann stellte der Typ, der anscheinend Julias Bruder war, seine fast leere, gläserne Flasche weg und beugte sich über sie. Mich schien er als ungefährlichen Deppen identifiziert zu haben. Er schwitzte Alkohol aus, das war der Geruch, den ich vorhin nicht hatte einordnen können. Ich schaltete das Flurlicht ein und kniete mich ebenfalls hin. Julia atmete schwach.

»Ich muss sie hier erwischt haben«, sagte er und zeigte auf eine geschwollene, sich allmählich verfärbende Stelle etwa drei Zentimeter über ihrem linken Auge. Es gab kein Blut, auch nicht aus Nase oder Ohren.

»Ich sollte einen Arzt rufen«, hauchte er. Doch wir standen beide unter Schock und scheuten uns, aus welchen Gründen auch immer, wirklich einen zu rufen. Jeder schien nur zu warten, dass Julia-Karo die Augen öffnete und alles wieder gut wäre.

»Was machst du überhaupt hier?«, fragte ich ihn mit einer Empörung in der Stimme, die mir später lächerlich vorkommen sollte, und er antwortete mit einer Selbstverständlichkeit, die darauf schließen ließ, dass er seine Erklärung schon öfters abgegeben hatte: »Meine Frau und ich haben uns getrennt. Ich bleib nur ein paar Tage, bis ich alles geregelt hab.«

Dann dämmerte ihm das Absurde der Situation, und er fragte, wer ich verdammt nochmal sei und was ich hier zu suchen hätte. Ich blieb ihm die Antwort schuldig und erinnerte ihn daran, dass er wirklich einen Arzt rufen sollte. Die schreckliche Angst, Julia zu verlieren, kroch mir allmählich in die Glieder und vertrieb die Schockstarre. Blut hin oder her, vielleicht hatte er ihr wirklich den Schädel zertrümmert. Das Geräusch der Wasserflasche, die mit Wucht auf ihren Schädel traf, erklang wieder und wieder in meinem Hirn. Langsam erhob sich Julia-Karos Bruder, machte das Licht in seinem Zimmer an und suchte nach seinem Handy. Seine Klamotten lagen wild auf dem Boden verstreut, dazwischen leere Bier- und Weinflaschen und ein Päckchen Zigaretten. An den Wänden hingen Poster von Golfern und Pamela Anderson. Das war also der perfekte große Bruder meines neuen Schwarms; ein paar Jahre älter als ich und auf seine Art genauso am Arsch. Er würde uns, selbst wenn Julia wieder zu sich kam, nicht einfach gehen lassen. Wäre ich kaltblütig genug gewesen, hätte ich ihn mit seiner eigenen Flasche, die in Griffweite neben mir auf dem Boden stand, niederschlagen können, aber was hätte ich damit erreicht? Julia allein hinauszutragen und zu einem Arzt zu schaffen, war riskant und würde zu viel Zeit kosten. Sie brauchte schnelle Hilfe. Ich gab ihr einen sanften Kuss auf die unverletzte Seite ihrer Stirn, stand auf und rannte los. Es gab hier nichts mehr, was ich tun konnte. Ihr Bruder rief mir etwas nach, dann hörte ich, wie er ins Handy sprach. Ich stürmte die Treppe hinauf, durchs Wohnzimmer, den Flur, ins Bad und zum Fenster hinaus, dann ums Haus rum, diesmal ohne zu stürzen, den Weg hinunter, durchs Tor und hinaus auf die Straße. Mit einem dankbaren Seufzer gedachte ich des Erfinders der ferngesteuerten Türöffnung und warf mich hinters Lenkrad. Zweimal würgte ich den Motor ab, dann war ich endlich in Bewegung. Hinter mir stand der Bungalow, als sei nichts passiert. Nichts war real. Wo war Julia? Hatte sie sich wirklich gerade in Karo Speder verwandelt und in Luft aufgelöst? Würde sie sterben? Jahrelang im Koma liegen? Drei Straßen entfernt musste ich an den kleinen Max denken und begann erst zu fluchen und dann zu heulen. Es gab jetzt nur einen, der sich um das Baby kümmern konnte, und das war ich.

ZWÖLF

Hospital

Eine Zeitlang gingen mir, während ich ratlos durch die Straßen fuhr, die absurdesten Ideen durch den Kopf. Zuerst stellte ich mir vor, wie ich noch in dieser Nacht bei Oma Jacobi einsteigen und das schreiende Kind stehlen würde, um es irgendwo, vielleicht in einem Krankenhaus, in sichere Obhut zu geben. Aber wäre das überhaupt möglich? Und welche Folgen hätte es für alle Beteiligten? Vielleicht bestand ja die Chance, dass Oma Jacobi ganz vernünftig reagierte, wenn ich ihr alles erzählte, oder dass ich ihr, verwirrt wie sie war, eine andere Story andrehen konnte. Mir fiel ein, Nessi um Hilfe zu bitten, aber wie hätte ich ihr erklären sollen, dass ich ein Kind von einer anderen Frau hatte, um das sie sich jetzt kümmern sollte. Dann stellte ich mir vor, wie ich Chantal einweihte, doch das würde nicht gehen, ohne Robbser alles zu gestehen. Irgendeinen Helfer brauchte ich, allein konnte ich die Sache nicht stemmen. Ich konnte mir kein Kind um den Bauch schnallen und es überall mit hinnehmen. Jupp kam nicht in Frage, weil Robbser ihn brauchte, um nach Vadder zu suchen. Es blieb eigentlich, wenn ich alles bedachte, nur Mutter übrig. Sie war mit nichts mehr zu schocken, was ihre Söhne anbelangte, und für Babys und Kleinkinder immer zu haben. Sie brauchte allerdings ihren Schlaf, umso mehr, wenn sie mir von Nutzen sein sollte und auch angesichts der Tatsache, dass sie in den letzten Tagen viel gefeiert hatte. Die Nacht war noch lang, und ich hatte keine Ahnung, was ich bis zum Morgen tun sollte. Am klügsten wäre es gewesen, nach Hause zu fahren und mich ins Bett zu legen, egal, ob ich schlafen konnte oder nicht, doch ich war einfach zu unruhig. Wie der sprichwörtliche Täter, den es zum Tatort zurückzieht, fuhr ich wieder zum Bungalow der Speders. Seit meiner Flucht waren kaum zehn Minuten vergangen. Ein Rettungswagen stand vor dem Haus, eine Polizeistreife traf gerade ein. Ich fuhr einmal an ihnen vorbei und parkte dann so, dass ich alles im Blick hatte, ohne selbst gesehen zu werden. Bald darauf wurde Julia auf einer Bahre herausgetragen und in den Wagen geschoben, ohne dass ich erkennen konnte, ob sie bei Bewusstsein war oder nicht. Die Polizei und der Bruder blieben im Haus. Ich folgte dem Rettungswagen, der mit Blaulicht und Sirene losfuhr. Das nächtliche Berlin kam mir unwirklich vor, wie die Kulisse eines Computerspiels – die leeren Straßen, die Laternen, Ampeln und Leuchtreklamen, die geparkten Autos, der grell lackierte Rettungswagen mit seinem Geblinke und Geheule, die gleichgültigen Fassaden der Häuser. Wir fuhren zum Benjamin-Franklin-Klinikum. Ich beobachtete, wie der Wagen in der Einfahrt der Notaufnahme verschwand. Ich konnte nichts tun, und ich war schon ein unnötig hohes Risiko eingegangen, indem ich zurückgekommen war. Wieder fuhr ich los. Alle Straßen gehörten mir. Doch ich wollte sie nicht haben. Ich fuhr zum Haus von Oma Jacobi, stand ein paar Minuten unschlüssig davor, dann schlich ich hinein. Ich wollte sichergehen, dass der kleine Max gehört wurde, wenn er schrie. An seinem Bettchen zu sitzen beruhigte mich. Ich kam mir dort nicht fehl am Platz vor, ich war hier kein Einbrecher mehr, ich war hier schon ein wenig zu Hause. Max atmete sanft und gleichmäßig, während die Erinnerungen an die Ereignisse der Nacht immer wieder vorwurfsvoll durch meinen Kopf spukten. Die leere Wasserflasche in der Küche, der Geruch. Wir hätten alle Zimmer checken müssen, bevor wir mit der eigentlichen Suche angefangen hatten. Wir hätten den Bruder gefunden und uns aus dem Staub gemacht und wären ein andermal wiedergekommen, ohne dass er es bemerkt hätte. Wie sollte ich das nur Oma Jacobi erklären? Was würde aus ihr und dem Kind werden, wenn Julia bleibende Schäden davontrug?

Als es draußen langsam hell wurde, ging ich ins Bad, um zu pinkeln. Ich war der gute Geist des Hauses. Jetzt. Dennoch hatte ich Unheil über seine Bewohner gebracht.

Frau Jacobi wachte zuerst auf, kurz vor sechs, und begann mit ihrer Morgentoilette. Im Zimmer des Kleinen war es dank der Rollläden noch ziemlich dunkel. Ich verließ es und legte mich in das kleine Gästezimmer, das von niemandem benutzt wurde. Gegen halb sieben wachte Max auf und begann wenig später zu weinen. Oma Jacobi kam prompt die Treppe herunter. Vielleicht tat sie das jeden Morgen, um Julia zu unterstützen oder weil sie es nicht abwarten konnte, die beiden zu sehen. Vielleicht hatte sie die beiden auch wieder völlig vergessen und war schockiert, ein weinendes Kind zu hören. Vielleicht war sie wieder eine junge Mutter mit Töchterchen. Jedenfalls ging sie zu Max ins Zimmer, redete beruhigend auf ihn ein, worauf er sofort zu weinen aufhörte, und zog die Rollläden hoch. Dann hörte ich sie in Julias Zimmer gehen und wieder herauskommen. Sie rief Julias Namen und ging ins Bad. Ich ließ mich vom Bett gleiten und kroch darunter. Kurz darauf schaute sie herein, machte das Licht an, glättete das Bettzeug, löschte das Licht und ging wieder. Ich hörte sie erneut mit Max reden und stöhnen, als sie ihn aus dem Gitterbett hob. Sie brabbelte, dachte laut nach, ächzte, schimpfte über Julia, schien aber im Großen und Ganzen alles gut im Griff zu haben. Nachdem sie mit dem Kind nach oben gegangen war, um zu frühstücken, folgte ich ihr und schlüpfte zur Haustür hinaus.

Etwa neunzig Minuten später saß ich mit Mutter am Frühstückstisch, den ich gedeckt und mit geklauten Blümchen geschmückt hatte. Im Brotkorb lagen mehr frische Schrippen als sonst, denn wir hatten beide welche gekauft. Sie sah mich säuerlich aus ihren kleinen dunklen Knopfaugen an und wollte wissen, was jetzt wieder los war. Ihre Stimme klang ungewohnt rau nach Alkohol und Zigaretten, und die angegraute Dauerwelle war in desolatem Zustand. Ich wollte schon mit meinem Bericht loslegen, da stoppte sie mich mit einem Kopfschütteln und einem Wink ihrer Pillenbox. Nachdem sie ihre Medikamente mit mehreren Schlucken Kaffee hinuntergespült hatte, durfte ich anfangen. Ich erzählte ihr von meinen zwei Freundinnen und dass ich zurzeit keine Entscheidung treffen konnte. Es war eine Geschichte, die sie aus Seifenopern und Arztromanen kannte und die sie dementsprechend professionell und nicht ohne Begeisterung aufnahm. Potentielle Schwiegertöchter interessierten sie immer, und Nessi war ihr, wie sie mir jetzt gestand, ehrlich gesagt etwas zu aufgedonnert und ordinär, diese Julia hingegen klänge sehr sympathisch. Umso erschütterter war sie, als ich erklärte, dass Julia heute Morgen mit akuten Schmerzen ins Krankenhaus eingeliefert worden war und dass ihre schon etwas demente Oma Hilfe mit dem Kind bräuchte. Natürlich wollte sie wissen, ob es mein Kind wäre, und war nicht begeistert, als ich verneinte, sicherte mir aber dennoch ihre Unterstützung zu.

Sechzig Minuten später klingelten wir an Frau Jacobis Tür. Mutter trug eine strahlend weiße Kittelschürze mit einem Namensschild der Ambulanten Notfallhilfe, das ich ihr gebastelt hatte, und konnte sich nach etwas Hin und Her, bis die alte Frau begriffen hatte, was wir ihr erzählten, in die Arbeit stürzen. Ich bin mir nicht sicher, ob sie uns alles glaubte, sie hatte manchmal so einen Ausdruck im Gesicht, der mich befürchten ließ, dass sie mehr begriff, als mir lieb sein konnte. Doch was immer sie dachte, es schien sie nicht misstrauisch zu machen. Vielleicht war sie einfach nur erleichtert, nicht mehr mit dem Baby allein zu sein, und hätte mich auch reingelassen, wenn ich mit Robbser gekommen wäre. Mutter hatte sich anfangs gegen den weißen Kittel und das Namensschild gesträubt, doch ich hatte sie überzeugen können, dass es die alte Frau beruhigen und unsere Arbeit erleichtern würde. Die beiden verstanden sich sofort. Mutter räumte die Küche auf und half beim Säubern des Kleinen, der eine volle Windel hatte.

Mein ursprünglicher Plan war gewesen, mich gleich wieder abzusetzen und allein erste Erkundungen im Krankenhaus anzustellen, doch dann kam mir der Gedanke, meine Mutter mit Oma Jacobi und dem Kleinen zu schicken. Schließlich war ich flüchtig und wurde womöglich gesucht. Falls Julia bei Bewusstsein war, musste sie eine Nachricht erhalten, dass es Max und der Oma gutging, und wie konnte das besser gehen, als sie ihr ans Krankenbett zu bringen. Während die Frauen außer Hörweite waren, rief ich im Krankenhaus an, um zu erfahren, ob eine Karo Speder noch dort sei. Zuerst gab sich die Auskunft störrisch, doch nachdem ich die Situation mit gebrechlicher Oma und kleinem Sohn geschildert hatte, bestätigte sie es.

Ich war nicht wirklich erpicht darauf, mit den dreien, schwerfällig, wie sie waren, loszuziehen, doch nach und nach brachte ich mich in die richtige Stimmung, wobei mir Oma Jacobis Hausbar eine gewisse Unterstützung bot. Zu allem entschlossen, betrachtete ich den Nippes und das Bild von Julia mit Max im Wohnzimmerschrank. In der Küche fand ich Kaugummi, um meine Fahne zu überdecken. Ich war bereit, aber, wie so oft, gab es Probleme von anderer Seite. Als Oma Jacobi erfuhr, dass sie mit uns ins Krankenhaus fahren sollte, um Julia zu besuchen, schüttelte sie energisch den Kopf. Nein, auf keinen Fall verlasse sie das Haus. Und Mäxchen auch nicht. Um dem Nachdruck zu verleihen, nahm sie ihn meiner Mutter aus dem Arm und setzte sich in ihren Fernsehsessel. Wir redeten eine Weile auf sie ein, Julia brauche sie und Max jetzt, doch die Alte blieb störrisch. Ich zog mich mit Mutter zur Beratung ins Badezimmer zurück und erklärte, dass das Haus wahrscheinlich der letzte sichere Hafen der Frau sei, den sie jetzt nicht auch noch aufgeben konnte, und sie meinte, sie müsse auf jeden Fall bei ihr bleiben, wir könnten sie nicht allein lassen.

Also zog ich, wie ursprünglich geplant, allein los und stellte mich im Krankenhaus als der vor, der ich war: Karo Speders Freund. Einen Phantasienamen hatte ich mir ausgedacht, aber keiner wollte ihn wissen, wodurch die Halbgötter in Weiß noch weiter in meiner Achtung sanken. 15 000 Menschen starben angeblich jedes Jahr in deutschen Krankenhäusern, weil Ärzte und Schwestern sich nicht ordentlich die Hände wuschen. So was merkte ich mir. Im Moment machten mir allerdings Polizisten größere Sorgen. Ich stellte mir vor, wie eine Wache vor Julias Zimmer stehen würde, und rechnete mit Zivilbullen, die plötzlich auftauchten, um mich in Gewahrsam zu nehmen. Nichts dergleichen. Unbehelligt konnte ich in den Fahrstuhl steigen und den Flur zu ihrem Zimmer hinuntergehen. Dabei fielen mir die Schicksalsschläge ein, die Frau Jacobi ihrer Familie beraubt hatten und ich glaubte, ein wenig zu verstehen, warum sie nicht hatte mitkommen wollen. Draußen brütete inzwischen wieder heiß der Sommer, hier drinnen war es kühl. Was er brütete, wusste ich nicht, aber es konnte nichts Gutes sein. Der Krankenhausgeruch passte zu meiner Stimmung. Bevor ich aufgebrochen war, hatte ich ein Aspirin genommen. Jetzt hatte ich Bauchschmerzen. Wie sollte ich durchs Leben gehen, wenn ich nicht einmal mehr die Schmerzpillen vertrug? Vorsichtig öffnete ich die Tür zu Julias Zimmer. Es war leicht abgedunkelt, und sie war allein. Dem Verband nach zu urteilen, hatte sie eine verdammt große Beule, aber das Hirn war anscheinend heil geblieben, denn dies war nicht die Intensivstation. Mir wurde bewusst, das ich nichts dabeihatte, keine Blumen, keinen Saft, gar nichts. Kaum hatte ich mich an ihr Bett gesetzt, kam eine Schwester herein, die sagte, ich hätte mir einen schlechten Zeitpunkt ausgesucht, sie würde bestimmt noch eine Weile schlafen, und ob ich nicht noch etwas zu erledigen hätte. Sie ging einmal ums Bett herum, überprüfte einen Apparat und den Tropf und rauschte wieder nach draußen. Das leere Bett neben Julia sah verlockend aus. Ich war ratlos. Jetzt, wo ich wusste, dass sie lebte und nicht einmal auf der Intensivstation lag, konnte ich eigentlich nach Hause fahren und schlafen. Doch ich blieb sitzen und schaute sie an. Der alte Song *Hospital* von den Modern Lovers fiel mir ein und wie sehr er zu uns passte, zumindest so weit, wie ich ihn verstanden hatte: »Sometimes I can't stand what you do but I'm in love with your eyes« und »When you get out of the hospital, will you let me back into your life?«

Ihre Augen waren geschlossen, also bewunderte ich die schöne Linie ihrer Lippen, die im Moment etwas blutleer und trocken waren, und küsste sie vorsichtig. Dornröschen und Schneewittchen wären aufgewacht, aber sie verzauberte stattdessen mich, so dass ich in einen sanften Schlummer fiel. Als ich aufwachte, saß ihr Bruder neben mir. Er hatte sich auch einen Stuhl herangerückt.

»Na, so sieht man sich wieder.«

Ich wollte aufspringen, aber er hielt mich fest und schob mich auf den Sitz zurück.

»Keine Angst, ich hab keine Anzeige erstattet. Die Polizei hat sich mit unserer kaputten Familiengeschichte zufriedengegeben. Natürlich werden sie noch mit Karo sprechen, um ihre Version zu hören ... Und mit meinen Eltern.« Mit einer erschöpften Geste fuhr er sich durch das fettige kurze Haar und gähnte. Er roch noch immer nach Alkohol. »Von dir war nie die Rede, aber mich persönlich interessiert schon, wer du bist und was hier läuft.«

Ich wollte wieder aufspringen, aber er sagte eindringlich: »Es besteht wirklich kein Grund zu flüchten. Bitte …«

Er war zwar weder rasiert, noch gekämmt, trug aber einen tadellosen Anzug und war unübersehbar die gutaussehende männliche Variante seiner kleinen Schwester. Er schien zu erwarten, dass ich Erklärungen abgab, doch ich schwieg. Ich war unendlich müde und wollte nur weg. Da fing er an zu erzählen.

»Karo hat mit ihrem Weglaufen damals genau das erreicht, was sie beabsichtigt hatte. Es hat nur ein paar Tage gedauert, bis die Besserwisserei und Selbstgefälligkeit meiner Eltern verbraucht war. Dann haben sie nur noch gut von ihr und schlecht von sich gesprochen. Was ich wiederum auch nicht nachvollziehen konnte. Aber ich hatte längst meine eigenen Sorgen. Noch nichts Privates, nein, ich meine Geldverdienen und Karrieremachen. Erst seitdem meine Frau mich verlassen hat und ich mir Sorgen machen muss, wie oft ich meine Kinder sehen kann, habe ich öfters an Karo gedacht. Ich weiß, dass sie mich nicht mag, aber das ändert nichts an meinen Gefühlen. Natürlich fand ich sie nervig, als sie klein war. Alle fanden sie so süß, und ich hab mich nur geekelt vor den Windeln und war schrecklich eifersüchtig. Erst später fand ich sie auch süß und war froh, sie zu haben. Ich hab sie rumgetragen, mit ihr Ball gespielt, sie gekitzelt, manchmal nachts getröstet, alles, was größere Geschwister halt so machen. Und sie hing an mir wie eine Klette und wollte bestimmen, was wir spielen. Dann kam ich in die Pubertät, und damit war unsere Beziehung irgendwie vorbei. Ich hatte andere Sachen im Kopf und wenig Zeit für sie. Schach-AG, Computer-AG, Sportverein, ausgehen, die erste Freundin. Da sieht man die kleine Schwester eben nur noch morgens und abends. Mit meinen Kindern und meiner Frau ist es mir später genauso gegangen. Und irgendwann kommt der Phantomschmerz. Weißt du, was mein Psychiater sagt – ich bin nämlich seit kurzem in Behandlung – wer von Krisen umgehauen wird, sagt er, der hat vielleicht einfach nicht so viel Erfahrung mit Krisen, der muss das erst lernen. So ein Schlaumeier. Das Seltsame ist, dass ich es genieße, zu ihm zu gehen und mich auszuheulen.«

Meine Aufregung legte sich, und ich hörte auf, unruhig hin und her zu rutschen. Ich sagte: »Ich wohn auch wieder bei meinen Eltern. Bis ich alles geregelt hab.«

»Ja, echt? Seltsam. Das alte Ich in seinem kleinen Reich. Ich bin wirklich froh, dass meine Eltern gerade im Urlaub sind. Aber ich kann nicht wochenlang im Hotel wohnen. Jetzt, wo die Scheidung auf mich zukommt, muss ich ein bisschen auf die Kohle achten … Und irgendwie ist es auch beruhigend, Wurzeln zu haben und zu ihnen zurückkehren zu können. Zumindest vorübergehend, um mal Luft zu holen. War es das, was Karo nach Hause getrieben hat?«

Ich erklärte ihm das mit der toten Oma. Er lächelte.

»Ich hab sie auch sehr gemocht. Und mein Ältester auch. Er war zwei, als sie starb.«

»Hat er den Teddy geerbt?«

»Ja, du bist gut informiert. Die Polizisten meinten, so einen Fall hätten sie noch nie gehabt: eine Frau, die in ihrem Elternhaus einbricht, um Kuscheltiere zu stehlen und dabei von ihrem Bruder niedergeschlagen wird.«

Ich fragte mich, ob ich von Max erzählen sollte, und entschied dann, es Julia zu überlassen.

»Hast du eure Eltern benachrichtigt?«

»Ja, Sie hätten es mir nie verziehen. Sie kommen morgen. Wer weiß, vielleicht ist es ihre letzte Gelegenheit, sie zu sehen.«

Ich erschrak: »Was meinst du?«

»Oh, nichts Schlimmes, keine Angst. Karo hat einen dicken Schädel, sagt der Arzt. Das heißt, ein gewisses Risiko besteht wohl immer, aber ich meinte eigentlich nur, dass sie wohl verschwinden wird, sobald sie wieder auf den Beinen ist. Was denkst du? Seid ihr zusammen? Ich heiße übrigens Oliver.«

In dem Moment klingelte mein Handy: Robbser. Sie hatten eine neue Spur. Und ich sollte Döner mitbringen.

DREIZEHN

Elefanten

Ich ließ mir Olivers Telefonnummer geben und versprach, mich wieder zu melden. Dann fuhr ich zur Kleingartenkolonie *Heimaterde*, deren Parzellen einen ebenso gepflegten wie verlassenen Eindruck machten. Nur die Autos meiner Brüder standen auf dem Parkplatz. Es war wohl zu heiß für alte Leute. So weit das Auge reichte, nur akkurat geschnittene Hecken, Zäune, Gartenhausdächer, Fahnenstangen, an denen der Berliner Bär oder Schwarz-Rot-Gold wehte, hier ein Gartenzwerg, dort ein Bambi, da ein Maulwurf im Auto und bunte Blumenensembles in sorgfältig geharkten Beeten. Die einzigen Geräusche waren meine Schritte und das Surren und Brummen von Insekten und der ferne Straßenverkehr. Erst in ein paar Stunden würden die Pieper auftauchen und ihre Rasensprenger anwerfen.

Jupp und Robbser saßen bewegungslos unterm Vordach einer Laube und sahen der Mittagssonne beim Verbrennen der Blumen zu. Während wir uns auf die lauwarmen Döner und kühlen Cokes stürzten, die ich besorgt hatte, brachte Robbser mich auf den neuesten Stand. Beim Frühschoppen im *Fegefeuer* hatten sie einen Typen getroffen, der Hessen-Herm von der *Heimaterde* kannte. Er konnte ihnen genau beschreiben, wo Herms Laube lag, kannte aber nicht seinen Nachnamen. Voller Hoffung, endlich den Schlupfwinkel unseres Alten aufgestöbert zu haben, waren Jupp und Robbser hergekommen, hatten aber hinten im Schuppen nur sein Mofa gefunden. Die Laube roch, daran bestand kein Zweifel, nach Vadder, nach seinem Alkoholatem, nach Bier und Korn, seinen Schweißfüßen und seinen zu lang getragenen Klamotten. Nun war die Frage, ob er wieder herkommen würde oder inzwischen irgendwo anders untergekommen war.

Robbser machte ein paar Liegestütze, Jupp steckte sich eine Kippe an, obwohl er das Rauchen eigentlich aufgegeben hatte, und ich pinkelte hinterm Häuschen in die Hecke, weil mir das Klo zu klein, stickig und stinkig war. Es gab ungemütlichere Plätze, um auf der Lauer zu liegen. Als ich zurückkam, hatte Robbser ebenfalls eine Fluppe zwischen den Zähnen. Wir verdauten eine Weile und beobachteten, wie die Schatten, die mittags um zwölf verschwunden waren, allmählich wieder auftauchten. Ich überlegte, unter welchem Vorwand ich mich aus dem Staub machen konnte, oder ob ich einfach hierbleiben und etwas schlafen sollte. Dann klingelte Robbsers Handy. Es war die Wirtin vom *Fegefeuer*. Hessen-Herm hatte sich bei ihr gemeldet, nachdem ihm anscheinend jemand gesteckt hatte, wie eifrig wir nach ihm suchten. Robbser ließ sich die Nummer geben und rief sofort an. Er sprach langsam, laut und deutlich.

»Guten Tag, Herr Häde, hier ist Robert Bürger, der Sohn vom Karlheinz. Man hat mir erzählt, sie wüssten, wo unser alter Herr ist.«

Es folgten längere Ausführungen auf der anderen Seite, während derer Robbser mit den Augäpfeln rollte und allerlei Gymnastik mit den Augenbrauen trieb. Irgendwann fiel ihm ein, den Lautsprecher einzuschalten. »Häh wollde, dass ich mit ihm geh«, hörten wir die brüchige Stimme des Alten, »und, minn Gott, was würd ich dafür gebm, nomma unser Fuldatal zu sehn, de Wälder, des Hus, in dem ich uffgewachsen ben ... Aber bei disser Hitze.

Ich honn meener Nachbarin schonn 'en Ersatzschlüssel gegebm un se gebetn, öfters nach mä zu schaun, aus Angst, den Koller zu kriechn, umzufall'n un uff meem Linoleum zu verfauln.«

»Er ist also nach Westdeutschland in die Stadt gefahren, aus der er kommt?«

»Ja, wemma das Stadt nennen kann. Ich honn ihm etwas Geld geliehen. Häh soll mi 'ne Ahle Worscht un 'ne Stracke mitbringen ... Du bist also der Älteste ... Robert ...«

»Ja. Hat er von uns erzählt?«

»Natürlich.«

»Ich hoffe, nur Gutes ... Wann ist er los?«

»Gestern Nachmittach.«

»Warum haben Sie uns nicht früher Bescheid gesagt?«

»Ich bin sinn Freund, und hä verdient meene Loyalität.«

»Und jetzt verpfeifen Sie ihn doch?«

»Ich wussde nich, dass ihr Jungs ihn so verzweifelt sucht. Hä hat mi nu was von Ärjer mit sinner Frau erzählt und dass äh ma raus muss. Jetzt mach ich mi aber langsam Sorjen. Bey disser Hitze, un häh säuft einfach zu ville.«

»Hat er was gesagt, von wegen, wo er übernachten will – Verwandte, Bekannte, eine Pension?«

»Näh, soweid ich weeß, lebt von sinner Familie äh niemand mehr.«

»Ja, sein Vater ist gestorben, kurz nachdem ich geboren wurde, und seine Mutter noch viel früher, aber er hatte eine Stiefmutter.«

»Vonn dä hädd hä nie was erzählt. Kennsde die?«

»Nein.«

»Aber den Ort kennsde schonn?«

»Ja, schon, wir haben dort gelebt, bis ich etwa acht, neun war. Dann wurde er arbeitslos, das muss kurz nach der Ölkrise gewesen sein, aber das war nicht der Grund, er hat damals schon zu viel getrunken.«

Robbser machte das richtig gut, fand ich. Schön um den Finger wickeln und zum Reden bringen, den Alten.

»Dann sind wir nach Berlin, weil sich hier eine Gelegenheit bot und Mutter Verwandte hatte. Es war schwierig für mich, eine neue Schule, keine Freunde ...«

»Dann mussde dich ja noch 'n bisschen an Rotenburch erinnern. Ich komm ursprünglich aus Bebra ...«

»Kennen Sie meinen Alten von dort?«

»Nä. Hä is ja ne annere Generation. Mir sinn uns hier zufällich am Tresen begeechnet. Ich gloob, mehr kann ich dir nich saachn, Junge. Ich brauch meenen Mittachsschlaf. Aber mir sollten uns ma richtich zusammensetzen ... Werdet ihr hinfahrn und emm suchen?«

»Puh ... keine Ahnung.«

»Macht es. Häh hatte so 'nen Blick in de Oochen. Todtraurich. Fertich. Heut würd ma saachen, däprässiv.«

»Ja, er ist schon immer sentimental geworden, wenn er besoffen war.«

»Dissma is es annersd, me Jung. Manchmal muss de sehr alt wern, um zu verstehn ... Häh weeß, dasser keen guder Vadder gewesen is. Aber hä konnde einfach nich annersd. Ich fürcht, hä will sterm ... wie 'n alter Elefant ... Häh braucht jetzt seene Jungs, häh hat ja sonst niemand mehr. Findet emm. Viel Erfolg. Un sachd mer Bescheid.«

»Puh ... Machen wir ... Vielen Dank.«

Wir sahen uns betreten an. Ich sagte: »Komisch, dass er ihn mit einem Elefanten verglichen hat. Ich hatte mal einen Spielzeugelefanten, der mich immer irgendwie an Vadder erinnert hat ... wahrscheinlich die faltigen, kleinen Augen und der kahle Schädel.«

Mittags, gegen halb zwei hatten wir Mutter und die Schwiegertöchter informiert und waren in Robbsers silbernem Mondeo nach Westdeutschland unterwegs. Ich hatte ein schlechtes Gewissen, nicht bei Julia zu sein, und versuchte mich damit zu trösten, dass es ohnehin zu gefährlich gewesen wäre und sie mein Verhalten sicher verstehen würde. Mutter hatte versprochen, auf Max und die Oma ein Auge zu haben und mich zu informieren, sobald es was Neues gab. Wir sollten uns nur ruhig um Vadder kümmern, was, wie sie giftig hinzufügte, nicht unbedingt hieß, ihn nach Hause zu bringen. Als einzige Anhaltspunkte gab sie uns die Namen von zwei Kneipen mit auf den Weg, in denen er früher gern getrunken hatte: *Beim Irmchen*, in der Nähe des Marktplatzes, und *Zum Schmalztopf*, auf der anderen Seite der Brücke, direkt an der Fulda. Sie wusste jedoch nicht, ob es die noch gab, denn seit sie damals weggegangen waren, hatten sie den Ort nur zweimal besucht. Das war in den Achtzigern gewesen, als ihre Eltern beerdigt worden waren. Davon abgesehen, waren sie kaum aus Berlin herausgekommen. Sie hatten kein Auto gehabt, und für Reisen mit der Bahn oder dem Flugzeug hatte es an Geld und Unternehmungslust gemangelt. Ich fragte, ob sie nicht gern mitgekommen wäre, um den Ort ihrer Jugend wiederzusehen. »Wozu?«, erwiderte sie, »Ich hab in meinem Kopf lang genug in der Vergangenheit gelebt. Und ich hab Vadder oft genug aus Kneipen geholt und mich für ihn geschämt. Das ist vorbei.«

Im Wagen war es stickig und ungewöhnlich still. Kein Hardrock, kein Gelaber. Nur das sanfte Dröhnen des Motors und der Reifen und das Surren der Lüftung. Sonne auf den heißen Armaturen, der Geruch von Plastik und Schweiß – drei Kerle, die eine anstrengende Zeit hinter und Ungewisses vor sich hatten. Ich saß auf der Rückbank und spürte, wie die Klimaanlage allmählich ihre Wirkung entfaltete. Ab und zu schimpfte Robbser auf andere Fahrer oder eine Baustelle, aber er war nicht wirklich bei der Sache, er wirkte erschöpft und niedergeschlagen. Mir ging alles Mögliche durch den Kopf. In gewisser Weise war ich der einzige echte Berliner von uns dreien und das Ziel unserer Reise für mich noch unbekannter als für meine Brüder, aber ich konnte meine Gefühle und Fragen nicht sortieren und hatte auch kein Bedürfnis, die angenehme Ruhe zu unterbrechen.

Nach etwa einer Stunde, als wir an Wiesen mit Kühen vorbeifuhren, sagte Jupp, wobei er sich etwas zu mir umdrehte: »Ich kann mich noch an die Kuhställe erinnern. Weißt du, Alfie, wir haben nämlich gar nicht in Rotenburg selbst gewohnt, sondern in einem Dorf in der Nähe, das dann eingemeindet worden ist. Es hatte den seltsamen Namen Braach. Kein Irgendwashausen oder Irgendwasrode, wie die Käffer sonst da alle heißen.«

»Oder Irgendwasbach«, warf Robbser ein. Oder -burg.«

»Einfach nur Braach.«

»Ja, ich weiß«, sagte ich, in der Hoffnung, sie würden wieder den Mund halten. »Davon war schon mal die Rede – vor Jahren.«

»Und dort waren wir gern in den Kuhställen, vor allem im Winter, weil es da schön warm war«, fuhr Jupp fort. Er schien auf eine Reaktion zu warten, aber den Gefallen tat ich ihm nicht.

»Aber noch lieber«, sagte Robbser, »haben wir im Sommer Kirschen und Äpfel gegessen, direkt vom Baum … ach was, auf dem Baum.«

»Und Zwetschgen.«

»Wir waren immer unterwegs.«

»Kühe haben etwas ungemein Beruhigendes.«

»Ja, sie kacken einfach da, wo sie gerade stehen.«

»Da musste man aufpassen, dass man da nicht auch gerade

rumstand. Wir haben so viel Scheiß gebaut. Weißt du noch, unsere Gang?«

Robbser sah ihn mit übertrieben irritiertem und leicht verächtlichem Ausdruck an. »Jupp, du verwechselst da was. Du warst gerade mal acht oder neun, und das war nicht deine Gang und auch nicht meine. Wir waren die Opfer der Gang und bekamen den Arsch voll.«

»Egal, ich fand's lustig. Aber ham wir dann nicht auch 'ne Bande gegründet?«

»Ja, aber das war der Unterschied: Die waren eine Gang und hatten Mofas und Mopeds, wir waren eine Bande und hatten bestenfalls Fahrräder.«

»Egal. Weißt du, Alfie, Robbser war einmal so sauer auf einen der Älteren, irgendeinen Stefan oder Frank oder Ralf, dass er ihm mit einer Zwille in den Bauch geschossen hat.«

»Besser als ins Auge, wenn du mich fragst«, verteidigte sich Robbser.

»Der ist zusammengeklappt wie 'n Taschenmesser. Und einmal hat er einen Speer, selbstgeschnitzt mit richtiger Spitze, auf einen geworfen und ihn am Hals erwischt. An so was kann ich mich total gut erinnern.«

»Ja, toll, Jupp. Das war ein Unfall, und ich hatte ganz schön Muffensausen.«

»Ich fand's geil. Der ist erst mal heulend heim zu Mama.«

»Warum«, warf ich ein, »erinnert mich das alles so an die Storys aus Alt-Mariendorf?«

»Mensch, Alfie«, Robbser fixierte mich im Rückspiegel, »wir waren neu und vom Kuhkaff und mussten uns erst mal durchsetzen.«

Für ein paar Augenblicke herrschte Stille. Dann merkte ich, wie er sich leicht zu mir umdrehte und wieder diesen nostalgisch nachdenklichen Ausdruck draufhatte.

»Aber in Braach«, sagte er, »das war was anderes. Es war irgendwie entspannter. Ringsum Wald und Wiesen, im Dorf selbst Gärten ... und all die verwinkelten Gassen und Gänge zwischen den Häusern, schattig und moosbewachsen – da haben wir uns gern rumgetrieben. Dann die uralte Kirche und der Pfarrgarten, der Friedhof mit den Trauerweiden und dem Brunnen, wo ich mal eine Ringelnatter gesehen und mich fast zu Tode erschreckt habe. Ich kann mich noch gut an diesen Geruch im Sommer erinnern, wenn wir unter den Bäumen am Bach gespielt haben. Mensch, Scheißdreck, fahr rechts rüber, du Vollspacko!«

»Es gab da einen Bach, der aus dem Wald kam«, nahm Jupp den Faden auf, »und durch den ganzen Ort floss, über Hunderte von Metern mit Beton befestigt, wie ein kleiner Kanal, aber im Sommer mit ganz niedrigem Wasserstand, so dass du deine Füße rechts und links auf den Rand setzen konntest, ohne nass zu werden. Wir sind natürlich auch barfuß rein oder mit Gummistiefeln. Der floss unter dem Haus durch, in dem wir wohnten, dem Dorfgemeinschaftshaus. Und unter einer Straße.«

»Stimmt, daran habe ich gar nicht gedacht. Mir kam nur wegen der Hitze dieser kühle Bach in den Sinn ... Alle dreißig Meter oder so gab es ein paar Stufen, die zu ihm runterführten. Aber wir sind natürlich überall runtergeklettert.«

Langsam begann ich eifersüchtig auf ihre Erinnerungen zu werden. Vielleicht hätte ich doch bei Julia bleiben sollen.

»Also das war wie ein Tunnel«, fuhr Jupp begeistert fort, »vielleicht fünfzehn bis zwanzig Meter lang, und irgendwann musste jeder diese Mutprobe bestehen und da durch. Unter der Straße, unter dem Dorfgemeinschaftshaus. Kannst du dir das vorstellen?«

»Ich denke schon.«

»Selbst als Kind, ich war acht, und wir sind ja alle nicht die größten, musstest du richtig gebückt gehen ... über dir die Spinnweben an der Decke, hinter dir der Eingang, der immer kleiner wurde, vor dir die Dunkelheit … bis zu einem Knick, von dem aus du dann den Ausgang sehen konntest.«

»Und in der Mitte gab es ein Abflussrohr von einer Wäscherei, die im Gemeinschaftshaus untergebracht war.«

»Ja, Mann, du musstest also auch noch aufpassen, dass du keine Dusche verpasst bekamst, mit seifigem, heißem Wasser.«

»Besser als Kacke, sag ich nur. Mutter hat in der Wäscherei manchmal ausgeholfen. Die hatten da eine riesige Mangel, die mich als Kind ziemlich beeindruckt hat.«

Er verpasste Jupp einen zärtlichen Boxer auf den Oberarm. »Erinnerst du dich noch an Felge?«

»Ja, Mann, klar … Scheiße …« Die Mimik der beiden veränderte sich. Ihr nostalgisches Grinsen bekam eine neue, bittere Note.

»Der gute alte Felge.«

»Felge«, erklärte mir Robbser, »war schon Mitte zwanzig und saß in einem elektrischen Rollstuhl, weil ihn mit zehn die Kinderlähmung erwischt hatte. Er war der erste Patient in Deutschland, der in einer eisernen Lunge gelegen hat.«

»Er trug immer Jeansjacke und -hose und coole Lederstiefeletten aus den Sixties und hatte sein Transistorradio laufen. Meist stand er auf einem schattigen Plätzchen vor dem Feuerwehrgerätehaus, auf der andern Seite der Durchgangsstraße, gegenüber vom Dorfgemeinschaftshaus, wo wir wohnten. Er war eine Institution. Wenn er nicht dort stand, fehlte was. Jeder, der dort vorbeikam, machte bei ihm eine kurze Pause, um zu schwätzen. Hausfrauen, Omas, Jungs auf dem Rad, junge Männer mit ihren Autos. Nach dem Frühstück schauten wir aus dem Fenster, ob er schon da war, und dann rannten wir zu ihm hinüber. Ich mein, wir blieben nicht die ganze Zeit bei ihm, aber im Lauf eines Tages kamen wir immer wieder bei ihm vorbei und erzählten, was wir getrieben hatten.«

»Einmal ist Jupp in ein Motorrad gerannt, als er zu ihm rüber wollte. Da war er vielleicht fünf. Der Fahrer war völlig fertig mit den Nerven und kam zu uns hoch, aber Jupp war total schüchtern und versteckte sich hinter Mama.«

»Ich stand unter Schock. Ich hätte schwer verletzt sein können.«

»Manchmal durften wir auf Felges Schoß sitzen und mit auf seinem Rollstuhl fahren.«

»Und manchmal bat er uns, ihm ein belegtes Brötchen vom Edeka zu holen.«

»Er hatte coole Platten zu Hause, Electric Prunes, Ten Years After, und total viele Bücher über UFOs und solchen Kram. Wir waren nicht oft da, ich glaube, Vadder kannte seinen Alten und hat uns ein paar Mal mitgenommen. Es hat immer nach Urin gerochen, weil er in so eine Plastikflasche machte. Mindestens einmal hab ich die mit aufs Klo genommen und ausgeschüttet ...«

»Und es gab nicht viele Stühle. Einer musste immer im Rollstuhl sitzen.«

»Ja, das war nicht so mein Ding. Irgendwie dachte ich immer, da komm ich nicht mehr raus ... Und dann hatte er ein riesiges Funkgerät. Abends unterhielt er sich mit allen möglichen Leuten. Wir hatten uns zu Weihnachten auch ein kleines, tragbares schenken lassen, damit wir mitreden konnten. Das mag dir heute altmodisch vorkommen, aber damals war das was, und du hattest automatisch eine Art Konferenzschaltung.«

»Lebt er noch?«, fragte ich und war mir nicht klar darüber, ob ich ihn gern besucht hätte oder mich davor fürchtete.

»Nein«, sagte Robbser. »Er ist zweitausendzwei gestorben. War die letzten Jahre in einem Heim, weil seine Eltern auch schon gestorben waren. Eine richtig alte Bauernfamilie, die Mutter ging gebückt wie eine alte Frau, so lang ich mich erinnern kann, aber so richtig, fast neunzig Grad krumm.«

»Felge war ein Original.«

»Ja, wirklich. Wenn ich heute so über ihn nachdenke, kommt er unheimlich ehrlich rüber. Ich mein, er war nicht so aufgesetzt lustig oder irgendwas, im Gegenteil, er konnte ziemlich mürrisch sein und hat klare Ansagen gemacht. Zum Beispiel hatte er immer Angst, dass wir ihm auf die Beine fallen, wenn wir bei ihm rumgealbert haben. Da konnte er fuchtig werden. Aber aus irgendeinem Grund ist es uns nie eingefallen, ihn zu ärgern oder ihm überhaupt böse zu sein.«

»Nö, er war wie ein großer Bruder. Er gehörte dazu.«

»Ja, er hat uns akzeptiert, wie wir waren, und sich gefreut, wenn wir kamen, und ich glaube, uns hat es irgendwie gutgetan, dass da ein Erwachsener war, der unsere Hilfe brauchte ... Das klingt jetzt vielleicht total abgefahren, aber so im Nachhinein betrachtet, würde ich fast behaupten, dass er was Heiliges hatte. Ich mein, auch dieser ganze Ort. Wenn ich so darüber nachdenke ... Dort das Feuerwehrgerätehaus mit Felge, gegenüber das Gemeinschaftshaus mit dem Brunnen und der Linde davor, auf der Seite der Edeka-Laden. Ich kann mich an keinen vergleichbaren Ort in meinem Leben erinnern, an dem sich so unterschiedliche Leute auf diese Weise tagtäglich begegnet sind. Wirklich vom Kleinkind bis zur Oma. Das war einfach ein natürliches Zentrum. Ich frage mich, ob jedes dieser Kuhkäffer so ein Zentrum hat.«

»Weißt du, was mir da in den Sinn kommt?«, Jupp fasste sich an die Stirn.

»Was denn?«

»Sag, wenn ich falschliege, aber oben unterm Dach des Feuerwehrhauses, da gab es doch Schwalbennester, oder?«

»Ja, jetzt wo du's sagst ...«

»Weißt du, wir müssen schon im Kinderwagen unter diesem Vordach gestanden und die Schwalben beobachtet haben, wie sie in ihre Nester ein- und ausfliegen und ihre Jungen füttern. Das ist ein Bild, das ist so was von lebendig in meinem Hirn. Ich hab jetzt langsam total Bock drauf, da hinzufahren. Und weißt du was …?«

»Was?«

»Alfie muss«, er machte eine dramatische Pause, »in den Bach … und durch den Tunnel!«

»O Mann, scheiße, ja!«

VIERZEHN

Das Fachwerk von Oz

Sie weckten mich gegen sieben, als wir uns Rotenburg an der Fulda näherten. Ich hatte es mir mit einer Jacke als Kissen auf der Rückbank bequem gemacht und ein Stündchen geschlafen. Das Erste, was ich sah, waren Bäume. Hier gab es dauernd und überall Bäume, schon bevor ich eingeschlafen war, und ich musste an die Redensart denken – den Wald vor lauter Bäumen nicht sehen. Nur was sagte mir das hier, im sogenannten Waldhessen?

Rechts am Hang, wo der Wald begann, standen ein paar erste Einfamilienhäuser, manche in Fachwerkbauweise, und links war unterhalb eines Hanges, von Bäumen umgeben, eine große Freifläche zu sehen, die teils mit Sand, teils mit Schotter bedeckt war, und dahinter gab es einen Campingplatz mit Bäumen, direkt an einem Fluss, bei dem es sich wohl um die besagte Fulda handelte. Robbser zeigte auf den Platz und sagte, dort würde immer das Strandfest gefeiert.

»Strandfest?«, fragte ich irritiert, denn ich dachte an Bäume.

»Ja, heißt so, weil es am Fuldastrand gefeiert wird und weil es an einem Abend einen Bootskorso gibt, so eine Art Festumzug mit beleuchteten Booten. Als Knirps fand ich das geil. Hatte mir immer vorgenommen, es mal meinen Kindern zu zeigen ... Schau.«

Kurz hinter dem Ortsschild passierten wir eine große Tafel mit dem Stadtwappen, auf der das Fest für Ende Juni angekündigt wurde. Danach kamen wir an einen Kreisel, den Jupp, der inzwischen am Steuer saß, ziemlich schnell nahm. Robbser zeigte auf eine Tankstelle, wo er nach Vadders Lieblingskneipen fragen wollte. Mit quietschenden Reifen bog Jupp ab und hielt bei den Zapfsäulen. Ich war froh, mir die Beine vertreten zu können, und ging auf die Toilette. Auf dem Rückweg kamen mir meine Brüder entgegen. Den *Schmalztopf* gebe es nicht mehr, *Beim Irmchen* schon.

Das Städtchen machte einen gemütlichen Eindruck, als wir über die größere der beiden Fuldabrücken fuhren. Der Fluss plätscherte gemächlich über ein kleines Wehr, eine grüne Wiese säumte sein rechtes Ufer, und dahinter drängten sich idyllisch, Mauer an schiefer Mauer, winzige Fachwerkhäuser in Rot, Ocker und Weiß. Es sah aus wie ein Bühnenbild für den *Zauberer von Oz*. Bäume gab es hier jetzt weniger, aber dafür konnte ich weiter hinten im Schlosspark umso mehr davon sehen. Die alte, kleinere Brücke verlief parallel zur neuen, vielleicht zweihundert Meter entfernt, und war ein grün gestrichenes, mit Blumenkästen behängtes Stahlkonstrukt, das die beiden Teile der Altstadt miteinander verband. Ich konnte Fußgänger sehen und ein einzelnes Auto, das langsam darüberrollte. Der Himmel war blau und wolkenlos, und ich bemerkte, wie eine gewisse Vorfreude in mir aufstieg. Wir ließen den Wagen auf einem Parkplatz stehen und setzten uns Richtung Innenstadt in Bewegung. Die Bürgersteige waren stellenweise so schmal, dass wir hintereinander gehen mussten. Robbser, der breitbeinig voranschritt, erzählte, das sei hier schon die Hauptstraße, auch wenn sie nicht so aussehe, und da komme gleich ein Spielzeugladen, vor dem er sich einst per Sitzstreik so manchen Schatz erstritten hätte. Er habe einfach den Eingang blockiert, bis Mutter nachgegeben hätte. Ich sagte, er habe also das Sit-in nach Nordhessen gebracht, aber er reagierte nicht. Andächtig blieben wir vor dem Schaufenster stehen, in dem eine Eisenbahn umherfuhr und Kuscheltiere und Barbies auf neue Besitzer warteten.

»Ich mag Spielzeugläden«, sagte ich.

»Ich auch«, sagte Jupp. Robbser nickte, schien aber in der großen Scheibe eher seine Muskeln und seine Samurai-Frisur zu bewundern. Ich sagte, wie gut mir ein Playmobil-Set mit Dinos und einem Amphibienfahrzeug gefiel. Jupp fand es auch cool.

Eine Mutter mit zwei kleinen Kindern, die gerade vorbeikam, sah uns etwas ängstlich an. Wir sahen zwar aus wie eine Gang, wirkten aber, meiner Meinung nach, von Robbser vielleicht abgesehen, wenig bedrohlich: Er trug ein schwarzes Slayer-T-Shirt mit dem Adler darauf, baggy Camouflage-Bermudas und knöchelhohe rote Boxerschuhe, Jupp ein schwarzes Anthrax-*Spreading-the-Disease*-T-Shirt, das ihm etwas zu klein war, blau geblümte Bermudas und klassische schwarze Converse, und ich ein schwarzes *Faust-Wakes-Nosferatu*-T-Shirt, das mir etwas zu groß war, schwarze Bermudas und Adidas-Kaiser-5. Eigentlich, dachte ich, müssten wir hier in der Provinz weniger auffallen als im vom Hip Hop und Techno beherrschten Berlin.

Ich betrachtete uns in der Scheibe des Spielzeugladens. Wir sahen aus wie Brüder, wie eine Band und ein bisschen auch wie Idioten. Ich liebte uns dafür. Dann sagte ich: »Wir müssen weiter. Es ist schon fast halb acht.«

Zu dem Zeitpunkt nahm ich noch an, wir würden am selben Abend die Heimreise antreten. Robbser nickte und bewegte sich weiter über den winzigen Bürgersteig. Sein Pferdeschwanz wippte, sein muskulöser Rücken wirkte aufgeblasen, und er hatte O-Beine. Wir folgten. Alles hier war ungemein niedlich – die perfekte Kulisse, um den Räuber Hotzenplotz zu verfilmen –, selbst der Marktplatz mit seinem Brunnen, seiner Kirche und dem Rathaus. Niedlich. Und alles war penibel gepflegt, die Häuser wie frisch gestrichen. Einerseits fand ich es gekünstelt und konnte mir nicht vorstellen hier zu leben – ich wäre mir vorgekommen wie der Kuckuck in der Uhr –, andererseits hielt ich es, verglichen mit dem Gedränge und den Abgasen in der Großstadt, für ein Privileg, hier leben zu dürfen. Es war so übersichtlich – die winzige Hauptstraße, die kleinen Läden. Eine andere Welt.

Wir schlichen um ein paar Ecken, und Robbser musste noch einmal einen älteren Herrn fragen, aber dann hatten wir *Beim Irmchen* in einer schmalen Gasse gefunden. Es war ein weiteres, fein bepinseltes Fachwerkhäuschen mit Blumenkästen vor den Fenstern.

»Na, dann mal rein in die gute Stube«, knurrte Robbser. Die Einrichtung war so aufgesetzt urig und rustikal kitschig wie erwartet, und ich musste an einen englischen Freund denken, der sich beschwert hatte, dass deutsche Kneipen so kahl und ungemütlich seien. Ich hatte ihn daraufhin ins *Roses* und ähnlich heimelige Spelunken Berlins geschleppt, aber den Gegenbeweis in der Provinz war ich ihm noch schuldig.

Die Wirtin, eine erschöpft aussehende Frau um die sechzig, die etwas zu viel Make-up, eine blondierte Dauerwelle und eine türkise Bärchen-Bluse trug, sah uns zunächst misstrauisch und etwas abweisend an, entspannte sich aber, nachdem Robbser drei Bier bestellt und ausgesucht höflich ein Gespräch mit ihr begonnen hatte. Sie konnte die Beschreibung unseres Vaters sofort zuordnen, ja, der sei gestern Abend hier gewesen, sie wisse aber nicht, ob er wiederkomme, er habe andauernd davon geredet, wie die Kneipe früher ausgesehen habe und was 's Irmchen für 'ne gute Frau gewesen sei. Robbser hakte nach, sie sei also nicht das Original. Nein, wehrte sie mit erhobenen Händen ab, die sei zweitausendeins im stolzen Alter von neunundachtzig verstorben, habe aber bis wenige Tage vor ihrem Tod hier auf diesem Platz gestanden, dort an der Wand hingen noch Bilder von ihr. Sie und ihr Mann hätten die Gaststätte dann übernommen, nachdem sie ein Jahr leergestanden habe, alles sei Jahrzehnte alt gewesen und hätte erneuert werden müssen, und es sei ihnen trotzdem gelungen, einen Teil der Stammkundschaft zu übernehmen, aber heute würde man ohnehin sein Geld mit den Touristen machen, vor allem mit den Norddeutschen und den Holländern und dann gebe es ja noch das Herz-Kreislauf-Zentrum, das viele Gäste in die Stadt brächte. Im Moment waren in der Kneipe außer uns nur noch zwei Frauen um die fünfzig, die am Fenster saßen, Apfelwein tranken und etwas aßen. Ich vermutete aufgrund der verhärteten Gesichter, dass ihre Männer Herzpatienten waren. Während Robbser weiter mit der Wirtin sprach, ging ich hinüber zur Wand, um die Bilder vom alten Irmchen zu betrachten. Es waren Schwarz-Weiß-Aufnahmen, die eine dürre Alte mit grauem Haar zeigten, die streng wie Käpt'n Ahab an ihrer Zapfsäule aus Porzellan stand. Sie kam mir vor wie die Säulenheilige des Bierzapfens, die Mutter Teresa des gepflegten Pils. Dichte Rauchschwaden umgaben sie, und ich nahm an, dass sie nicht von Zigaretten, sondern von Pfeifen und Zigarren herrührten. Die Jahreszahl in den unteren Bildecken war 1972. Auf einem anderen Bild war ein ausgestopfter Auerhahn zu sehen, und genau der stand immer noch prächtig an seinem Platz über unseren Köpfen auf einem Zierbalken.

Die Wirtin bemerkte meinen Blick und sagte, ja, den hätten sie übernommen, das sei eine Rarität. *Beim Irmchen* sei zum Schluss eine richtige Spelunke gewesen, mit durchgetretenen Dielen und blankgesessenen uralten Stühlen, eigentlich noch weitgehend so, wie Irmchen selbst alles von ihrem Vater übernommen hatte, als der in den frühen Fünfzigern gestorben war. Die Kneipe sei damals schon alt gewesen und habe deswegen einen besonderen Ruf gehabt. Außerdem habe Irmchen weder Kind noch Mann gehabt, beide hätten den Krieg nicht überlebt, und so sei sie praktisch mit der Kneipe verheiratet gewesen. Zweifellos waren wir nicht die ersten Gäste, denen sie das alles erzählte, ihr Redefluss hatte etwas Automatisches, und ich musste an die menschenähnlichen Roboter in *Westworld* denken, einem alten Science-Fiction-Film, den ich mal mit meinen Brüdern gesehen hatte. Aber wenn das hier alles wirklich so künstlich gewesen wäre, wie es gerade auf mich wirkte, hätte ein Abbild des alten Irmchens hinterm Tresen gestanden und nicht diese Bärchen-Tante.

Es gab auch Farbaufnahmen jüngeren Datums, die in einer anderen Ecke hingen, und Radierungen eines regional bekannten Zeichners namens Zirbes, der laut Wirtin oft hier zu Gast gewesen war. Ein Porträt, das er vom Irmchen gezeichnet hatte, zeigte sie weicher, femininer und melancholischer, als es die Fotos taten.

Robbser, der inzwischen ebenfalls einen Blick auf die Bilder geworfen hatte, fasste sich an die hohe Samurai-Stirn und meinte, er glaube, als Kind schon einmal hiergewesen zu sein, an den Auerhahn könne er sich erinnern, an den Rauch und die alte Frau und daran, dass es aus irgendeinem Grund ein Sonntagmorgen gewesen war. Im selben Moment begann Jupps Magen so laut zu knurren, dass die beiden Herzpatienten-Frauen erschrocken zu uns herübersahen. Wir hatten seit heute Mittag nichts mehr gegessen. Die Wirtin empfahl uns, nachdem wir ihr unsere Situation grob skizziert hatten, einen Tisch im hinteren Teil des Gastraumes, der von der Tür und den Fenstern aus nicht zu sehen war. Ihre Speisekarte gab nicht wirklich viel her, aber für uns reichte es völlig. Wir bestellten dreimal Zwiebelschnitzel mit Pommes und Salat. Unterdessen trafen weitere Gäste ein, zwei Pärchen um die fünfzig und eine Skatrunde, alle um die sechzig, sowie ein Rentner, der sich an die Theke setzte.

FÜNFZEHN

Die Zapfsäulenheilige

Wir hatten gerade angefangen zu essen, es ging schon langsam auf neun Uhr zu, als unser Alter den Schankraum betrat. Sofort, als wir die Tür hörten, spitzten wir die Ohren, und an der Langsamkeit der Geräusche und den schweren, kurzatmigen Bewegungen erkannten wir sogleich unseren alten Herrn im Stadium fortgeschrittener trunkener Melancholie. Wir wussten, dass er, um Geld zu sparen, an irgendeinem Imbiss eine Bratwurst gegessen und, um Mut zu fassen, ein paar erste Biere und Schnäpse getrunken hatte, bevor er an diesen erinnerungsreichen Ort gekommen war. Ohne ein Wort zu sprechen, standen wir auf und gingen ihm entgegen. Er sah uns und erstarrte, als seien wir Gespenster. Die Gespräche an den Tischen verstummten. Wir passten in diese Gaststätte wie Blumen an den Arsch der Hölle.

Wir umarmten Vadder der Reihe nach und klopften ihm mit unterschiedlicher Wucht auf den Rücken. Er roch nicht so schlecht, wie ich nach so vielen Tagen ohne weibliche Pflege erwartet hatte. Er musste sich in der Pension, in der er abgestiegen war, tatsächlich geduscht und umgezogen haben. Jupp bestellte für uns alle noch mal ein großes Bier und für den Alten ein Wiener Schnitzel. Schwerfällig und verwirrt von so viel Aufmerksamkeit tappte Vadder zu unserem Tisch und nahm Platz. In einer Plastiktüte hatte er ein paar Flaschen Bier und Doppelkorn dabei. Robbser schob ihm fürsorglich den Stuhl unter den breiten Hintern. Nachdem wir alle saßen, konnte ich sehen, dass seine Augen vor Rührung ganz wässrig waren. Die Gäste an den anderen Tischen nahmen ihre Gespräche wieder auf, allerdings leiser, und ich hätte wetten können, dass sie nun über uns sprachen.

Robbser wusste, dass Vadder Zeit brauchte, deswegen machte er den Anfang, erzählte, wie wir ihn gesucht hatten, von Hessen-Herm und was wir inzwischen über die Kneipe hier erfahren hatten. Dass er sich eigentlich vorgestellt hatte, wie wir ihn gleich hier an der Theke finden und uns wortlos dazusetzen würden, ohne viel Worte, wie Männer eben, aber jetzt sei alles irgendwie anders. Dass er sich daran erinnere, einmal mit ihm hiergewesen zu sein, als Kind, ob das stimme, worauf Vadder nickte und brummte, ja, zum Frühschoppen hätte er ihn mal mitgenommen. Und dann erzählte Robbser noch, wie er und Jupp sich an Felge erinnert hatten und an den Bach unterm Dorfgemeinschaftshaus und die alte Wäscherei und all das. Ich muss zugeben, dass mich sein langer Redefluss überraschte und beeindruckte. Ich hatte ihm das so nicht zugetraut, obwohl er ja in den letzten Tagen schon mehrfach bewiesen hatte, dass er gut mit Leuten reden konnte, zumindest solange er keine Knarre in der Hand hielt. Diese Episode ließ er übrigens unerwähnt. Dann kamen die Biere, wir stießen an, und bald auch Vadders Schnitzel. Er bedankte sich mit brüchiger und bewegter Stimme. Jupp sagte mit seltsam hoher Stimme, er habe doch bestimmt wieder nur eine Brat- oder Bockwurst gegessen, und wer saufen wolle, brauche ein gutes Fundament. Vadder nickte und sagte mit überdeutlicher Aussprache in abgehacktem Rhythmus: »Schön. Dasser da seid. Jungs.« Er presste beim Reden immer wieder die Lippen aufeinander und spannte die Wangenmuskulatur an, als ringe er um Fassung und als fürchte er, sein Gesicht könne zerfließen wie in einem Robert-Crumb-Cartoon.

Nachdem wir eine Weile schweigend gegessen hatten, begann er die üblichen banalen Fragen zu stellen, die er für ein Gespräch hielt: wie die Fahrt gewesen sei, wie das Wetter in Berlin sei. Wir gaben brav und ausführlich Auskunft. Die Atmosphäre war angespannt. Wir dachten wohl alle, dass es das jetzt gewesen sei. Wir würden hier rausgehen und am nächsten Tag zurück nach Berlin fahren.

Dann jedoch begann Vadder tatsächlich in seiner abgehackten, kurzatmigen Art, einer Art Trinker-Telex oder Säufer-Steno, von sich zu erzählen: von seiner Ankunft hier, wie sehr sich die Stadt verändert hatte und wie fremd sie ihm geworden war und dass er gar nicht wisse, warum er eigentlich hergekommen sei.

Jupp warf ein, natürlich um Hessen-Herm 'ne Ahle Worscht und 'ne Stracke mitzubringen.

Ja, die hätte er schon besorgt. »Ach, da gude olle Hermn …«

Das n, das er kaum hörbar hinten anhängte, fiel mir auf – also nicht Herm, wie Robbser es ausgesprochen hatte, sondern Hermn. So sehr hatte ich meinem Vater seit Jahrzehnten nicht an den Lippen gehangen, vielleicht noch nie. Ich fragte, ob er schon ein paar alte Freunde besucht habe. Nein, ein paar seien schon tot, manche umgezogen, und bei anderen habe er keine Lust, sie zu besuchen, was solle das bringen. Heute sei er in Braach gewesen, mit einem Rad, das er in seiner Pension geliehen hatte.

»War schön, mal widder anner Fulle langzufahrn … Was honn ich da als junger Mann Kilomeder geschrubbt … immer hin un her, um eure Mudder zu besuchen …. Uff 'n ersten Blick is alles wie früher … de Felder, de Brücke, da Kirchturm … aber dann, wenn de rinfährst, is plödzlich alles annersd … Viel saubrer und gepflechder … un vor allem viel stiller … und lebloser … keene Kinner, keene Hunne, de Straßen wie ausgestorbn … Da kannsde dich schon freuen, wenn de mal 'ne Katze siehst, oder 'ne alde Frau, die über de Straße geht. Den Steiner gib's nich mehr …«

»Wer war das?«, fragte ich.

»Ein Tante-Emma-Laden … Edeka, alder Familienbetrieb. Eure Mudder hat da 'n paar Jahre lang ussgeholfen … Da Sohn hat alles versucht, um den Laden zu halten … Metzgerei, Weinsortiment, alles … aber gegen de Supermärchte konnt er nich anstinken … und von den paar Omchens, die noch zu ihm kamen, konnt er nich leben. Na, und die gucken jetzt in de Röhre, die ham keene Audos, um nach Rotenburg zu fahrn. Na ja, und Felge steht natürlich schon lange nich mehr uff sem Platz …«

Allmählich wurde seine Erzählweise flüssiger. Er entspannte sich, und er artikulierte ziemlich gut für jemanden, der ordentlich getankt hatte.

»De Ortsmitte is dod, wie ussgestorben. Ich kam mir nachmittags um drei vor wie da letzte Mensch uff Erden, un dabei war's hier gar nich so heiß … 'n paar dunkle Wolken zoochen vorbei, 'n Wind wehte, aber keen Rejen. Eigentlich 'n schöner Sommertach. Als Jupp und Robbser kleen warn, sprangen überall Kinner rum, planschten am Brunnen vorm Gemeinschaftshaus oder spielten Murmeln uff 'm alten Milchplatz am Bach gechenüber. Ich bin au in de Neubaugebiete rumgefahren, da kann ma in 'n Gärten au Kinner hören, aber 's gibt eben keen echtes Dorfleben mehr.«

Er schwieg, und wir schwiegen auch. Ich dachte, es verhielt sich bei Orten wohl wie mit Menschen: Man behielt sie besser so in Erinnerung wie sie gewesen waren, statt ihren Leichnam anzuschauen. »Ich glaub«, sagte Vadder, »es gibt Parks und Spielplätze in Berlin, da kannsde mehr Dorfatmosphäre erleben.«

Ich hatte ihn mein ganzes Leben lang nicht so viel reden hören wie in den letzten Minuten. Er glaubte wahrscheinlich, uns etwas schuldig zu sein – womit er recht hatte.

»Trotzdem«, fuhr er fort, »denk ich manchmal, dass es 'n Fehler war, nach Berlin zu gehen. Ich honn mich dort nie zu Hause gefühlt, saß irgendwie immer zwische de Stühle. Hab meene

Wurzeln verlorn und meene Sprache und diese … Landschaft hier. Keene zehn Minuten, un de bist im Wald … Dort bin ich heut morjen spazieren gegangen. Diese Luft. Dagegen kannsde die blöde Berliner Luft vagessen. Berlin is eenfach zu groß und kalt. Das is schlecht … und eigentlich au widder gut. Vielleicht war es doch besser, als hier bei den ganzen Eigenheimbesitzern zu bleiben, als eenziger Mieter inner ollen Dachwohnung, wo im Winter de Wände feucht wern und de Fenster zufriern. Und dann au noch uff 'm Präsentierteller, mitten im Dorf, im Gemeinschaftshaus. Wär geloochen, wenn ich net zugeben würde, dass Berlin mich au befreit hat. Die Wohnung war größer, und das mit dem Kohleofen warn mir ja von hier gewohnt. Mir hotten Arbeit, und ihr hobt net zum Bund gemusst. Obwohl ich mich manchmal frage, ob's euch net gutgetan hätt … aber das Saufen habter au so gelernt.« Er nahm einen großen Schluck von seinem Bier.

»Und du hast wirklich niemanden besucht?«, fragte Robbser.

»Ja, doch … Tante Traudel … Früher hatt ich ja keen so gudes Verhältnis zu ihr. Sie hat immer zu eurer Mudder gehalten …«

»Wer ist das denn?«, fragte ich.

»Keene richtge Tante, nur 'ne Nachbarin, Robbser is gern zu ihr gegangen, weil sie de Erste im Dorf war, die 'nen Toaster hatte. Immer wenn er zu ihr kam, hat se mir erzählt, hat er erst ma 'nen Toast gegessen, trocken, ohne irgendwas druff. Später hat er dann Jupp mitgebracht, der wollde ihn mit guder Budder.« Er lachte kurz auf. »Ihr wart schon süße Kerlchen, da gibt's viele schöne Erinnerungen, obwohl ich oft net weiß, welche zu wem gehört.«

Jupp lächelte, aber Robbser schien eher peinlich berührt zu sein, als sei er nicht scharf drauf, Geschichten aus seiner Kindheit zu hören. Ich sagte: »Was denn zum Beispiel? Erzähl doch mal was.«

Vadder nippte an seinem Bier.

»Na, als Babys habt ihr alle über so 'n kleenen Kasper gelacht, wenn man mit dem vor euch rumwackelte. Und im Winter wart ihr immer so schön eingepackt wie kleene Eskimos, und ich hab euch auf 'n Schlitten gesetzt und gezochen, und früher oder später seid ihr umgekippt, und manchmal habt er geheult.«

Ich konnte mich an so was überhaupt nicht erinnern. Wahrscheinlich hatte er mit meinen Brüdern noch mehr unternommen.

»Und einmal … das müsste Robert gewesen sein. Da wolldesde in unserer Dachwohnung aufs Klo, und das Fenster stand offen, und 's war schon dunkel, und da saß 'ne Katze mit leuchtenden Augn uff da Fensterbank und fauchte. Da kamsde schreiend anjerannt, un zuerst wusste keener, was los war … da warsde vielleicht fünf oder sechs und hattest danach wochenlang Angst, uffs Klo zu gehen.«

»Aha«, sagte ich, grinste Robbser an, und nahm einen großen Schluck Bier. Er wand sich, so weit sein kompakter Körper das zuließ. Dann bestellte er, um von sich und der Geschichte abzulenken, noch eine Runde. Sie war im Nu da, denn die Wirtin hatte uns richtig eingeschätzt und mitgedacht. Sie sagte etwas, als sie die Gläser vor uns abstellte, und alle grölten – nur ich nicht. Ich hatte es nicht verstanden. Wir stießen an. Jupp und Robbser lobten das Bier.

»Es is alles so unwirklich«, fuhr Vadder fort. »So alt zu sein wie ich und das Leben hinner sich zu haben. Ich wär gern 'n annerer geworden, mit 'nem großen Auto und 'nem Haus und hätt euch gern mehr geboten …«

»Is schon in Ordnung«, sagte Jupp. »Wir wissen, dass du 's nich leicht hattest mit deinem Vadder, nach 'm Krieg …«

»Du bist eben ein Rebell gewesen«, sagte Robbser »und hast dir nix gefallen lassen. Da wird man eben schnell gefeuert.«

»Ach … Ich bin dafür verantwortlich, was aus uns geworden is. Jedenfalls für alles, was schlecht geworden is.«

»Unsinn, Vadder, ich mochte immer die Story, wie du den Hügel angesteckt hast.«

»Das war 'n Unfall!«

»Ja, aber trotzdem, die Leute in dem Kaff hier werden sich immer daran erinnern, wie du den halben Wald abgefackelt hast.«

»Es war Sommer, und wir hätten keen Feuerchen machen dürfen. Denk an all die kleenen Tiere.«

»Ach, scheiß drauf, wir sind Fleischfresser. Ich wette, deine Kumpels haben es geliebt, als die Feuerwehr kam. Alle Einsatzwagen aus allen Käffern ringsherum. Stell dir nur vor, wie oft die Geschichte an den Theken hier in der Gegend zum Besten gegeben wurde.«

»De meisten sin tot, die sich daran erinnern könnten ... ich mein die Generation meiner Eltern.«

»Na und. Noch besser, dann mussde dich auch nich mehr schämen. Es is so viel Wasser de Fulle runnergeflossen.«

Robbser sprach jetzt auch schon wie die Leute hier.

»Danke, dass de mich verteidigen willst, aber ich weiß, dassde dich für mich geschämt hast, wenn ich mich mal widder zum Idioten gemacht hab. Wie an dem Nachmittach, als ich diese lange Rede vor dem Gemeinschaftshaus gehalten hab und das halbe Dorf zugehört hat ...«

»Worum ging es da?«, fragte ich.

An Vadders Stelle antwortete Robbser: »Jemand hatte ihn gedisst, und er hat zurückgeschlagen. Eine Art Dorf-Battle.«

Vadder winkte ab: »Ja, man hadde schlecht über mich geredet, aber zu Recht, un anstatt es druff beruhen zu lassen, hab ich ihnen 'ne neue Gelegenheit gegebn, schlecht über mich zu reden. Ich war blau, un meine Rede war 'ne wirre Tirade, angestachelt durch de Aufmerksamkeit der Leute ... un ich hab das in meinem Rausch auch noch genossen.«

»Seid ihr deswegen nach Berlin?«, fragte ich.

»Näh … aber ’s hat’s leichter gemacht.«

Wir schwiegen ein paar Schlucke lang.

»Was hat es denn eigentlich mit der Kneipe hier auf sich?«, fragte ich. Vadder sah mich an. Etwas in seinem Blick hatte sich verändert. Als würde er uns bewusster oder anders wahrnehmen, als hätten wir ihm etwas damit bewiesen, dass wir ihm durch die halbe Republik gefolgt waren.

»Ich bin hierher, weil mein Vadder de Kneipe nich mochte. Und vielleicht, weil ich in Irmchen irgendwie meene Mudder gesehen hab, die früh gestorben is … sie war auch meiner Oma nich unähnlich.«

»Was hatte dein Vater gegen den Laden?«

»Schwer zu sagen, die Abstürze warn hier nich schlimmer als annersdwo … Es gab da mal ’nen Typen, der hatte sich so was von eingeschissen. Den ham wir in Mülltüten gewickelt und mit ’nem Taxi nach Hause geschickt. Irre, aber Taxifahrer können hier nich wählerisch sin … Näh. Vielleicht hing de Abneigung von meim Vadder damit zusammen, dass Irmchen nie widder geheiratet hat un ’s Gerücht umging, sie hätt Affären mit allen möglichen, auch verheirateten Männern gehabt.«

»War sie denn mal eine Schönheit?«

»Ach!« Er schlug die Hände überm Kopf zusammen. »Diese Jugend! Diese arrogante Jugend! Was is Schönheit? Schönheit! Dass ich nich lache!« Es war ihm anzusehen, dass er gern wirklich gelacht hätte, aber es nicht konnte. »Wenn mir ’s nur treiben würden, solang mir schön sin, wär’s ’n trauriges Dasein. Spätestens mit sechzig sinn mir doch alle alt un schlaff un hässlich, un viele sin es schonn mit vierzig oder fuffzig, oder waren nie schön. Irmchen …« Er schluckte und holte Luft. Seine Artikulation oszillierte zwischen nordhessisch lallend und überdeutlich hochdeutsch: »Irmchen hatte vermutlich noch mit siebzig und achtzig Affären. Aber sie war immer sehr diskret und …« Er hob den

Zeigefinger. »Das is sehr wichtich, wenn man diskret sein und geachtet werden will: Sie war immer nüchtern. Sie machte ein Ritual daraus, erst kurz vor Schluss ein Glas Bier oder Wein zu trinken. Wenn sie das ansetzte, wussten alle: für heut is Schluss. Un keener der Männer, mit denen se geschlafen hat, hat je drüber geplaudert oder damit geprahlt. So 'ne Frau war das! Die Gerüchte wurden, soweit ich weiß, alle von neidischen Frauen in de Welt gesetzt.«

Er sah uns der Reihe nach an. Vermutlich sah ich ähnlich betreten aus wie meine Brüder. Wir waren keineswegs prüde, fühlten uns aber irgendwie stellvertretend für die jüngere Generation gemaßregelt.

»Ich bin das erste Mal in den frühen Sechzigern hiergewesen«, sinnierte Vadder. »Da war ich zwanzich und ihr noch nich uff da Welt. Irmchen muss also so um die fünfzich gewesen sin, was für damalige Verhältnisse schon ommamäßig alt war. Sie wirkte streng, aber freundlich, un se konnte au ma 'nen guden Witz machen, un, was für 'n Wirt noch wichticher is, vor allem über de Witze ihrer Kundschaft lachen. Wahrscheinlich denkt ihr, dass das nur Männer waren, aber näh, au damals gab's schon Frauen, die in de Kneipe gingen, aber natürlich waren es nich so viele. Bei Irmchen hab ich begriffen, dass eine Kneipe eine zweite Heimat sein kann. De meisten Männer ham ja zu Hause nüscht zu saachen, deswegen sin Kneipen so wichtig, aber vielleicht ändert sich das langsam in eurer Generation ...«

Robbser und Jupp stülpten skeptisch die Lippen vor.

»Wisst ihr, worauf ich Lust hab«, sagte Vadder.

Wir schüttelten die Köpfe.

»Auf 'nen Spaziergang. Kommt, ich zeig euch mein Elternhaus.«

Es war nur ein paar Querstraßen und Biere und Schnäpse aus Vadders Tüte entfernt. Nach hundert Metern machten wir eine erste Pause auf dem Marktplatz vor dem Rathaus. Eine alte Bank bot gerade genug Platz für unsere vier Hintern. Robbser und Vadder saßen in der Mitte. Die Luft war angenehm frisch, und der Ort sah im Dunkeln etwas weniger nach Disneyland aus als bei Tageslicht. Wir furzten in Intervallen und stießen an und ließen den Doppelkorn rumgehen. Nach meinem Schluck schüttelte ich mich wie ein nasser Hund, und alle lachten übertrieben laut und dreckig. Wir sahen uns an und versicherten uns unserer Existenz und verspürten, so meinte ich zumindest, eine Art familiäres Glück. Ich musste an Julia und Nessi denken und war froh, dass sie uns nicht sehen konnten. Auf der Kirchturmuhr war es kurz nach zehn. Wir überließen die schmalen Bürgersteige den Katzen und gingen auf der Straße. Obwohl ich erst vier große Bier und zwei Schnapsschlucke getrunken hatte, kam mir alles unwirklich vor. Zugleich schien ich der Einzige zu sein, der sich darüber Sorgen machte, dass ein Auto kommen und uns überfahren könnte. Vadder erzählte, dass sein Vater nach dem frühen Tod der Mutter noch ein zweites Mal geheiratet hatte. Die Stiefmutter habe bis in die Achtziger hinein in seinem Elternhaus gelebt, und dann sei es verkauft worden, allerdings habe er nie einen Pfennig gesehen. Der letzte Punkt schien ihn besonders zu beschäftigen, denn er schrie es noch einmal hinaus in die Nacht, dass es von den gleichgültigen Fassaden widerhallte: »Keinen Pfennig hab ich gesehen!« Und dann wieder leise, sehr leise: »Wenn du einen Hund oft genug trittst, merkt er's irgendwann nicht mehr.«

Man sah dem Haus an, dass es etwas älter als die daneben stehenden war. Es hatte ein hübsches Satteldach mit moosbewachsenen Ziegeln. Der Putz war in einem altmodischen Stil verziert worden. Der Gedanke an die Maurer, die mit ihren Kellen anmutig schwule Bewegungen machten, um dieses Muster hinzukriegen, ließ mich schmunzeln. Im großen Garten standen Laub- und Nadelbäume.

»Als ich klein war«, sagte Vadder, »gab es die meisten anderen Häuser hier noch gar nicht, nur Wiesen, Gärten und Bäume.«

Wir überlegten, ob wir vielleicht in die Bude einsteigen sollten, Robbser hatte sogar sein Werkzeug im Auto liegen, aber schließlich ließen wir es bleiben – die Leute, die jetzt darin wohnten, konnten nichts für die Geschichte, und alles sähe ohnehin anders aus, als Vadder es in Erinnerung hatte. Jupp erinnerte Robbser stattdessen an den Plan, mich in Braach durch den Bach laufen zu lassen. Ich stöhnte und wandte ein, wir müssten langsam nach Berlin zurück, aber ich bekam keinen Stich, dafür sei es jetzt zu spät. Auf dem Rückweg zum Parkplatz musterten wir die Häuser mit fachmännischem Interesse, und Vadder erzählte noch ein paar Anekdoten. Er konnte sich sogar an das Spielzeug erinnern, das Robbser sich einst vor dem Laden sitzend erstritten hatte: ein Polizeiauto und eine Pistole mit Platzpatronen. Wir lachten. Jupp grölte: »Wenn er nicht Einbrecher geworden wäre, hätte er wahrscheinlich einen guten Bullen abgegeben. Einen verdammt guten Bullen!«

SECHZEHN

Im Tunnel

Kaum hatten wir die Stadt verlassen, sahen wir schon die Straßenlampen von Braach in der Ferne, und bei dem Tempo, das Robbser auf der Landstraße draufhatte, kamen sie schnell näher. Alle außer mir schienen bester Laune zu sein. Es stank nach Männern und Bier. Vadder hatte seine Kindheit in Rotenburg verbracht und als Erwachsener den unterirdischen Bachlauf, obwohl er direkt darüber gewohnt hatte, nie bewusst wahrgenommen. Erfreut, etwas Neues über die Kindheit seiner Söhne zu erfahren, und betrunken, wie er war, verkündete er, mich begleiten zu wollen, wogegen meine Brüder jedoch Einspruch erhoben, wenn schon, dann jeder einzeln, der Reihe nach.

Am Ortsschild trat Robbser energisch auf die Bremse, dann tuckerten wir die schmale Hauptstraße entlang. Vadder zeigte uns das neue in den 90ern erbaute Dorfgemeinschaftshaus und zwei Häuser, in denen Wirte mehrmals erfolglos versucht hatten, eine Gaststätte am Laufen zu halten. Die Bräächer, so Vadder, hätten schon immer lieber in ihren Vereinen getrunken oder seien gleich nach Rotenburg gefahren, erst seit ein paar Jahren gebe es eine Art Biergarten in einem Bauernhof, aber auch der liefe nur im Sommer und dank der Touristen. Ich fragte ihn, woher er das wisse, und er sagte, von Tante Traudel, sie hätten in dem Biergarten etwas getrunken.

Wir parkten an einer Mauer aus großen alten, moosbewachsenen Steinen beim alten Gemeinschaftshaus, einem zweistöckigen Fachwerkbau mit rotem Ziegeldach, aus dem, laut Vadder, vor vielen Jahren ein normales Mietshaus geworden war. Dort oben unterm Dach hatten meine Brüder also ihre ersten Lebensjahre verbracht. Auf dem kleinen Platz davor standen eine Linde und ein Brunnen, der aus dem selben Stein war wie die Mauer. Gegenüber sah ich, direkt neben einem leerstehenden und verfallenen Haus, das Feuerwehrgerätehaus und den verwaisten Stellplatz des legendären Felge. Andächtig blickten wir auf den Ort, und bald bemerkten wir Schwalben und Fledermäuse, die gelegentlich unterm Vordach und an einer Straßenlaterne umherflogen. Ringsherum standen gepflegte Autos vor gepflegten Häusern, aber keine Menschenseele war zu sehen, nur das Flackern der Bildschirme in den Fenstern.

Robbser nahm zwei Taschenlampen aus seinem Wagen und führte uns, ohne sie einzuschalten, über die schmale Durchgangsstraße hinüber auf einen düsteren Platz zwischen dem verfallenen Haus und einem Gebäude, das mit seiner Scheune nach einem ehemaligen Bauernhof aussah. Über uns erhob sich eine weitere Linde. Jupp flüsterte, jetzt müssten wir den Bach schon hören können, und tatsächlich vernahm ich ein leises Plätschern. Er deutete auf ein schmales, rostiges Geländer und einige Stufen, die zu einem vielleicht etwas mehr als einen Meter breiten Spalt im Boden hinunterführten. Robbser gab mir eine der Taschenlampen, und ich leuchtete hinein. Etwa siebzig Zentimeter breit floss Wasser über schmutzigen, algengrünen Beton und verschwand in einer Öffnung, die vielleicht etwas höher als ein Meter war.

»Na, Alfie, wie sieht's aus?«, fragte Robbser. Die diebische Freude war ihm anzuhören.

Ich wartete mit der Antwort, denn gerade fuhr ein riesiger

Traktor vorbei, dessen Scheinwerfer uns blendeten und dessen Motorgeräusche alles übertönten.

»Machen diese Bauern denn niemals Feierabend?«, knurrte Vadder. »Scheißbauern, kriechn 'n Hals nich voll. Selba Schuld. Sollen malochen, bisse umfallen.«

»Los, mach schon!«, sagte Jupp zu mir, als das Ding weg war. »Bevor wir auffallen. Wir warten unten am Ausgang, und wenn Vadder unbedingt will, kann er von dort einsteigen.«

Ich wusste, dass mir keine Wahl blieb, jedenfalls keine, die meinen Ruf nicht auf Jahre hin ruiniert hätte, also sagte ich: »Schön, dann beeilt euch mal!«, und verschwand im Tunnel.

Dass ich einen sitzen hatte, war keine wirkliche Hilfe. Zwar war ich dadurch einerseits enthemmt und betäubt, andererseits bestand aber auch die Gefahr, dass ich auf eine kleine Spinne, vor der ich mich normalerweise nicht ekelte, übertrieben reagieren würde. Hinzu kam, dass ich mit dem Bier und dem Schnitzel im Bauch nicht gerade gut auf den sportlichen Aspekt des ganzen vorbereitet war, denn ich musste mich mit gespreizten Beinen und gebeugten Knien tief gebückt fortbewegen. Meine Hände stützte ich auf die Knie, in einer hielt ich die Lampe, deren Lichtschein im Rhythmus meiner Schritte über den modrigen Beton zuckte.

Wie ich schnell feststellte, gab es nicht so viele Spinnweben, wie ich erwartet hatte, dafür aber Kellerasseln von erstaunlicher Größe und Ratten, die ich, immer am Rande meines Sichtfeldes, vor mir herhuschen sah. Nicht mehr als zwei oder drei, soweit ich das beurteilen konnte – aber immerhin. Sie gefielen mir gar nicht. Unter mir murmelte der Bachlauf, und wenn oben ein Auto entlangfuhr, bebte der ganze Tunnel. Ich sah zurück. Der Eingang war noch nicht viel kleiner geworden, also beeilte ich mich, weiterzukommen.

Bald konnte ich den Knick sehen, den Robbser erwähnt hatte.

Ich stellte mir vor, wie die Ratten sich dahinter sammelten, um mich zu überfallen, sobald ich um die Ecke kam – jetzt nur keine Panik und keine irrationalen Ängste! Mein Atem ging schwer und schien in dem schmalen Tunnel ein unheimliches Echo zu produzieren, das klang, als atme mir jemand über die Schulter. Ich verfluchte all die Horrorfilme, die ich gesehen hatte, und schaute wieder zurück. Dabei verlor ich etwas die Balance, schmierte mit meinem nackten Arm an der algigen Wand entlang und stieß mir, als ich mich instinktiv aufrichten wollte, den Kopf an der Decke. Ein paar Sekunden lang überwältigte mich der Ekel vor dem, was auch immer da an der Decke herumkroch. Ich fluchte und fuhr mir wild mit den Händen durchs spärliche Haupthaar. Dann fasste ich mich und stapfte schneller, fast fluchtartig voran. Ich passierte den Knick und sah sofort das Taschenlampenlicht meiner Brüder am anderen Ende. Die Ratten schienen in irgendein Loch verschwunden zu sein. Meine Brüder hatten mein Licht gesehen und fingen an zu grölen. Kurz darauf war ich draußen und streckte meinen strapazierten Rücken. Ich wurde umarmt und männlich beklopft. Robbser und Jupp lallten was von einer Taufe und wie geil das gewesen sei. Wir befanden uns jetzt in einem fast uneinsehbaren Teil des Baches – hinter uns erhob sich die Rückseite des Gemeinschaftshauses mit einem großen dunklen Fenster und auf der linken Bachseite eine fensterlose Brandmauer. Rechts gab es eine kleine Treppe, die auf eine grasbewachsene Freifläche mit gespannten Wäscheleinen führte. Dahinter war eine Nebenstraße zu sehen, an der dicht an dicht Häuser standen, eins davon ganz dunkel und efeubewachsen, ein anderes mit mehreren erleuchteten Fenstern.

Jupp fluchte, scheiße, er hätte sich nasse Füße geholt, und er und Robbser stiegen die paar Stufen hinauf. Vadder dagegen verkündete mit seltsam hoher Stimme, die aufgeregt und etwas hysterisch klang, jetzt sei er dran. Bevor wir etwas sagen konnten, hatte er meine Taschenlampe genommen und war im Tunnel verschwunden. Ich hielt den Atem an. Sein einziger Vorteil mir gegenüber war seine geringe Körpergröße, wahrscheinlich flitzte er wie ein Morlock durch den feuchten Gang. Außerdem hatte er vermutlich eine höhere Ekelschwelle. Dafür war er älter, weniger gelenkig, dicker, kurzatmiger und hatte einen größeren Affen auf dem Rücken. Robbser und Jupp kamen wieder herunter in den Bach, und alle drei steckten wir gespannt unsere Köpfe in den Tunnel, um zu gucken und zu lauschen, wie der Alte sich schlug. Das Licht seiner Lampe flackerte hin und her. Wir konnten die Silhouette seiner Beine und seines dicken Rumpfes sehen. Der Rhythmus seiner tapsenden Füße klang gut. Er kam schnell voran. Robbser und Jupp brachen auf, um ihn auf der anderen Seite zu erwarten, ich wollte noch kurz bleiben, falls etwas passierte. Und tatsächlich: Kaum waren sie weg, verschwand sein Licht, und kurz darauf hörte ich ein Platschen und dann sein Fluchen. Ich rief, was los sei, doch er antwortete nicht. Das war eine dieser Situationen, von denen man oft hört, die man aber nur ein- oder zweimal, wenn überhaupt, in seinem Leben selbst erlebt: Die Zeit vergeht plötzlich viel langsamer, aber man muss sich ganz schnell entscheiden.

Eisige Zugluft aus dem Loch streifte mich unvermittelt wie eine Ahnung von Verderben. Ohne nachzudenken, ohne Taschenlampe und ziemlich panisch stapfte ich Vadder nach ins Dunkel. Mein Rücken protestierte, meine Turnschuhe waren innerhalb von Sekunden durchnässt. Ich fluchte. Schnell war ich bei der Biegung angelangt und sah sein Licht ein Stück weiter vorn. Doch die dunkle Silhouette, die fast den ganzen Tunnel ausfüllte, bewegte sich nicht. Etwas tropfte. Eine Spinnwebe streifte mein Ohr.

»Alles klar?«, fragte ich.

»Ja.«

Seine Stimme klang erschöpft, gepresst und viel zu leise.

»Biste gestolpert?«

»Hm.«

»Nass?«

»Hm.«

Ich legte meine Hand auf seine Schulter.

»Schaffst du's?«

»Ja.«

Aber er bewegte sich nicht. Jedenfalls kam es mir so vor. Erst nach einem Moment bemerkte ich, dass er sich sehr, sehr langsam voranschleppte. Ich versuchte etwas zu sagen, konnte aber nicht. Irgendetwas schnürte mir die Kehle zu. Es war viel zu eng und dunkel in diesem Loch.

»Isses das Herz, oder was?«, presste ich schließlich hervor.

»Näh ... Geht schon ...« Seine Stimme klang wieder deutlich kräftiger. Wahrscheinlich hatte er nur einen kurzen Schwächeanfall gehabt. Vom Eingang her hörte ich die Brüder rufen. Ich brüllte zurück: »Ja! Wir kommen.«

Und da überkam es mich. Seit Tagen war es um kaum etwas anderes gegangen, und ich wollte es jetzt endlich wissen: »Was ist in Berlin eigentlich passiert? Warum bist du abgehauen? Und was sollte das mit dem blöden Zettel?«

Er atmete schwer. Ich sah nur seine massige, gekrümmte Rückseite, die vom Taschenlampenlicht umstrahlt wurde. Er schien die Lampe ganz seltsam vor sich zu halten, als beleuchte er nicht den Weg, sondern sich selbst, als starre er inmitten der Dunkelheit ins Licht. Wie ein Baby während der Geburt. Dann sagte er fast unhörbar: »Ach, Alfie ... Deine Mudder und ich hatt'n uns gestritten ... Wahrscheinlich hätt ich sofort abhaun solln, aber ich hatt nich den Mumm ...«

»Gestritten? Das is ja ganz was Neues.«

»Ich weiß … Aber … ’s war giftiger … Eure Mudder kann nich mehr … sie hätt schon … vor Jahren gehn soll’n …«

»Und?«

Er stöhnte nur.

»Das ist doch nicht alles. Da war dieser Zettel. Wir dachten, du wärst entführt worden.«

Im Hintergrund brüllte wieder Robbser. Ich rief: »Gleich!«

»Dann hab ich festgestellt, dass ich auf ’m Trockenen saß«, fuhr Vadder fort, »un dann kam Walters Sohn mit ’m Kühlschrank … Ich hatt keen Geld …un so ’n Brand … Ich wollt weg … Dann … kam ich uff de Idee … mit ’m Zettel … Wie ’n trotziges Kind … Weiß schon lang … dass ich nur ’ne Belastung bin … «

»Das ist doch Unsinn«, wollte ich reflexartig sagen, ließ dann aber ein paar bedeutsame Sekunden verstreichen, bevor ich es wirklich sagte. Es klang lahm, und ich schämte mich ein bisschen dafür. Mein Leben war leichter gewesen als seins. Woher nahm ich das Recht, ihn zu verurteilen? In dem Moment wünschte ich, wir wären nie von der Bank auf dem Marktplatz aufgestanden, hätten uns stattdessen dort ins Koma gesoffen.

Vom Eingang her brüllte Robbser und wollte wissen, was los war. Vadder zuckte zusammen, stöhnte und rutschte an der Wand hinunter mit dem Hintern ins Wasser. Das Licht seiner Lampe blendete mich. Es strahlte aus seiner gekrümmten Klaue wie ein Laserschwert. Scheiße! Ich versuchte ihn hochzuziehen, aber er war schwer wie Beton. Stattdessen stieß ich mir den Kopf. Ich schrie, dass ich Hilfe bräuchte, dann suchte ich mit meinen Fingern nach seinem Gesicht und legte mein Ohr an seine Lippen. »… wie’n Kind, … das sich versteckt … ’n kleener Junge …« flüsterte er fast unhörbar. Dann erwischte ich die Lampe, entwand sie seinem Griff und leuchtete ihn an. Sein Gesicht war schmerzverzerrt, seine Augen wirkten blind. Was war jetzt los? Hatte er nur zu viel gesoffen, oder war das wirklich ein Herzkasper? Und ich hatte nichts Besseres zu tun gehabt, als ihm blöde Fragen zu stellen. Ich sprach ihn an, brüllte irgendwann, aber er reagierte nicht mehr. Um seinen Puls zu fühlen, fehlte mir die Ruhe. Ich wäre selbst fast kollabiert.

Dann rief Robbser wieder, diesmal verhalten, als wolle er nur von uns und von niemand sonst gehört werden. Ich schrie seinen Namen und kam mir vor wie ein Sechsjähriger. Ich war plötzlich so wütend. Warum kam der Idiot nicht? Jetzt wo seine Muskeln mal Sinn gemacht hätten. Wo er mit seinem krabbenartigen Kampfkörper hier hereinkrabbeln konnte, um uns zu retten. Ich stieg, kroch über Vadder drüber, packte ihn unter den Armen und schleifte ihn mit meiner berserkerhaften Wut das Bachbett entlang.

»Meine Herren!«, hörte ich da eine ganz andere Stimme über die Platschgeräusche, die ich verursachte, hinweg. Sie klang blechern und passte zu dem starken Lichtstrahl, der jetzt in das Drecksrohr drang, in dem wir steckten. »Hier ist die Polizei! Kommen Sie da raus!«

SIEBZEHN

Anstelle eines Endes

Ein Freund, den ich vor Jahren in einem Studentenwohnheim kennengelernt hatte, sagte einmal zu mir, chaotisch handeln sei besser, als nicht zu handeln, und er war kein Hooligan, sondern eins von diesen hellen Kerlchen, die Religion und Psychologie parallel studieren und nebenbei noch freiwillig den kompletten Luhmann lesen. Ich weiß nicht, ob das nun für oder gegen ihn spricht, aber wenn ich mir die Geschichte meiner Familie so anschaue, dann ist an seiner Maxime vielleicht was dran. Nicht, dass sie etwas daran ändern würde, dass wir letztlich alle den Rasen von unten sehen, aber wenn wir die Dinge in die Hand nehmen, vegetieren wir in der Zeit bis dahin vielleicht doch ein bisschen weniger gleichförmig und betäubt vor uns hin. Dann geht es irgendwie weiter, und aus jeder Geschichte geht eine neue hervor.

Die Polizisten, die von einem der Dorfbewohner gerufen worden waren, machten erst einen auf dicke Hose, riefen aber sofort den Notarzt, als sie begriffen, was los war.

Unser Vadder, der alte Karlheinz, starb, ohne dass wir noch Worte hätten wechseln können, im selben Krankenhaus, in dem er vor neunundsechzig Jahren geboren worden war. Ich heulte die meiste Zeit auf dem Krankenhausflur und kann mich an nichts erinnern, außer dass meine Brüder wie versteinert neben mir saßen. Ich versuchte mir einzureden, dass Vadder auf schlimmere Weise hätte sterben können und dass wir so zumindest noch etwas Zeit mit ihm verbracht hatten, aber es half nicht. Wie man es auch wendete, er war in einem großen Abflussrohr verreckt und ohne seine Frau, unsere Mudder, die er wahrscheinlich trotz allem noch geliebt hatte.

Die Polizisten machten uns keine weiteren Probleme. Sie hatten uns nicht betrunken am Steuer erwischt, und was wir im Bach getan hatten, musste ihnen zwar seltsam erscheinen, erfüllte aber keinen Straftatbestand. Vielleicht waren sie aber auch einfach nur träge nordhessische Bullen, die ihre Ruhe haben wollten.

Wir schliefen im Auto und frühstückten auf dem Parkplatz einer Supermarktkette, weil schon der Gedanke, ohne Vadder ins *Irmchen* zurückzukehren, nicht zu ertragen war. Darüber mussten wir keine Worte verlieren. Stattdessen erzählte ich Jupp und Robbser immer wieder, was im Bach passiert war und was der Alte gesagt hatte. Sie nickten, klopften mir auf die Schulter und versuchten, mit ihrer eigenen Schuld klarzukommen.

Die Rotenburger sahen uns bei unserem Wagen stehen – drei nicht mehr ganz junge Männer in seltsamen kurzen Hosen, deren Frühstück aus Eiskaffee, labbrigem Toastbrot und gepfefferten Schinkenwürstchen bestand. Wir sahen sie nicht. Wir sahen nur unseren toten alten Herrn, einen kleinen dicken Mann, den das Leben beschissen hatte, und der nie gewusst hatte, wie er mit der Liebe, die er in sich getragen hatte, umgehen sollte.

Im Lauf des Tages regelten wir die Überführung seiner Leiche, holten seine Habseligkeiten und die Geschenke für Hessen-Herm aus der Pension, bezahlten seine Rechnung und fuhren nach Hause. Wir waren wie betäubt und wechselten uns unterwegs mechanisch am Steuer ab, aber als wir nach Berlin reinkamen – es war schon spät, die Sonne untergegangen und um uns herum leuchteten Autoscheinwerfer, Straßenlampen und Neonlichter – liefen uns allen dreien Tränen über die unrasierten Gesichter.

Mutter trug den Tod ihres Mannes mit Fassung. Vielleicht hatte sie ihn kommen sehen. Sie weinte nur heimlich, wenn sie allein im Ehebett lag, doch ich konnte es bis hinüber in mein Zimmer hören. Tagelang war ihr Gesicht wie versteinert, die Augen glasig.

Vadders Beerdigung war keine große Sache, obwohl wir durchsetzten, dass in der Kapelle *You won't change me* von Black Sabbath ziemlich laut gespielt wurde: » I'm just a man and I am what I am, nobody will ever change my ways …« Es ist ein langsames, würdevolles Stück, mit heiligem Ernst vorgetragen. Die mantrahafte, für die Band völlig untypische Orgel schien uns gut zum Anlass zu passen. Ob es Vater gefallen hätte, ist eine andere Frage. Die übersichtliche Trauergemeinde ertrug es stoisch.

Während draußen die Sonne erbarmungslos auf die Gräber brannte und die von einem kurzen Schauer feuchte Erde zum Dampfen brachte, war es in der kleinen Kapelle angenehm kühl.

Außer der Familie, ein paar Nachbarn, Freunden und Bekannten und Hessen-Herm waren ein paar einsame Männer da, die keiner kannte und die ihre besten Jahre schon lange hinter sich hatten. Der Geruch nach billigem Alkohol, Pomade und altem Mann hing noch in der Kapelle, nachdem sie längst gegangen waren. Sie kamen nicht zum Leichenschmaus in die *Traber-Terrassen* – das Gedeck zu acht Euro pro Person –, sondern gingen zur Trabrennbahn gegenüber, um das bisschen Rente oder Hartz IV zu verzocken, ein paar Bierchen zu trinken und den Pferdchen beim Laufen zuzuschauen. Das war ihr Wartezimmer für die letzte große Reise.

Aber bevor der Sarg mit Vaters sterblichen Überresten hinausgetragen wurde und der Pfaffe sein »Asche zu Asche und Staub zu Staub« aufsagte, hielten Robbser, Jupp und ich auf Mutters Wunsch hin gemeinsam noch eine Abschiedsrede. Wir hatten zur Entspannung schon alle einen im Tee und trugen teure schwarze

Maßanzüge, die wir, auf Robbsers Vorschlag hin, hatten anfertigen lassen. Ich kam mir vor wie ein Komparse in einem Mafiafilm. Aber er hatte recht. Scheiß drauf. Das waren wir uns und dem Alten schuldig. Wozu sonst der ganze Stress? Robbser machte den Anfang und trat einen Schritt vor. In seinen Pranken hielt er einen zerknitterten Zettel. Seine anfangs unsichere Stimme wurde im Verlauf seiner Rede kräftiger. Mutter starrte mit glasigem, aber festem Blick ins Leere.

»Ich weiß, man soll über Tote nichts Schlechtes sagen«, fing Robbser an, »aber seien wir ehrlich: Wir können das ab, wir alle hier haben ihn gekannt. Mein Vadder Kallheinz war ein grober Klotz.« Überraschtes, unwirsches Gemurmel von ein paar älteren Damen. Zustimmung von den einsamen alten Herren, die keiner kannte. Jemand lachte kurz auf.

»Was ihm an Körpergröße fehlte, machte er durch seinen dicken Schädel wett. Er hatte kein Benehmen und keinen Erfolg. Und er hat seiner Familie das Leben manchmal schwerer gemacht, als es nötig gewesen wäre. Aber er war mein Vater, und wenn ich eins von ihm gelernt habe, dann das: dass man wieder aufsteht, wenn man zu Boden gegangen ist. Und er ist oft zu Boden gegangen und auf den Kopf gefallen. Er hat Autos, Mofas und Fahrräder zu Schrott gefahren, aber er ist immer wieder aufgestanden und zurück auf den Bock geklettert. Und das werde ich auch tun …« Hier versagte ihm fast die Stimme, und er rang mit den Tränen. »Das werde ich tun … Papa … Jedenfalls bis zur letzten Reise, die wir alle im Liegen antreten … Danke.«

Er trat einen Schritt zurück, und Jupp einen nach vorn. Er war ganz ruhig, und sein Haarkranz stand trotzig vom Kopf ab. Mutter nickte uns kurz und kaum wahrnehmbar zu.

»Unser Vadder hat uns nicht viel beigebracht«, sagte Jupp. »Schon als wir noch klein waren, ist er lieber allein in die Kneipe als mit uns ins Schwimmbad gegangen. Und wenn er uns mal in eine Pinte mitnahm, war er immer knickerig, was Knete für den Spielautomaten, Flipper oder Billard betraf.«

Auch hier verhaltenes Protestgemurmel.

»Aber trotzdem haben wir viel von ihm gelernt … Sparsam zu sein zum Beispiel, damit man immer Geld für ein Bier in der Tasche hat. Oder wie man Handkäs mit Musik zubereitet … und wie man ihn mit der Würde eines Arbeiters isst … Wie man mit einem Affen Auto und Mofa fährt. Oder dass es in Ordnung ist, über die Welt zu jammern, solange man betrunken ist, aber nicht am Tag danach, wenn der Kater kommt.«

Zustimmung – vor allem von den einsamen alten Herren.

»Er war ein störrischer alter Esel, und wir sind auch störrische alte Esel geworden.« Kunstpause. »Was nicht viele wissen: Er hatte auch eine musische Ader. Als Kind hatte er ein paar Klavierstunden bekommen, sein Vater hatte da so kleinbürgerliche Anwandlungen … und manchmal, wenn ein Klavier da war, setzte er sich dran und spielte auf traurige, falsche Art und Weise ein Volkslied … Egal, was es war, es klang eigentlich immer nach Tom Waits – den mein Vadder übrigens nicht kannte. Ich wünschte, wir hätten das mal auf Video aufgenommen …«

Pause.

»Er mochte die Welt und die Menschen nicht, so schien es vielen, manchmal auch mir, aber er ist noch mit Mitte fünfzig in den Alt-Mariendorfer Männergesangverein eingetreten und hat einige Konzerte mit ihnen bestritten. Manche mögen sagen, nur, um noch eine weitere Gelegenheit zum Trinken zu haben …« Gemurmel. »Ich sage, weil er gern gesungen hat und mal wieder was Neues anfangen wollte, und weil er die Welt und die Menschen doch geliebt hat. Er konnte es halt nicht so zeigen … Ich hab dich auch lieb, Vadder, und werd dich vermissen. Mögest du an einer Theke stehen, wo es immer Freibier gibt und die Zapfhähne niemals versiegen, in einer Kneipe, wo die Sperrstunde niemals kommt …

Vielleicht ist auch die Schutzheilige aller Schluckspechte da. Grüß sie von uns. Mach's gut.«

Zustimmendes Gemurmel. Nun war ich an der Reihe. Meine Augen waren feucht und brannten, und ich sah alles wie durch ein abgestandenes Pils hindurch.

»Als ich geboren wurde, war mein Vater schon vierzig und kahl und grau. Ich hab den Unterschied zu den anderen Vätern gemerkt und meine ganze Kindheit über Angst gehabt, dass er stirbt. Aber er hat durchgehalten. Als Jugendlicher dann hab ich mir manchmal gewünscht, er wäre nicht da, wenn er betrunken und schimpfend durch die Wohnung lief, immer hin und her, wie ein gefangenes Tier ...« Wieder gab es vereinzelt unwirsches Gemurmel.

»Und meine Mutter und ich und manchmal meine Brüder saßen da und hofften, dass er nichts anstellte, dass er endlich Ruhe gab und uns nicht vor den Nachbarn blamierte.« Wieder leises protestierendes Gemurmel. Mutter aber nickte bejahend mit dem Kopf.

»Ja, er war ein Trinker, und wir sind auch alle auf dem Weg, welche zu werden. Aber trinken heißt nicht zwangsläufig auch aufgeben. Unser Vater hat viel gesehen und erlebt. Als Fünfjähriger, der Krieg war gerade zu Ende, fand er beim Spielen einen Haufen Leichen in einer Scheune unterm Stroh. Als Sechsjähriger lief er im Winter barfuß durch den Schnee zu seiner Großmutter, weil seine Eltern stritten. Wie dieser Streit ausgesehen hat, können wir uns vorstellen, denn wir wissen, dass sein Vater ein ziemlich dominanter Typ war und seine Mutter depressiv. Sie verstarb nicht allzu lang danach in einer Nervenheilanstalt, und unser Vater Karlheinz bekam eine Stiefmutter. Er erzählte nie gern Geschichten von damals. Man musste ihm jedes Wort aus der Nase ziehen und immer wieder nachfragen. Ach, rief er dann, olle Kamellen, lasse ruhn.«

Ich sah kurz in die Richtung, in der Hessen-Herm stand.

»Vielleicht haben diese schlechten Erinnerungen es ihm leichter gemacht, in den Siebzigern seine nordhessische Heimat zu verlassen und in Berlin neu anzufangen. Vielleicht haben diese Verluste dazu beigetragen, dass er uns nie verließ, dass er bei uns blieb, obwohl es vielleicht einfacher gewesen wäre, sich gehen zu lassen und das Leben eines einsamen, schmutzigen, alten Mannes zu führen. Und ich weiß nicht wirklich, ob das gut oder schlecht für uns war – weil manchmal ist es ja gut, wenn Leute getrennte Wege gehen. Aber eins weiß ich sicher: dass es sich jetzt gut anfühlt. Er ist geblieben, er war bei uns, er gehörte zu uns und wir zu ihm. Und auch wenn nicht alle Erinnerungen schön sind, so ist es doch schön, dass wir sie haben.«

Wieder wurde gemurmelt, diesmal aber nicht unwirsch, eher zustimmend, so schien es mir – ich hatte die Kurve gekriegt. Während der Alt-Mariendorfer Männergesangverein sich für ein Ständchen aufstellte, nahmen meine Brüder und ich neben Mutter Platz. Sie schüttelte innig unsere Hände, konnte aber nichts sagen. Martha, die direkt hinter ihr saß, beugte sich vor und flüsterte: »Ich hab jeden Moment damit gerechnet, dass der Blitz in die Kapelle einschlägt, aber offenbar hat es dem Herrn gefallen.«

Neben dem Begräbnis gab es noch andere Dinge zu regeln, schließlich hatte ich noch immer eine Frau zu viel. Ich entschied mich für Julia, was Nessi nicht ganz so gefasst aufnahm, wie ich gehofft hatte. Sie schlug mir einen steinernen Kerzenhalter auf den Kopf, um genau zu sein, und als ich aufwachte, saß Julia an meinem Krankenhausbett und fragte mich schmunzelnd, warum ich jetzt auch so einen Turban aufhätte und ob das der neueste Trend sei. Sie fasste sich kokett an ihren Kopfverband und runzelte kurz mit einer Andeutung von Schmerz in den Augen die Stirn. Das hatte ich mir anders vorgestellt. Ich wollte an ihrem Bett sitzen, wenn sie aufwachte.

Sie trug den schwarzen Pulli, den sie auch bei unserem Einbruch getragen hatte. Ihre grünen Augen leuchteten, ihr weißer Verband strahlte. Ihr langes Haar, das darunter hervorquoll, sah ein wenig verschwitzt aus. Vorsichtig beugte sie sich über mich und gab mir einen Kuss auf den Mund. Vielleicht war es erotisches Knistern, vielleicht die Nachwirkungen vom Schlag auf den Kopf, jedenfalls sah ich Sternchen und glaubte, mein Kopf müsse explodieren. Sie lächelte. Um ihre Lippen bildeten sich bezaubernde Grübchen. Sie griff in eine Handtasche, die ich noch nicht kannte, und kramte ein Handy hervor. Dann schmiegte sie sich an meine Seite und machte ein Bild von unseren bandagierten Köpfen. Wir waren ramponiert, aber glücklich.

Hier könnte die Geschichte zu Ende sein, aber ich kann es mir nicht verkneifen, noch etwas mehr zu erzählen. Also: Julia lebt mit ihrem Sohn noch immer bei Oma Jacobi, die von einer ambulanten Pflegekraft betreut wird, und ich bleibe vorerst bei Mudder, damit sie nicht so allein ist. Julia redet wieder mit ihrer Familie und nimmt sogar deren Geld und Unterstützung an, um eine Ausbildung zu machen. Getreu der chinesischen Weisheit, dass ein Haus nicht stirbt, wenn es Gäste willkommen heißt, feierten wir ein großes Fest in Oma Jacobis Garten. Alle waren da, außer Vadder natürlich, sogar Julias Eltern, die nach ein paar Gläsern Wein ganz erträglich waren, und Nessi mit einem neuen Freund, von dessen Steherqualitäten sie mir mit leuchtenden Augen erzählte, was ich ihr übelnahm – aber genau das hatte sie wohl bezweckt, die Schlange.

Mudder, die bisher kaum mehr als ein halbes Glas Sekt oder ein Eierlikörchen getrunken hatte, und das nur, wenn es einen festlichen Anlass gab, ist nun auch auf den Geschmack gekommen, was uns Brüder erleichtert, müssen wir doch jetzt kein schlechtes Gewissen mehr haben, wenn wir eine Flasche öffnen.

BONUSMATERIAL

Julia erzählt

Alfie hat mir sofort gefallen. Ich würde es nicht unbedingt Liebe auf den ersten Blick nennen, aber so eine Spannung oder Zuneigung, die war vom ersten Moment an da, als ich ihn bei Oma im Flur stehen sah. Angst hatte ich keine. Sie wirkten nicht bedrohlich, ich meine, sie hatten schon etwas Grimmiges, Ernstes an sich, und das Überraschungsmoment war auch auf ihrer Seite, aber ihnen fehlte das Brutale, Angsteinflößende, das man bei Kriminellen erwartet. Sie wirkten eher lustig, mit den abstehenden lockigen Haaren, ein Schmächtiger und ein Dicker, und sie waren gerade dabei zu gehen. Ich war eher verwundert und vielleicht ein wenig besorgt, dass es irgendein Problem gab. Erst allmählich dämmerte mir, worum es ging, doch als ich später nachsah, stellte ich fest, dass zwar Schubladen durchwühlt worden waren, aber nichts fehlte. Aus naheliegenden Gründen wäre es mir nie in den Sinn gekommen, die Polizei zu rufen. Ehrlich gesagt, habe ich in den folgenden Tagen nicht mehr an Alfie gedacht. Ich meine, er hatte mir gefallen, aber ich bin nicht der Typ Frau, die sich bei jedem hübschen Kerl gleich Phantasien hingibt, und meine Libido war seit einem Jahr ziemlich eingeschlafen, ich hatte andere Probleme, und ich rechnete nicht damit, ihn je wiederzusehen, auch wenn er gesagt hatte, er würde uns gern helfen. Und dann sah ich ihn plötzlich in der Nähe des Kinderspielplatzes, und er kam zu uns. Da wusste ich, dass da mehr war. An dem Abend ist es mir nicht leichtgefallen, ihn gehen zu lassen. Ich war schon so lange ohne Mann, ich hätte auch seinen Bruder genommen. Scherz beiseite: Ich war todmüde und wollte es nicht versauen, und man hat ja seinen Stolz, und ich dachte auch an Oma und was sie von mir denken würde. Die Idee mit dem Einbruch war reiner Blödsinn, eine echt dumme Idee. Mein Hirn muss schon auf Standby gewesen sein. Hinterher hab ich mich geärgert und fand es total gruselig, nachts dazuliegen und auf einen fremden Mann zu warten. Natürlich hatte ich trotzdem mein heißestes Nachthemd an, also eigentlich nur so eine Ahnung von Hemd. Wenn du es beim Waschen kurz aus den Augen lässt, findest du es nicht wieder. Es lässt den Rücken frei, umschmeichelt den Busen ein wenig, und zwischen den Beinen ist nur so ein Band. Erst denkst du, was soll denn das, aber wenn du es anziehst, fühlst du dich ganz … anders. Ich lag also da, und mir wurde abwechselnd heiß und kalt. Ein Teil von mir, wahrscheinlich der Kopf, hatte Angst, und ein anderer war von Vorfreude erfüllt. Ich lauschte auf jedes Geräusch und zählte die Sekunden. Die Rollläden hatte ich einen Spalt mehr offen gelassen als sonst, und seltsame Schatten spielten im Zimmer, wenn sich draußen die Bäume bewegten oder ein Auto vorbeifuhr. Ich dachte an seine schmalen Hüften und seinen kleinen Hintern und wie das Licht des Mondes auf seiner blassen Haut spielte. Zweimal schlief ich kurz ein, um dann aufzuschrecken. Erst gegen zwei Uhr dämmerte mir, dass er nicht mehr kommen würde, und das war schlimmer als alles andere.

Am folgenden Tag war ich zu nichts zu gebrauchen. Ich hielt Mittagsschlaf und ging früh zu Bett, stellte mir jedoch den Wecker auf halb elf. Ich hatte zusätzlich halterlose Strümpfe angezogen und war sehr kribbelig. Immer wieder stellte ich mir vor, seine Schritte zu hören, den Strahl seiner Taschenlampe zu sehen, und fragte mich, wie er wohl aussehen würde, ob splitternackt oder eher wie ein Mann von einem Überfallkommando. Ich dachte an seine dunklen Augen und seine sanft geschwungenen Lippen. Seine langen Finger hatten ausgesehen, als wüssten sie, was zu tun sei. Nun, meine wussten es auch, und ich dachte, es könne nicht schaden, wenn ich schon etwas entspannt war, wenn er kam. Doch ich wartete wieder vergebens.

Das sind so Situationen, in die wir uns selbst bringen, wo die Selbstzweifel beginnen. Vor Wut zerriss ich die Strümpfe, und obwohl ich hundemüde war, konnte ich lange nicht einschlafen. Ich stand länger vor dem Spiegel als sonst und zog Sachen an, die ich lange nicht getragen hatte. Wenn er mir noch einmal begegnete, sollte der bloße Anblick ihn willenlos machen. Nie mehr Jogginghose, schwor ich mir, und wenn ich den Rest meiner Tage in Dessous und zu engen Röcken verbringen müsste.

In Gedanken ging ich immer wieder durch, wie ich bei unserer nächsten Begegnung meine Genugtuung haben würde, wenn ich ihn kühl abblitzen ließ. Sollte er nur sehen, was er sich da hatte entgehen lassen. Aber natürlich kam es ganz anders. Der Tag verging, ich schmolz dahin, nicht nur, weil es ohnehin heiß war, und als er dann doch noch mit seinem Auto auftauchte, war ich überhaupt nicht darauf vorbereitet. Ich verhielt mich alles andere als kühl, und er war viel zu schnell wieder weg. Während ich ihn davonfahren sah, wäre ich ihm am liebsten schreiend hinterhergerannt und hätte ihn mir auf offener Straße zur Brust genommen.

Der Abend zog sich zäh dahin, und als ich endlich wieder in meinen Hauch von Dessous stieg, kam es mir vor wie ein nie endender Albtraum, und ich war mir sicher, dass er wieder nicht kommen würde.

Doch er kam. Kurz nach halb elf hörte ich Geräusche an der Waschküchentür, und mein Herz blieb stehen. Ich wagte ohnehin kaum zu atmen, um kein Geräusch zu überhören, aber in dem Moment stellte ich die Atmung komplett ein. Stille. Dann wieder etwas. Dann wieder Stille. Am liebsten wäre ich ihm entgegengerannt und hätte mich an seinen Hals geworfen, damit diese Spannung endlich aufhörte, doch ich wagte nicht, mich zu bewegen, ich war wie gelähmt. Dann ein ganz zartes Geräusch auf dem Teppichboden und dann ein Lichtschein, der mir ein überraschtes Quieken entlockte, für das ich mich schämte und das mich in einen Zustand stiller Hysterie versetzte, wenn es so etwas gibt. Ich fing wieder an zu atmen und befürchtete zu hyperventilieren. Er war nicht mehr als ein dunkler Schemen hinter dem Strahl seiner Lampe, und als er sie ausmachte, war der Raum umso dunkler. Ich hörte ihn atmen und spürte seine Hand an meinem Bein. Es war gut, und es war qualvoll. Am liebsten hätte ich ihn sofort zu mir unter die Decke gezerrt, aber ich befand mich in einer Art Schockstarre, und außerdem hatte ich das Bedürfnis, ihn ein wenig leiden zu lassen. Sollte er ruhig da im Kühlen hocken und sich mit dem Vorspiel Mühe geben, dieser Ganove, dieser Idiot, dieser süße Irre, den ich noch überhaupt nicht kannte.

Feuerwerk – eine Kindheitserinnerung von Jupp, die er mir bei einem Bier erzählt hat

Einmal im Jahr gingen wir gegen Mitternacht zu einer Brücke, um das Feuerwerk zu sehen, das zum Abschluss des Strandfestes in Rotenburg veranstaltet wurde. Mudder, Vadder, ein paar andere Eltern und eine ganze Horde von Kindern. Damals war ein Feuerwerk, selbst aus so großer Entfernung, noch ein richtiges Ereignis. Keine fauchenden Raketen, keine Blitze, kein Donnern und Knallen, kein Zelt aus Lichtern am Himmel, das im Schwefeldunst verglühte, sondern kleine feurige Blumen, die plötzlich in der Ferne auftauchten, strahlten und dann zerplatzten wie Seifenblasen, um sich mit sanftem Grollen in schimmernden Regen aufzulösen. Vorher, während des Wartens, was fast noch aufregender war, vergnügten wir Kinder uns mit der Jagd nach Glühwürmchen, kleinen magischen Geschöpfen, die in unerklärlicher Weise mit dem Spektakel in der Ferne in Verbindung zu stehen schienen. Die Glühwürmchen sahen ein bisschen aus wie der schimmernde Regen am Ende des Feuerwerks, und dass sie vorher schon da gewesen waren, erschien mir wie die Auflösung des Zeitgefüges.

Unser Vadder Karlheinz kommt mir manchmal auch vor wie ein Glühwürmchen und ein Feuerwerk. Einerseits hatten wir manchmal wirklich zu viel von ihm, nämlich dann, wenn er zu laut und zu betrunken war, und andererseits hatten wir nie wirklich genug von ihm, weil er irgendwie immer unterwegs war, immer auf der Flucht, immer auf dem Sprung in die nächste Kneipe.

Bloß ein weiterer Bruch

Es war eine dieser Grunewald-Villen, die schon bessere Zeiten gesehen hatten. In der Auffahrt und der Garage standen zwar zwei dicke Schlitten, eine protzige Jaguar-Limousine für den Berufsverkehr und ein exotischer Sportwagen, der sicher nur am Wochenende benutzt wurde, der Garten und das Grundstück aber machten einen ungepflegten, vernachlässigten Eindruck: die Hecken waren nicht geschnitten, der Rasen nicht gemäht, die Nachbarn rümpften bestimmt die Nase, wenn sie zu dem Gebäude hinsahen. Alles deutete darauf hin, dass ein junger Erbe, ein Typ um die dreißig, allein hier wohnte. Das war ein weiterer Beweis für die Ungerechtigkeit der Welt, denn wäre ich an seiner Stelle gewesen, hätte ich die Großzügigkeit des Geländes und die märchenhafte Üppigkeit des Gemäuers mit seinen Erkern und seinem Türmchen zu schätzen gewusst. Ich hätte Trompete nur für die Fanfare gelernt, jeden Morgen eine andere Fahne gehisst und jedes Wochenende einen rauschenden Ball für die Aschenputtel Berlins gegeben.

Wuchernde Hecken und moosbewachsene Mauern gaben uns Sichtschutz, als wir an einem Freitagabend einstiegen. Der Schnösel hatte kurz vorher ein paar Türen und Rollläden mehr geschlossen als sonst, einen großen Reisekoffer in seinen Sportwagen gepackt und war davongefahren. Wir wussten, dass er die Wochenenden gern woanders verbrachte.

Die Sicherung des Gebäudes war genauso vernachlässigt wie der Rest. Durch einen Hintereingang gelangten wir hinein, als hätten wir Schlüssel. Auch mit dem Lüften hatte der Bewohner es nicht so, es roch muffig und abgestanden, ein wenig nach Raubtierhaus, wie Jupp, der gern in den Zoo ging, anmerkte. Treppenhäuser und Räume waren großzügig angelegt, und ich fragte mich, ob dieses verwunschene Schloss ein Geheimnis hatte.

Der Bruch lohnte sich: antiker Schnickschnack und Schmuck in den Schränken, Jagdgewehre, Golfschläger, Laptops, Tablets, Smartphones, die neueste Unterhaltungselektronik, Kreditkarten und sogar mehrere hundert Euro Bargeld. Und dann kam der Hammer. Wir hatten alles bereits schön eingepackt und gerade diesen neuen Raum betreten, in dem der merkwürdig muffige Geruch besonders stark war. Alle drei standen wir in der Mitte dieses Raumes, der außerdem seltsam leer wirkte. Nur Robbser hatte seine Lampe an. Wir machten das so. Er ging meist vor, wie er auch meistens derjenige war, der die Schlösser öffnete, er checkte die Lage, und dann sagte er uns, dass wir unsere Lampen einschalten sollten.

»Scheiße«, hörte ich ihn murmeln. »Lampen an!«

Wir trauten unseren Augen nicht. Um uns herum bewegte sich langsam und bedrohlich eine gigantische Riesenschlange von locker zehn Metern Länge, und wenn ich sage, bewegte, dann meine ich damit, dass sie uns einkreiste, als wolle sie uns alle drei auf einmal fressen, wobei Einkreisen diese vielfältigen, kriechenden, rollenden Bewegungen des unendlich langen unüberschaubaren Körpers nur unzulänglich beschreibt. Im ersten Moment dachte ich, es seien mehrere von diesen Viechern. Ein Teil war dort zusammengerollt, ein anderer da, und jeder Zentimeter war in Bewegung. Aber das war noch nicht alles. Plötzlich ging die Deckenbeleuchtung an, und ein hutzliges altes Männlein stand in der Tür, das eine dicke dreiläufige Flinte auf uns richtete. Noch bevor wir etwas sagen konnten, krächzte es: »So, meine fleißigen Heinzelmännchen, jetzt hört mir mal sehr gut zu, und ich meine wirklich sehr gut, zumindest, falls ihr vorhabt hier lebendig und ohne Polizei rauszukommen.«

»Wir hören«, sagte ich mit trockenem Hals, nachdem Robbser nicht reagierte. Wir beobachteten alle drei wie Kaninchen in der Falle die geschmeidigen Gleitbewegungen des großen Muskels, der sich langsam um uns schloss.

»Ich lasse euch unter einer Bedingung laufen«, sagte das Männchen.

»Ja«, stieß ich heiser aus.

»Nein, sagen wir zwei Bedingungen.«

»Okay...«

»Ihr nehmt dieses eklige Vieh mit. Seit es hier ist, kann ich keine Nacht mehr ruhig schlafen. Mein werter Sohn hat es überhaupt nur angeschafft, um mich zu ärgern... Das ist eine Bedingung. Ihr nehmt es mit!«

Mir war absolut nicht klar, wie wir das machen sollten, aber ich stammelte ein Ja.

»Und die zweite?«

»Ihr lasst meine Golfschläger hier. Sie sind ein Erbstück. Und keine Faxen.«

»Aber wie sollen wir das mitnehmen?«, mischte sich nun Robbser ein, der seine Stimme wiedergefunden hatte. »Es sieht im Moment eher aus, als wolle es uns mitnehmen.«

»Keine Sorge, ich werde es vorher töten.«

Das Männlein legte seine Jagdflinte auf den Kopf der Schlange an, der etwa so groß war wie ein Geigenkasten. Ein Schuss aus dem unteren, schmalsten Lauf, ein Zucken, und das Biest lag da und machte keinen Mucks mehr. Er hatte es zwei Zentimeter oberhalb der Augen mitten in den Kopf getroffen.

»So, ich hab jetzt noch zwei Schrotpatronen in meiner Flinte«, sagte das Männlein. »Die reichen, um euch zu töten oder für immer zu entstellen. Also an die Arbeit!«

Was soll ich sagen? Es war einer der ekligsten Jobs, die wir je machen mussten. Große Messer und eine Säge hatte das Männlein bereits mitgebracht. Vielleicht war es sein langgehegter Plan gewesen, das Viech zu töten und zu zerstückeln, vielleicht war ihm der Gedanke erst gekommen, als er uns in seinem Haus bemerkt hatte. Wir schwitzten ohne Ende. Das Vieh war so unglaublich schwer, und weil wir es so gruselig fanden, wickelten wir es noch, um es nicht sehen zu müssen, in mehrere Bettlaken ein. Allein es zu berühren, kostete jeden von uns enorm viel Überwindung. War es wirklich tot? Würde es postmortale Zuckungen haben wie ein Huhn, dem man den Kopf weggeschossen hatte? Was für ein Vieh! Wir mussten es an mehreren Stellen durchtrennen. Es blutete eimerweise, und aus seinem Magen suppte aufgelöster Rattenbrei. Ich glaubte, mehrere Schwänze zu erkennen. An manchen Stellen war die Schlange dicker, als steckten noch Meerschweinchen und Kaninchen in ihr. Dort ließen wir sie an einem Stück. Dann ging es im Gänsemarsch los, drei fleißige Heinzelmännchen mit einem riesigen Schlauch über den Schultern, dessen hinteres Ende ein dumpfes Geräusch auf den Treppenstufen machte. Und die ganze Zeit saß uns die Angst im Nacken, dass uns das Männchen aus Versehen über den Haufen schoss oder doch noch die Bullen rief. Wenn ich jemals ernsthaft darüber nachgedacht habe, einen anderen Beruf zu ergreifen, dann in jener Nacht. Und letzten Endes mussten wir sogar mehr Beute zurücklassen als abgesprochen, weil ein Auto bereits mit Schlange voll war. Das Männlein hatte uns zwar gestattet, noch einmal zurückzukommen und den Rest zu holen – er schien seinen Sohn und dessen Krempel wirklich zu hassen –, aber wir ließen es sein. Wir waren einfach zu erschöpft und zu erleichtert, dass es endlich vorbei war, und wollten das Haus und seinen irren Bewohner nie wiedersehen. Die tonnenschwere Riesenschlange verscharrten wir in einem Wald. Wir mussten es tun, das Männlein hatte andernfalls gedroht, der Polizei eine genaue Beschreibung von uns zu geben. Für seinen Sohn wollte er den senilen Alten spielen, der den Einbruch verschlafen hatte. Bis heute wissen wir nicht, um welche Art es sich bei der Monsterschlange gehandelt hat. Jupp hätte sie gern gewogen, wie er mir hinterher erzählte, und immer wenn wir jetzt ins Aquarium gehen und vor den Riesenschlangen stehen, diskutieren wir das Gewicht der Viecher und fragen uns, welche Sorte wir wohl damals durch die Nacht getragen hatten. Manchmal stelle ich mir vor, dass sie vielleicht kurz vorher, als kleine Zwischenmahlzeit, vier Kaninchen gefressen hatte und die noch in ihr steckten wie Erbsen in einer riesigen Schote.

Letzte Worte, weil ich so schon immer mal ein Buch beenden wollte

Grüne Soße.

DANKSAGUNG

Herzlich bedanken möchte ich mich bei meiner Gefährtin Rekha, die meine Manuskripte immer wieder gelesen, so manche Idee beigesteuert und so manchen Hirnfurz verhindert hat;

meinen Eltern, die mich schon als Teenager unterstützten, wenn ich auf meine kleine Reiseschreibmaschine einhämmerte;

meinen Brüdern Klaus und Robert, die mir Fahrrad und Motorrad fahren, schwimmen, rasieren und vieles mehr beibrachten;

Michael Minkenberg, Denise Schynol, Klaus Leweke, Dirk Andreas und Jürgen Steiner für die Unterstützung, die Kritik, die Lesungen und Veröffentlichungen im finsteren Tal;

Anneliese, Houschang und Jutta (ihr wisst wofür);

Becks und Benji für Sabotage;

Schmandi für die Erleuchtung;

Christian, Fränksen, Thomsen, Mario, Detlef, Oliver (die alle mal mit mir pelph waren);

Gordon for being Gordon;

Frank-Uwe for being himself;

Yuriy Gurzhy für die Zeit mit meta:luna (Außerirdische in der Russendisko);

Jörg Buttgereit für den Fungus of Terror, Yoga und mehr;

Ute, Kurt, Peter, Susi, Rüdi, Mai, Moni, Holger und allen, die dazugehören;

meiner Lektorin Silke Reutler und dem Team von Fischer für die angenehme und fruchtbare Zusammenarbeit.

Stephan Ludwig

Zorn – Tod und Regen

Thriller

Band 19305

»Es dauerte drei Stunden, bis sie den Verstand verlor,
und weitere zwei, bis sie endlich sterben durfte.«

Zwei Morde – blutig, brutal, unerklärlich. Warum gibt ein Killer seinem Opfer Schmerzmittel, bevor er es quält? Hauptkommissar Claudius Zorn soll die Ermittlungen leiten: Er hat Kopfschmerzen, er hat keine Lust, er hat keine heiße Spur. Als er dann noch merkt, dass ihn bei den Ermittlungen irgendjemand austricksen will, bekommt Zorn richtig schlechte Laune. Und der Mörder hat noch nicht genug …

Der packende Auftakt zur neuen Reihe mit Hauptkommissar Claudius Zorn und seinem kauzigen Assistenten Schröder

Fischer Taschenbuch Verlag

fi 19305 / 3

Mark Lowery

Die ganze nackte Wahrheit

Roman

256 Seiten. Gebunden

Und es geht noch schlimmer …

Michael Swarbricks Leben scheint sich zum Guten zu wenden. Endlich hat er sein erstes richtiges Date mit dem Mädchen seiner Träume: ein romantischer Ritt am Strand mit Esel gefolgt von wagemutigem Nacktschwimmen im Meer! Nur …, dass sich für Michael die Dinge nie zum Guten wenden und ein kurzer Moment des Glücks damit endet, dass er a) verhaftet, b) zum Gespött der Stadt und c) eine Internet-Sensation wird, weil alle denken, dass er ein Nudist ist! Was er aber nicht ist. Michael ist ein ganz normaler Junge, aber eine Kette von Ereignissen droht sein Leben zu ruinieren. Hört das denn nie auf?

Jörg Maurer
Felsenfest
Alpenkrimi
Band 19697

Am Abgrund macht der Tod den ersten Schritt.
Der sechste Alpenkrimi von Bestseller-Autor Jörg Maurer

Geiselnahme und Mord hoch über dem idyllischen alpenländischen Kurort! Kommissar Jennerwein kennt alle Opfer persönlich – aus der Schulzeit. Auch den Mörder? Hat der Fall etwas mit seiner eigenen Vergangenheit zu tun? Während sein Team grantige Geocacher jagt, macht das Bestatterehepaar a.D. Grasegger in Grabgruften und Grundbüchern eine brisante Entdeckung. Jetzt muss Jennerwein alles anzweifeln, woran er felsenfest geglaubt hat …

»Erneut ein sprachspielerisch kriminalistischer Glücksfall.«
Volker Albers, Hamburger Abendblatt

»Ein Buch wie eine Woche Urlaub in den Alpen.«
Denis Scheck, Druckfrisch ARD

fi 19697 / 1